Yuko Tokita

Deutsche Dichter und Naturgeschichte

詩人たちの自然誌

一九世紀初頭ドイツ語圏の文学と科学

時田 郁子

国書刊行会

Kokushokankokai

詩人たちの自然誌　目次

第3章 自然という不可思議

詩人たちの自然誌　一九世紀初頭ドイツ語圏の文学と科学

凡例

一、書名、新聞、雑誌、論文名には『 』を、短篇小説、詩などの表題には「 」を用い、原則として初出時に（ ）を用いて刊行年を示した。外国語の作品名については既に通用する呼称を採用したが、一部論旨に照らし直訳での呼称を用いた。

二、外国語の人物名はカタカナで表記し、主要な箇所では直後に（ ）を用いて生没年を示した。

三、外国語文献の引用は、原則として著者の翻訳による。

四、引用文中の〔 〕は著者による補足を、〔…〕は省略を表す。引用文中の改行は ／ で示した。

五、註は各節ごとに通し番号をつけ、巻末に配置した。

はじめに

ドイツ文化やドイツ文学というと、ゲーテやシラーなどの詩人やロマン派といった芸術運動の名が真っ先に挙がるだろう。彼らが活躍した一九世紀初頭のドイツ語圏は二一世紀のそれよりはるかに広く、侯国や公国、帝国自由都市など大小様々な三〇〇以上の領邦を含んでおり、文化の黄金期を誇った。その一方、フランス革命の余波を受けて政治的・社会的混乱が続き、人びとは翻弄された。そのような混迷の時代に、現代まで読み継がれるような魅力と価値を持つ傑作が次々に書かれたのはなぜだろうか。この問いを考えるにあたり、詩人たちが軍人や官僚、医師、技師などとして働いていた点に本書は着目する。この時期には学問の専門化が始まっておらず、詩人たちは人文主義に基づく教養を身につけたうえで最先端の自然科学を学んでいた。彼らはいわば総合的な知を探求する知的エリートであり、職業人として社会の急激な変化に対応しながら、自ら培った世界観を文学作品に織り込んだのだった。本書は、彼らが「自然（Natur）」に強い関心を寄せたことを手がかりにして、一九世紀初頭のドイツ文化を「自然」との関わりから読み直していく。

Naturは、「出生」、「自然」、「素質」、「性質」、「本能」、「自然の理法」、「自然界」、「生殖器」を意味するラテン語のnaturaを語源に持ち、ドイツ語では「自然現象」、「人為の加わらない自然状態」、「天性」、「性格」、「生理的欲求」を意味する。これらの語義は、自然が人間の外にあると同時に内にも存すると理解されてきたことを示している。人間の外にある自然とは大地や山、川や湖、炎、大気といった自然物を指し、内にある自然とは本性や精神といった解明されない領域を意味する。一九世紀初頭の詩人たちは、人間の内外に広がる「自然」に向き合って「物語／歴史／出来事（Geschichte）」を語ったため、本書では彼らの文学的営為を「自然誌（Naturgeschichte）」と表現しよう。Naturgeschichteというドイツ語は日本語の「博物学」に相当するが、「自然」を擬人化した「物語」と「博物学」、そして「自然」をめぐる「出来事」の三つの意味を込めて、この語を用いる。

古代ギリシア以来、自然は地・水・火・風の四大元素に分類され、人間はこれら自然物を利用し、また自然物に振り回されて、文化を築いてきた。ドイツ語圏の民間伝承において、四大元素は地の精・水の精・火の精・風の精の姿を取り、地の精は小人、水の精はセイレーンや人魚、火の精は悪魔、風の精は乙女の姿で語られる。第一章では、日本でもよく知られる一九世紀のドイツ語作品を取り上げ、地・水・火・風の精霊を見ていく。もちろん精霊は幻想上の存在であり、精霊譚を創作する側も受容する側もこの点を了解した上で精霊の活躍を歓迎していた。とはいえ、啓蒙主義が広まった時代に非合理的な存在である精霊が人気を博したのは不可解でもある。民衆本や口承で語り継がれてきた精霊譚に、詩人たちが独自のニュアンスを加味して語り直したのはなぜか。精霊という存在が脚光を浴びる経緯を踏まえ、詩人たちが創作した精霊譚を分析し、彼らが想像力を駆使して描いた自然の様相を明示する。

第二章では、人間の外に広がる自然に魅了され、未知の世界へ飛び出した三人の「博物学者（Naturalist）」の探検を追う。一八世紀後半に大国の仲間入りしたプロイセンは、商業的にも軍事的にも海には向かわず、ヨーロッパ諸国が大航海を企画・実施するのを傍観していたが、プロイセンの博物学者ヨハン・ラインホルト（一七二九－九八）とゲオルク（一七五四－九四）のフォルスター父子がイギリスの航海に参加し、プロイセン貴族の鉱山技師アレクサンダー・フォン・フンボルト（一七六九―一八五九）が私費でアメリカ大陸を探検し、またプロイセンに亡命したフランス貴族アーデルベルト・フォン・シャミッソー（一七八一―一八三八）が博物学者としてロシアの航海に参加した。ゲオルク・フォルスターはその後フンボルトと共にイギリスまで旅行し、フンボルトが自らの知的ネットワークにシャミッソーを招いたことに、三人の緩やかな繋がりが見て取れる。三人を繋ぐ絆は、フォルスターが上述の旅行の記録を『ライン下流地方の観察（*Ansichten vom Niederrhein*）』と銘打ち、フンボルトがアメリカ大陸探検の成果を『自然の観察（*Ansichten der Natur*）』とし、シャミッソーが世界探検の記録を『発見旅行の覚書と観察（*Bemerkungen und Ansichten auf einer Entdeckungsreise*）』と名付けて、旅行記の題名に「観察（Ansicht）」という語を用いたことに現れている。「観察」は「じっくり見る（ansehen）」という動詞に基づく名詞であり、「見方／検分／眺め」といった意味を持つ。三人がヨーロッパの慣れ親しんだ光景とは異なる「自然」を「じっくり見る」ことにより獲得・発信した知見を考察する。

第三章では、人間の内にある自然に対する人々の興味と怖れとを考察する。一八世紀後半のヨーロッパでは啓蒙主義者の視霊体験がいくつも語られ、超常現象が科学的に裏打ちされるかもしれないとさえ考えられた。それというのも、この時期に引力や重力、電気といった目に見えない力が実証研究によって明らかにされつつあり、幽霊や動物磁気も実在の可能性を孕んでいたからである。霊との交信を演じた詐欺師カリオストロ伯爵と動物磁気を用いて治療を行った医師メスマーに着目し、カリオストロをモデルにしたシラーとゲーテの作品と、メスメリズムの影響を受けたクライストの作品とを分析する。またこの時期に、人間にそっくりな人形がもてはやされ、人間を造る夢が物理学や生物学の最新の成果を踏まえて構想され始める。詩人たちがこうした同時代の諸現象をどう見ていたのか、彼らの文学作品から読み取っていく。

以下、詩人たちが暮らした社会を理解するのに役立つ知識をコラムとして本文に挟み、小説や戯曲のテクストは部分的に、分量の少ない詩のテクストは全文を紹介して、彼らが想像力豊かに描き出した詩的世界を味わっていく。「自然」に対峙して総合的な知を求め、動乱の時代を生き抜いた詩人たちのまなざしは、政治・経済・社会の大変革のただ中にある二一世紀を生きる私たちにとって指針になるのではないかと期待して、一九世紀初頭のドイツ文化の探訪を始めよう。

第1章　精霊たち

一九世紀初頭のドイツ語圏では精霊を主題にした文学作品が数多く執筆され、人気を博した。とはいえ、精霊は啓蒙主義の広まった社会において迷信として排除されて然るべき存在であり、知的エリートである詩人たちによって取り上げられたのは奇妙だ。本章では、精霊譚が語られるようになった経緯を追い、文学作品に描かれた地・水・火・風の精霊たちを分析する。精霊は人間と自然との関係を擬人化したものであり、地との関係において鉱山業、水との関係において河川交通、火との関係において火事、風との関係において飛行を念頭に置いて、以下の作品を取り上げる。地の精に関してノヴァーリスの『ハインリヒ・フォン・オフターディンゲン』（一八〇二）とティークの『ルーネンベルク』（一八〇四）を、水の精に関してフケーの『ウンディーネ』（一八一一）とそのオペラ、およびハイネの詩「ローレライ」（一八二四）を、火の精に関してゲーテの『ファウスト』（一八〇八）、ホフマンの『悪魔の霊酒』（一八一五）、ハイネの『四大精霊たち』（一八三七）、ホフマンの『黄金の壺』（一八一四）を、風の精に関してヘルダーの詩「ハンノキの王の娘」（一七七八）、ゲーテの詩「ハンノキの王」（一七八二）、『ファウスト』、ホフマンの『黄金の壺』、『自動人形』（一八一四）、『クレスペル顧問官』（一八一八）を見る。

1. 精霊譚の復活

「精霊（Geist）」は自然を構成する地・水・火・風の四大元素を擬人化した存在であり、日本の妖怪に相当する。幻想上の存在である精霊を定義するのは難しいが、ヨーロッパの精神史における

Geist の位置づけを手がかりにして、その輪郭づけを試みよう。人間は一般に「魂（Seele）」と「からだ（Leib）」、あるいは「精神（Geist）」と「身体（Körper）」から成るとされる。Leib（からだ）が語源的に「生命（Leben）」に関係するのに対し、Körper（身体）は「物体」とも訳されるように「生命」の有無とは無関係であり、「魂」は「からだ」に、「精神」は「身体」に宿るという。[1]「精神」はまず宇宙の根本原理である「宇宙霊魂」であり、人間の「身体」に宿ると「精神」と呼ばれ、石や木といった自然物の「物体」に宿ると「精霊」と呼ばれる。つまり大宇宙を統べる「宇宙霊魂」と、人間や自然物といった小宇宙に宿る「精神」とは同一物の別の現れであり、三通りに顕現する「精神」と人間の「からだ」とを繋ぐ役割が「魂」にあると考えられた。つまり「魂」は人間に特有であるが、「精神／精霊」はそうではない。

「魂」は、創世記の天地創造において神がアダムに吹き込んだ息吹とされるがゆえ人間の本質と考えられ、科学者たちは長らく「魂」の在処を探し求めてきた。一八世紀後半に「魂」を呼吸に関連づけた実証研究が行われたのはそのためでもあるが、アントワーヌ＝ローラン・ド・ラヴォアジエ（一七四三－九四）が燃焼を支える力を持ち生き物の呼吸に適した気体を酸素と名付けると、空気中から体内にとりこまれるのは魂ではなく酸素であると一応の解決を得た。だが科学者たちも魂を酸素であると同定するのは心情的に納得できず、「霊魂（Seele）の問題は、呼吸の問題から最終的に分離されて、脳と神経の作用機構に転移する」。[2] 科学者たちが「魂」を「脳と神経の作用機構」に探すように、詩人たちも、精霊が魂を求めて人間の前に登場する姿を取り上げた。人間と精霊の婚姻とその破綻は民間伝承において繰り返し語られてきたが、それは人間が自然災害に遭って亡くなった事実を脚色しており、詩人たちはここに精霊が魂の獲得を目指すモティーフを組み込んだ。

図1　ヨハン・ルートヴィヒ・ティーク

一九世紀初頭に精霊譚が改めて語られるようになる経緯を、「ロマン派の王様」と呼ばれたティークに即して追ってみよう。

ヨハン・ルートヴィヒ・ティーク（一七七三－一八五三）は、ベルリンの縄作り職人の親方ヨハン・ルートヴィヒ・ティークとアンナ・ゾフィーの長男として生まれた。職人には徒弟時代に各地を遍歴して技術を磨く慣わしがあり、彼の父はハンガリーやトルコとの境まで足を延ばして見聞を広げ、[3] 結婚後は子供の教育に熱意を向けた。ティークはフリードリヒ・ヴェルダー・ギムナジウム[4]でヴィルヘルム・ハインリヒ・ヴァッケンローダー（一七七三－九八）やヴィルヘルム・ヘンスラー（一七七二－一八三五）と親しくなり[5]、ヘンスラーの義父である宮廷楽長ヨハン・フリードリヒ・ライヒャルト（一七五二－一八一四）の邸に出入りして、第一線で活躍する芸術家や学者たちの知己を得た。ティークがドイツ語や外国語の文学作品に強い関心を抱いたのは、この時期のプロイセンの教育においてギリシア語とラテン語に加え、外国語やドイツ語の教育に力が入れられたことに関係がある。[6] 彼は一七九二年の夏学期にハレ大学で神学を専攻し、冬学期にゲッティンゲン大学に移り、古典学のクリスティアン・ゴットロープ・ハイネ（一七二九－一八一二）、物理学のゲオルク・クリストフ・リヒテンベルク（一七四二－九九）に学んだ。[7] ゲッティンゲンはイギリスとの同君国ハノーファー領内にあり、大学図書館は英語の文献を豊富に蔵していた。ティークはここでシェイクスピア研究に取り組み、その後九三年夏学期にエアランゲン大学での勉強を終え、創作で身を立てる決意を胸にベルリンに帰還する。

彼はベルリンでブレンデル・ファイト（旧姓メンデルスゾーン、後のドロテーア・シュレーゲル、一七六三

－一八三九）、ヘンリエッテ・ヘルツ（一七六四－一八四七）、ラーエル・レヴィン（後のファルンファーゲン、一七七一－一八三三）などのサロンを訪ね、大御所の出版者フリードリヒ・ニコライ（一七三三－一八一一）の後援を受けて作品を出版し、その後イエナでアウグスト・ヴィルヘルム（一七六七－一八四五）とフリードリヒ（一七七二－一八二九）のシュレーゲル兄弟とノヴァーリス（一七七二－一八〇一）の集いに加わり（一七九九－一八〇一）、ノヴァーリスの死（一八〇一）を境にロマン派の仲間が四散すると、ギムナジウム時代の友人の領地ツィービンゲンに移った。その後ドレスデンに移り（一八一九）、創作や朗読会で活躍し、他の作家の作品集の編集も手がけ、カスパー・ダーフィト・フリードリヒ（一七七四－一八四〇）やフィリップ・オットー・ルンゲ（一七七七－一八一〇）などの画家とも交流した。そしてアレクサンダー・フォン・フンボルトの口利きによりフリードリヒ・ヴィルヘルム四世（一七九五－一八六一）から招待され（一八四一）、ベルリンで晩年を送った。

一八世紀は合理主義を是とする啓蒙の時代であるため、感情を重視する疾風怒濤の文学運動が生じたり、『ヴァルトブルクの歌合戦』と『ニーベルンゲンの歌』の写本の発見により中世文学への関心が芽生えたのは、合理化への反動と言えるだろう。[8]そしてヘルダーの『民謡集』（一七七八－七九）とヨハン・カール・アウグスト・ムゼーウス（一七三五－八七）の『ドイツの民話』（一七八二－八六）により民間伝承への関心が喚起されると、詩人たちは民間伝承に範を取り、中世を舞台にした精霊譚を語り始めた。加速する合理化とそれへの反動がせめぎ合う時代に、ティークは民衆本に着目した。民衆本は伝説を散文で語る娯楽本であり、図書館に所蔵されず、一八世紀末には見本市でも売られなくなり、いわば前時代の遺物と化していたのだが、[9]彼は民衆本『ハイモンの四人の子ら』[10]を元に『ハイモンの子供たちの物語』（一七九六）を、民衆本『麗わしのマゲローナ』[11]を元に

『麗わしのマゲローネとペーター・フォン・プロヴァンス伯爵の愛の物語』（一七九七）を出版して民間伝承の世界を同時代の読者に再提示した。ティークの他にも民衆本を愛好した詩人は多く、なかでも悪魔と契約を交わしたファウスト博士の伝説は人気が高い。[12] 民衆本が詩人の想像力の源泉になったことは確かであろう。民衆本における魔法や精霊といった荒唐無稽なテーマは、イギリスのウィリアム・シェイクスピア（一五六四－一六一六）やイタリアのカルロ・ゴッツィ（一七二〇－一八〇六）の演劇にも共通し、両劇作家の作品は一八世紀後半のドイツ語圏で度々上演された。[13]

ティークはシェイクスピアに夢中になった若者の一人であり、ギムナジウム在学中に執筆した戯曲断片『夏の夜』（一七八九）では少年シェイクスピアが妖精の国で才能を付与される様を描き、[14] ゲッティンゲン大学でシェイクスピア研究に取り組んだ。彼は一七九二年一一月三〇日にヴァッケンローダーに宛てた手紙に「私は今シェイクスピア研究に取り組んでいる。私は今ほど一生懸命シェイクスピアを研究したことはない。この八日間で『嵐』を全部書き写したから、今から解釈と注釈を揃えていくつもりだ。今から私は彼の言葉でしっかり勉強していく。彼に関する妄想から逃れられそうにない。『ロミオ』、『ハムレット』それに『オセロ』を私はほんの少し前に英語でも読み通した。翻訳ではシェイクスピアの正しい考えをきちんと理解することはできないしね」[15] と書いており、英語で作品を読み、先行研究を踏まえて作品をドイツ語に訳し、研究の成果を論文『シェイクスピアの不可思議の扱いについて』（一七九三）[16] に纏めた。[17] それによると、民衆のファンタジーは「迷信」を創り出すが、シェイクスピアは「民衆のファンタジー」から「子供じみたものや愚かしいもの」を捨象して、精霊界と人間界が交わるところに「奇妙なものや冒険的なもの」を残し、これらを入り口にして観客を精霊界に導き入れる。[18] 観客に「不可思議」を受容させるシェイクスピアの技量をティークは絶賛し、ケルト文化の妖精とドイツ語圏の精霊に同じ役割を見たのだった。

こうして、一九世紀初頭のドイツ語圏では啓蒙主義の時代にもかかわらず「不可思議」を受容する土台が整い、舞台上で精霊、亡霊、魔法使いなどが跳梁跋扈し、民間伝承の再評価と相俟って精霊譚が復活する。詩人たちは四大元素の精霊をどのような姿で描くのだろうか。

最初に取り上げるのは地の精であり、通常小人の姿で描かれる。小人は山の宝の守り手とされ、人間に恩恵を施したり悪戯を仕掛ける逸話が各地で語られ、一九世紀初頭の精霊譚でも地の精は小人の姿で描かれることが多い。だが次節では、小人以外の姿の地の精に着目し、この時期の特徴を読み取っていく。

2. 地の精

2-1. 鉱山

地の元素の空間として思い浮かぶのが大地や山であるのは、人間の暮らしの中で大地が農業に、山が鉱業に関係するためである。以下では山に着目する。というのも、山は鉱物という宝を内蔵し、鉱物を掘り出し加工する鉱山業が長らくヨーロッパの基幹産業だったからである。一〇-一一世紀にハルツ地方のゴスラーで銀山が開発され、一二世紀後半から一四世紀初めにフライベルクの銀山の産出量が増大し、一五世紀後半から中央ヨーロッパで鉱山の開発が進んだ。たとえば一六世紀後半のザクセン選帝侯領の全収入の七五%を占めたのは鉱山収入であり、鉱山業は多くの雇用を創り出し、都市をつくり、経済に活気をもたらすため、鉱山を持つ領邦は高額な補助金を出して鉱山経営を支え、税金の徴収を容易にするべく精錬所を官営にした。[1] ザクセンの鉱山は主に銀と銅を産出し、一五世紀末にフライベルクで鉱脈が枯渇する。[2] その後南アメリカのペルー副王領でポトシ銀山が開発されると（一五四五）、アメリカの銀の量はヨーロッパの銀の四倍に、一六〇〇年代には一〇数倍に達したが、[3] フライベルクは水準を落とさず活動を続け、一九世紀半ばに二万キログラムを産出するまでに復興する。[4] これには「鉱物学上の発見と知見を集成し、鉱山技師を養成するための特殊な施設」[5] である鉱山学校の設立が関係する。[6]

　フライベルクの鉱山学校は、ザクセン選帝侯の摂政フランツ・クサーヴァー・フォン・ザクセン（一七三〇－一八〇六）に招聘されたフリードリヒ・アントン・フォン・ハイニッツ（一七二五－一八〇二）とフリードリヒ・ヴィルヘルム・フォン・オッペル（一七二〇－六九）により一七六五年一一月二一日に設立された。ここでは原料の獲得と加工技術に関する知識を重視し、理論と実践を結びつけた教育が行われ、アブラハム・ゴットロープ・ヴェルナー（一七四九－一八一七）により、学校の名が高められた。ヴェルナーはゾルムス伯爵領鉄精錬所で監督を務める父の助手になり（一七六四）、その後フライベルク鉱山学校（一七六九）とライプツィヒ大学（一七七一）で学び、二五歳でフライベルク鉱山学校の教授として招聘された（一七七四）。彼の研究の特徴は、岩石を徹底的に観察・分析し、データに基づいて法則性を見出す方法にあり、[7] ザクセンのシャイベンベルクで地質調査を行い（一七八八）、石英砂層、粘土層、ワッケ層、玄武岩層から成る四層が太古に一帯を覆っていた水から沈積したと考え、玄武岩が水成起源であると主張した。岩石は海水の中に析出・沈殿して出来たとする彼の考えは水成説と呼ばれる。それに対し、イギリスのジェイムズ・ハットン（一七二六－九七）が、岩石は地中内部の熱により生じるとする火成説を唱えた。ハットンは野外調査を行い（一七八五－八八）、水成岩と考えられた花崗岩が火成岩である証拠を示した。[8] この論争では当初水成説が優勢だったが、次第にハットンの発見の意味が理解され、一八二〇年頃に火成説が定説となった。地質学は産業発展に必須の学問であるだけでなく、地球の起源を考える証拠を提示する可能性を秘めた学問として注目を集め、[9] 鉱山学校には多くの学生が集まり、アレクサンダー・フォン・フンボルト、フリードリヒ・フォン・ハルデンベルク、ゴットヒルフ・ハインリヒ・フォン・シューベルトを始め、大勢の地質学者がヴェルナーの下から巣立った。

そして一九世紀初頭に鉱山は人々の見学場所になり、実際には過酷な労働が強いられたにもかかわらず、地上とは異なる素晴らしい世界が広がっているとの夢想を引き起こし、詩人の筆を通して夢の世界と化していく。

2－2．ノヴァーリス『ハインリヒ・フォン・オフターディンゲン』

ヴェルナーに学んだ鉱山技師ハルデンベルクがノヴァーリスという筆名で執筆した未完の長篇小説『ハインリヒ・フォン・オフターディンゲン』（一八〇一）はロマン派の金字塔になった。この作品の邦題『青い花』は作品の主題を端的に示しているが、本書は主人公の名がヴァルトブルクの歌合戦伝説の詩人に由来することを重視して、原文通り『ハインリヒ・フォン・オフターディンゲン』と表記する。

ノヴァーリスは一七七二年、ザクセンの貴族ハインリヒ・ウルリヒ・エラスムス・フォン・ハル

図2　ノヴァーリス

デンベルクとアウグステ・ベルンハルディーネの第二子ゲオルク・フィリップ・フリードリヒとしてオーバーヴィーダーシュテットに生まれた。父は大人数の家族を養うため、ザクセンの官営製塩所に所長として勤務しており、フリードリヒはイエナ、ライプツィヒ、ヴィッテンベルクの大学で勉強した後、ザクセン選帝侯国の役人になり（一七九四）、製塩所監督局で働き始めた。その後フライベルク鉱山学校で学び（一七九七－九九）、一七九八年以降、ラテン語で「新しい土地を耕す者」を意味するノヴァーリスという筆名を用いた。彼は亡くなる直前まで鉱山業に従事し、山の内部に広がる神秘的な世界を文学作品に描いた。

ノヴァーリスが書き残した作品『ハインリヒ・フォン・オフターディンゲン』は、中世文学『ヴァルトブルクの歌合戦』の詩人が夢の中で見る青い花に導かれて詩人になる決意を固める経緯を描く。物語はハインリヒが中世都市アイゼナハの自宅で目を覚ますところから始まり、彼が両親に見たばかりの夢の話をすると、父もかつて似た夢を見たことがあると判明する。ハインリヒと若き父が見た夢はいずれも青い花に関係していた。これら二つの夢の内容を順に確かめよう。

夢のなかのハインリヒは見知らぬ遠国にいて、海を渡り、さまざまな場所で暮らし、輪廻転生を繰り返した後、情熱的な恋の相手との永遠の別れを経験する。明け方、彼は暗い森を通って峡谷にたどり着き、そこを登って草原に至り、草原の向こうの崖にある洞窟に入る。そこでは泉を中心に広い空間が広がっており、彼は泳いだ後、草地で休らい、ある花に目を留める。

彼を強く引きつけたのは一本の丈のある淡青色の花だった。それは泉のすぐ脇にあり、幅広の輝く葉で彼に触れていた。そのまわりに色とりどりの花が無数にあり、芳しい香りが大気を満たした。彼は青い花だけを見た。名付けようもない優しさでその花をじっくり眺めた。彼が花に近づこうとしたとき、花は突然動き出し、変わり始めた。葉は輝きを増し、伸びゆく茎にぴったり寄り添って、花が彼の方へ折れ曲がり、花弁は広がった青い首を示した。そこには華奢な顔が漂っていた[10]。

ハインリヒが見た青い花は無数の色とりどりの花を従えて王者の風格を漂わせ、彼が花に近付こうとすると花も彼に近付こうとし、その反応はあたかも意志を持っているかのようだ。不思議なことに、花弁の中には「華奢な顔が漂って」おり、ハインリヒはこの顔を見て憧れを掻き立てられる。

若き日のハインリヒの父も似た夢を見ていた。夢の中で洞窟に入った彼は、ある老人に導かれて進み、「いたる所に泉や花があり、すべての花の中で一輪の花がとくに私は気に入った。他の花々がその花にお辞儀をしているように思えた[11]」。老人は若き父に花の説明をする。

君は世界の不思議を見たのだよ。この世で最も幸せな者になるのも有名人になるのも君次第だ。私が言うことをよくお聞き。聖ヨハネの日の夕方、再びここに来て、この夢を理解したいと心から神に願えば、君はこの世の最高の運命に恵まれるだろう。それからよく注意せよ。君はこの上で見つけるであろう青い花を折り、それから神の導きに身を委ねるのだ[12]。

父は花の色を覚えていないが、他の花々がその花に向かってお辞儀をするという特徴からハインリヒと同じ青い花を見たと考えられる。老人によると、この青い花は聖ヨハネの日だけに咲き、これを手に入れる者は「世界で最も幸せな者」にも「有名人」にもなり、「この世の最高の運命に恵まれる」という。聖ヨハネの日は六月二四日、太陽が一年のうち最も高い位置に達し、夏至の祭りが行われ、前夜に摘んだ薬草は高い効果を持つとされる特別な日である。ところが若き日の父は、青い花が「世界の不思議」であると教わったにもかかわらず、この花を見て恋人の顔を思い出し、彼女に求婚するため、青い花を摘みに行かずに帰路に就いた。

青い花はハインリヒと若き父に憧れを掻き立てた。若き父は恋を優先し、青い花を見たことをその後忘れたが、息子のハインリヒは「夢を夢としてそのままに受け止め、記憶し、いつか夢の意味が開示されるのを予感[13]」し、「夢の自律性を尊重[14]」する。彼にとって花を見たときに覚えた憧れを歌うことが「最高の運命」となるのである。それにしても、若者の人生を一変させるほどの影響を及ぼす青い花とは何なのか。

青い花のイメージを掴むため、ノヴァーリスが参照したテューリンゲン地方の伝説を見ておこう。[15]この伝説では、一人の羊飼いがキュフホイザー山を登る途中に美しい花を摘み、自分の帽子に挿して山の内部に入る。ここで美しい鉱物を見つけてポケットに詰めたが、外に出ようとした拍子に花を落とした。彼が花を落としたことを、花が山に回収されたと考えるならば、花は鉱山の内部に入るための鍵だったと言える。それに対し、ノヴァーリスの青い花は地底湖に咲き、[16]鉱泉の水が結晶化したものとも考えられる。[17]青い花を鉱物兼植物と見なす見方は一見不可解だが、動物たちがある種の植物を持ってきて死んだ仲間を生き返らせるという世界各地で語られる逸話に関連づけて考察することができる。植物が死んだ生き物を生き返らせるとは、生と死の間の境界を開くことに他ならず、このイメージを遡ると、ソロモン王が神殿を作るため巨石を破壊するのに用いた小さな石にたどり着くという。その石は「錠を吹きとばし、石を粉々にして、秘法がずっと隠されていた山をひらかせる。あるいは、しびれさせ、魔法の眠りに誘い、命をよみがえらせる」[18]。

鉱物兼植物が秘められた世界を拓く鍵となる逸話は他にもあり、そこでの青い花はワスレナグサである。[19] この逸話に倣って、ノヴァーリスにおける青い花を具体的な植物に結びつければ、オダマキと亜麻の花が候補に挙がる。中世フランスの詩では青色の花「オダマキ（ancolie）」と「メランコリー（mélancolie）」との語呂合わせが用いられ、青は「愛とメランコリーと夢の色」[20] とされ、ノヴァーリスの青い花の性質に通じる。また亜麻の花も青く、背丈の高さはノヴァーリスの青い花と同じであり、二人の女神に関係する。すなわちリネンを身につけ、亜麻の青い花を「純白さ」「詩的な素朴さ」の象徴とするローマの噂の女神ファマと、[21] 夫オシリスの遺体をリネンで包んだエジプトの女神イシスである。特にイシスとの連関は濃厚で、ノヴァーリスの『サイスの弟子たち』（一七九八）の挿話の青年ヒヤシンスが目指したのはイシス神殿であり、ハインリヒの故郷アイゼナハをはじめ「アイゼン（Eisen）」という語を含む町はイシスに関係する。[22]「アイゼナハ」は語源的に鉄分を含んだ水や川を指しており、[23] ハインリヒが水辺に咲く青い花を夢見る場所に相応しい。ノヴァーリス文学において女神イシスが占める大きな位置を考慮すると、青い花もイシスのアトリビュートと考えられるのである。

では、青い花が仄めかす高次の世界とは何なのか。この花を見た直後、ハインリヒの父が恋人に求婚したように、憧れの世界は第一に愛しい人との暮らしと考えられるが、ハインリヒは恋人との生活の先を予感する。未完の作品ゆえ、高次の世界の詳細は明示されずに終わるが、主人公のモデルを手がかりに考察を進めよう。ノヴァーリスがモデルにした『ヴァルトブルクの歌合戦』の詩人ハインリヒ・フォン・オフターディンゲンは、歌合戦に敗れると君主の奥方にすがりついて死を免れ、自分の代わりに師匠クリングゾールを呼びたいと言って逃げ出す臆病者である。[24] だがノヴァーリスは、歌合戦伝説の主人公が『ニーベルンゲンの歌』の作者であるとする当時の誤った見解に則って、歌合戦時に未熟だった詩人が後に偉大な詩人になると考えていた。したがってノヴァーリスがこの作品で若きハインリヒを肯定的に描いたのは、主人公が後年臆病風に吹かれるにしても、最終的に偉大な詩人になると確信していたからであろう。このように彼は否定的存在を肯定的存在へ、肯定的存在を否定的存在へ転換し、段階を踏んでより高い次元に達すると考えていた。危険な山の内部の空間を至福の空間に変換したり、各種伝説で山腹に咲く青い花を地底に咲かせたことにも、同じ変換原理が働いており、ノヴァーリスは既存の価値観を反転させたところに高次の世界を拓こうとしていたと言える。

2-3. ティーク『ルーネンベルク』

ノヴァーリスは若くして病気で亡くなったが、その早い晩年にティークと知り合い、意気投合した（一七九九）。鉱山技師ノヴァーリスが山の内部を知悉していたのに対し、ティークはハルツ鉱山を見物した経験（一七九二）を持つ程度であったが、小説『ルーネンベルク』（一八〇四）において、中世と山といったノヴァーリスと共通のテーマを展開する。

この作品は、若い狩人クリスティアンが夕暮れの森で腰を下ろし、孤独を実感する場面で幕を開ける。彼は手持ち無沙汰のあまり足下に生えていた根っこを引き抜く。

彼が何も考えずに、突き出ていた根っこを地面から引き抜くと、突然地中からくぐもった泣き声が聞こえて驚いた。その声は嘆くような音色で地下を進み、遠くではじめて哀しげに響いて消えた。その音色は彼の心の内奥まで貫き、圧倒した。瀕死の自然のからだが苦痛の中で亡くなろうとしているその傷に、彼は思わず触れてしまったように思った。彼は飛び上がって逃げ出そうとした。以前奇妙なアルラウンの根っこの話を聞いたことがあったからだ。その根っこは引き抜かれるときに心を引き裂かんばかりの嘆きの声を上げ、人間はその泣き声に気が狂いかねないという。[25]

クリスティアンは根っこの泣き声を聞いたと思い、「アルラウンの根っこ」を連想する。民間伝承において大地の力が根を通して植物に入り込むとする考えからアルラウンは治癒力の貯蔵庫や特別な力の源と見なされ、[26]「アルラウン（Alraun）」の語源がゴート語の runa「秘密」、古高ドイツ語の rûnên「密かに静かに話す」（囁く raunen）、古ノルド語の run「秘密、ルーン文字」にあるため、[27] アルラウンが地上に引き抜かれたことは、秘密の暴露に相当する。クリスティアンはこの直後に「見知らぬ男」[28]と出会い、ルーネンベルクに「古の時代の奇跡の数々」があると教えられる。「ルーネンベルク（Runenberg）」の前半部 Rune はアルラウンの語源に関係し、後半部の Berg が「山」を意味するため、ルーネンベルクはアルラウンの秘密に関わる場所であり、クリスティアンがアルラウンを引き抜いたことで何らかの秘密が暴露されたと考えられる。そして彼はルーネンベルクにたどり着くと、夢うつつの状態で、美しい「大きな女性[29]」が立派な広間で歌い動き回る不思議な光景を目にする。

かなり時間が経って彼女はもう一つの黄金の棚に近付き、石やルビー、ダイヤモンド、あらゆる宝石が嵌め込まれて輝く一枚の石板を取り出し、長いことじっくり眺めた。その石板は異なる色や線でできた不思議な理解しがたい模様を成すようだった。時折にぶい光が彼に向かって反射し、この若者は痛いほど眩しく思い、それから再び緑や青に揺れる光が彼の目を和らげた。彼は自分の眼でそれらの物を貪るように見ると同時に自分の奥深くに沈んで立っていた。彼の内には形姿と快い響きの深淵が、憧れと欲望の深淵が開き、飛び交う音と哀しげでありながら喜ぶような旋律が群れをなして彼の心を通り抜け、彼は心の底から感激した。痛みと希望の世界が、信頼と反抗的な期待と悲しみを湛えて流れる大河から成る力強い奇跡の岩が自分の内に開くのを彼は見た。彼はよくわからなくなり、かの美人が窓を開けて彼に魔法の石板を差し出し、「私の思い出にこれを取っておきなさい！」と言うのに驚いた。彼は石板を受けとり、するとその模様が眼に見えないままますぐに自分の内へ移るのを感じた。そして光と立派な美人と奇妙な広場は消えた。[30]

この女性が宝物のように扱う「一枚の石板」には多種多様な宝石が嵌め込まれ、何か文字が書かれている。[31] クリスティアンが石板の文字を見ると、宝石に当たって反射する光は鋭かったり穏やかになったり様相を変えながら彼に当たり、彼は石板を凝視しているのに、「自分の奥深くに沈」む感覚を覚える。すると、これまでよく知っていた「形姿」と「響き」、「憧れと欲望」の間にある深淵が開いて「奇跡の岩」が顕現する。その岩は「大河」の水の成分である「信頼」、「反抗的な期待」、「悲しみ」が結晶化したもののようであり、[32]この美しい女性が大事そうに差し出した石板は「奇跡の岩」の一部と考えられる。彼は「痛みと希望」を感じつつ石板を受け取り、それに刻まれた模様が自分の「内へ移るのを感じ」、「奇跡の石」を見た経験を記憶に留めたのだった。

この後クリスティアンは山を降り、麓の村で伴侶を見つけて家庭を築いた。一方、彼の故郷では母が亡くなり、父が行方不明のクリスティアンを探し始め、ルーネンベルクに来て珍しい花を見つけた後、息子と再会した。庭師の父は「私は生まれてからずっと、この花を一度見てみたいと思っていた。この花は珍しくて山の中にだけ生えるので、うまくいったためしはなかった[33]」と息子に語っている。この花は父にとって新しい世界を拓く鍵となり、事実、彼は新たに息子一家と暮らし始めた。かつてクリスティアンがアルラウンを引き抜き、今回、彼の父が珍しい花を見つけた場所がルーネンベルクであることから、父が見つけた花はアルラウンの花とも考えられる。

穏やかな暮らしが五年ほど続いた頃、見知らぬ男がやってきて三ヶ月ほどクリスティアンたちの家に滞在した。この男は出立するときにクリスティアンに金貨を預け、その後、クリスティアンが憑かれたように夜な夜な金勘定をするようになったため、父は教会に通い地道に仕事をするよう息子を諭す。すると、クリスティアンはアルラウンの根っこを引き抜いたときの思い出を語り出す。

私ははっきり覚えている。一本の植物が大地全体の不幸を私に初めて知らしめたことを。それ以来私は耳をすませば、自然全体のいたるところから聞こえてくるため息や嘆きを理解できるようになった。植物、草々、花々、木々の中で大きな傷が痛々しく疼き、それらは古《いにしえ》の壮麗な石の世界の亡骸なのだ。それらは私たちの目に世にも恐ろしい腐敗を見せつける。これこそあの根っこが深く掘り出された呻きで私に言おうとしたことだと今わかった。あれは痛みのあまり我を忘れて私にすべてを漏らした。だから緑の植物たちは皆、私に腹を立て私の命を狙っている。奴らは私の心の中にいるあのかわいい奴を消し去ろうとして、春が来る度に自分たちの歪んだ亡骸の表情を見せて私の魂を手に入れようとする。父さん、奴らがあなたを欺したのは許されないし油断ならない。奴らはあなたの魂を完全に手に入れてしまったからだ。石に聞いてご覧なさい。あなたは石が話すのを聞いて驚くでしょう。[34]

クリスティアンはアルラウンが漏らした秘密を「大地全体の不幸」と表現する。彼によると、「一本の植物」アルラウンの「声は嘆くような音色で地下を進み、遠くではじめて哀しげに響いて消えた」。一般にアルラウンの叫びが地上で響くとされるのに対し、ルーネンベルクの根っこの声は地下を進み奥深くで響いた。彼は根っこを「あのかわいい奴」と呼び、根っこが痛みのあまり呻いたとき、植物たちが「壮麗な石の世界の亡骸」、つまり鉱物の末裔であるという秘密を漏らしたのだと理解する。一九世紀初頭のヨーロッパでは化石が生物の死骸であると知られ始めていたのだが、クリスティアンはこの構図を反転させ、植物が「石」すなわち鉱物の死骸であると言う。植物たちの秘密は、植物の死骸が鉱物であるという科学的事実を逆さまにして、鉱物の死骸を植物とすることにある。クリスティアンは植物の秘密を知ったため、「緑の植物たちは皆、私に腹を立て私の命を狙っている」と思い込む。彼によれば、新緑の季節である春に植物たちは「歪んだ亡骸の表情を見せ」、人間が花や新芽を愛でると、植物は人間の「魂を手に入れ」る。彼が父に「奴らはあなたの魂を完全に手に入れてしまった」、「あなたを欺した」と言うのは、植物に親しむ父が植物に欺され魂を取られたと考えるからである。クリスティアンにとって植物の源にある鉱物の世界こそ真正な世界である。

その後もクリスティアンは金貨を数え続けて石の世界に惹かれた挙げ句、失踪する。旅人が置いていった「お金（Geld）」は「金貨（Gold）」であり、父が金貨を「呪われた金属[35]」と呼ぶように、「金（Gold）」は石の世界に属する鉱物である。根っこを引き抜いたクリスティアンの前に現れて石の世界へ導いた見知らぬ男、夢の中で彼に石板を渡した女性、村で暮らす彼を訪ねて金貨を残し立ち去った旅人、森の中で出会う男は皆、「森の女[36]」の別の姿であり、根っこという鍵を手にした彼は石の世界の住人になるよう運命づけられていた。そして数年後「ボロボロの上着、裸足、日に焼けて黒い顔、長いもじゃもじゃの髭[37]」をして妻の前に現れた彼は、村人の目に「不幸な者[38]」に映る。だが彼と森の女の縁を人間と地の精の結婚と捉えるならば、これは上首尾にいった異類婚姻譚なのだ。

2－4．タンホイザー伝説

ノヴァーリスの主人公が夢の中で運命の女性の顔を地底湖に咲く青い花の中に見たことと、ティークの主人公がルーネンベルクで一夜を明かしたとき、おそらく夢の中で運命の女性と出会ったのは、構図上よく似ている。加えて、二人の作品に共通してタンホイザー伝説が関わることを指摘したい[39]。この伝説も一九世紀初頭に脚光を浴び、アヒム・フォン・アルニム（一七八一－一八三一）とクレメンス・ブレンターノ(一七七八―一八四二)が編集した民謡集『少年の魔法の角笛』第一巻(一八〇六)と、[40] ヤーコプ(一七八五―一八六三)とヴィルヘルム(一七八六―一八五九)のグリム兄弟が編集した『ドイツ伝説集』第一巻一七〇話とに収録された。[41] どちらもハインリヒ・コルンマンの『ヴィーナス山』(一六一四)とヨハネス・プレトリウスの『ブロック山勤行』(一六六八)を素材にし、ヴィーナスの色香に惑いつつ誘惑を断ち切ろうと努めるタンホイザーを通してキリスト教世界で異教的存在との婚姻という罪が許されるか否かを問うている。

このヴィーナス山の所在に諸説あるが、最有力候補がドイツ中部アイゼナハとゴータの間の「ヘルゼル山(Hörselberg)」であり、北西側に切りたった岸壁が聳え、「ヘルゼル穴(Hörselloch)」と呼ばれる洞窟の奥底からくぐもった水の轟きが聞こえるという。この穴は煉獄への入り口と見なされ、ヘルゼルは「ヘーレ、ディ・ゼーレ(Höre, die Seele)」、すなわち魂の叫びに耳を傾けよという意味に捉えられた。[42] ノヴァーリスがハインリヒの故郷をアイゼナハに設定し、山の内部に青い花を咲かせたのは、彼の記憶の底にこの伝説があったからではないだろうか。またティークはタンホイザー伝説におけるキリスト教徒と異教の神との婚姻を、人間と精霊との婚姻に置き換えた。ヴィーナスやイシスといった異教の女神を想起させる「森の女」は鉱物と植物を支配する自然界の「権力者」であるため、その網にかかった人間は抗う術を持たない。ノヴァーリスがヴァルトブルクの歌合戦伝説に鉱山の世界を重ね、ティークがタンホイザーとヴィーナスの結びつきを地の精との婚姻に置き換え、二人の作品は地の元素と密接に関わるものになった。

その後リヒャルト・ヴァーグナー(一八一三―八三)がオペラ『タンホイザーとヴァルトブルクの歌合戦』(一八四五)において、ハインリヒ・フォン・オフターディンゲンとタンホイザーとを合わせた主人公を造形する。彼はパリで知り合ったハイネの『四大精霊たち』に収められたタンホイザーの詩から着想を得たらしい。[43] だがヴァーグナーのタンホイザーは婚約者エリーザベトの祈りのおかげでヴィーナスの誘惑を断ち切り人間社会で許しを得ており、このオペラでは異類婚姻譚の性質は失せている。

人間と精霊との婚姻ははじめから成立しないか、成立しても破綻するものだが、ティークの『ルーネンベルク』では珍しく人間と地の精との成就した結婚が描かれた。それは人間が長らく鉱山業を営んできたことに関係すると考えられる。

次節では人間と水の精との結婚を見ていく。水の精は人間の男女どちらの姿でも描かれるが、異類婚姻譚においては魅惑的な乙女の姿を取る。

3. 水の精

3-1. 河川

ドイツ語圏では、バルト海に面する北部を除けば、水というと川や湖が連想される。一九世紀に鉄道が張り巡らされるまで主要な交通路は河川であり、航行の難所は水の精がいたずらをする場、水死体は水の精に殺された人間とされて、水の精は人間には不可解でありながら魅力的な存在だった。ハインリヒ・フォン・クライスト（一七七七－一八一一）が『ベルリン夕刊新聞』（一八一一年二月五・六日）に転載した『ウィーン新聞』（一八〇三年七月三〇日）の記事を見ると、一七七六年春にハンガリーのフェルテー湖で一七歳くらいの青年の姿をした水の精が漁の網にかかり、九ヶ月ほど人間社会に暮らした後、城の堀から水に飛び込んだという。[1] 一九世紀初頭の新聞にこのような逸話が掲載されたのは、水の精の実在が信じられないにしても、この種の話を楽しむ雰囲気があったためと考えられる。水の精にはさまざま名前が付けられるが、ドイツ語圏で親しまれる水の精をメリュジーヌ、ウンディーネ、ローレライの順に見ていこう。

3-2. メリュジーヌ

メリュジーヌはフランス起源の伝説[2]の水の精である。伝説によると、騎士レモンダンが美女メリュジーヌに出会い、彼女の助言に従って苦境を脱し、城や町を次々に作り子孫を増やす。この夫婦の息子たちは皆、冒険に赴く異形の風貌の英雄になり、各地の王女と結婚して勢力を拡大する。あるときレモンダンは禁を破って水浴中のメリュジーヌを覗き見て、彼女が蛇の下半身を持つことを知るのだが、この件を黙っていた。しかし息子の一人の悪行を知らされたとき、レモンダンが嘆きながらメリュジーヌを化け物と罵ったため、彼女は姿を消した。「メリュジーヌ（Mélusine）」という名は「母（mère）」と一族の名「リュジニャン（lusignan）」を合わせて「リュジニャン一族の母」を意味する。実在のリュジニャン家は一一－一三世紀にフランスのポワティエ地方で隆盛した一族で、十字軍遠征に大きな役割を担った。数世代にわたる婚姻政策を通して彼らが領地を広げた経緯は、伝説では夫婦の息子世代に短縮して描かれる。リジュニャン家の人々は一族の創始者を水の精に設定することにより、ギリシア神話における半神同様、精霊の子孫として他の人間とは異なる特別な存在であると強調した。つまり、この伝説は蛇女と騎士の婚姻譚というより、一族の年代記としてリュジニャン家の血統が特別であることを証すものなのである。

メリュジーヌ伝説はスイスのテューリング・フォン・リンゴルティンゲンによりフランス語からドイツ語に訳され（一四五六）、アウクスブルクで七一枚の木版画を添えた印刷本が刊行され（一四七四）、一五〇〇年までに一三回版を重ねた。[3] ドイツ語版はクードレットのテクスト（一四〇一）の四割を削って筋を踏襲し、『フランスの気高くやんごとなき王妃　メルジーナの物語　なんと奇妙な妖怪もろとも、この王妃が土曜日ごと海の怪物に変身させられたか』という長い題名を持ち、メリュジーヌをメルジーナ、レモンダンをライムントと固有名詞をドイツ風にして流布した。

子供時代にメルジーナの民衆本を読んだゲーテは、後年、その読書経験を『ヴィルヘルム・マイスターの遍歴時代』（一八二九）の挿話「新メルジーネ」に織り込んだ。[4]「新メルジーネ」の姫は小函に住む小人であり、人間の姿をした姫に恋する人間男性は姫の依頼を受けて、小函を運びながら旅を続ける。途中、彼は小函を覗いてはならないとの約束を破り、二人の関係が揺らぐと、今度は自ら小人の世界に入り、関係維持に努める。このように二人の婚姻はしばらく続くのだが、人間男性が人間界に戻りたくなり婚姻は破綻する。ゲーテのメルジーネは小人であるがゆえ地の精の性質を帯び、その点で二人の婚姻は「新」しかったのだが、やはり破綻という結末に至った。

3−3．ウンディーネ

メリュジーヌはフランスの水の精であり、ドイツ語圏に導入されてメルジーネと呼ばれたが、ドイツに特有の水の精として一八一〇年代に一世を風靡したのはウンディーネである。フリードリヒ・ド・ラ・モット・フケー（一七七七－一八四三）が小説『ウンディーネ』（一八一一）でこの水の精を造形した後、この作品はオペラ化された（一八一六）。

フケーはパラケルスス（一四九三－一五四一）の『ニンフ、シルフィー、小人、火蜥蜴、その他の精霊の書』を読み、ウンディーネの着想を得た。パラケルススによると、水の精はラテン語の「波（unda）」に因んでウンディナ（undina）と名付けられ、この名はドイツ語でウンディーネ（Undine）になる。ウンディーネに関するパラケルススの記述を見よう。

まず知っておくがよい。彼女が人間と結婚し人間と子を成したら、知っておくがよい。彼女が水上やそれに類するところで夫に怒られるなら、彼女は水に飛び込み、誰も彼女を見つけられなくなる。夫は彼女が溺死したと考えるかもしれない。彼女をもう見ないからである。したがって彼は彼女が死んだとか亡くなったと見なすべきでないと知っておくがよい。彼女は水の中に飛び込もうとも元気なのだから。さらに、彼は別の妻を娶るべきでないとも知っておくがよい。そうすれば、彼は自分の命を落とし二度と世に出られないからである。婚姻の絆は切れておらず完全だからである。夫から逃げた妻も同様である。妻は夫から、夫は妻から自由になったのではなく、婚姻そのものは分かたれず、命が続く限り誰もそれを永遠に切れない。彼女が水に飛び込むならば、彼女は夫と子供を置いていくが、婚姻の絆は完全なままである。だから知っておくがよい。彼女が諸々の絆と義務のために最後の審判の日に現れることを。彼女から魂は取られても離れてもおらず、彼女は魂を追い、自分の義務を果たさなければならないからである。彼女が水の精やニンフならば、彼女は魂を、自分が引き受けた義務を手に入れるだろう。彼らは離れればなれになると再会することはない。よくあることだが、夫が他の妻を娶り、彼女がやってきて彼に死をもたらす場合を除いて。[5]

パラケルススによると、水の精と結婚した人間男性は水辺で水の精を叱責してはならず、水の精と別れた後も再婚してはならず、再婚を強行すると水の精に殺される。この掟はメリュジーヌ伝説にも当てはまり、メリュジーヌは夫のレモンダンに叱責されて姿を消した後、子供を養育するためときどき現れたが、レモンダンは再婚しなかったため、メリュジーヌに再会することも殺されることもなかった。ウンディーネの場合はどうなるだろうか。

小説『ウンディーネ』を創作した詩人フケーの経歴を見ておこう。フリードリヒ・ハインリヒ・カール・ド・ラ・モット・フケーは一七七七年、ハインリヒ・アウグスト・カール（一七二七－九八）とマリー・ルイーズ（一七四〇－八八）の間にポツダムに生まれた。フケーの祖父エルンスト・ハインリヒ・アウグスト（一六九八－一七七四）はノルマンディー地方の古い貴族、祖母はシャンパーニュ地方の貴族であり、フケーはフランスの信仰難民の子孫であった。こうした家庭環境に鑑みると、彼はフランスの水の精メリュジーヌの話を幼い頃から聞いて育ったのではないかと推測されるのである。フケーは騎兵隊旗手としてプロイセン軍に入り（一七九四）、フランスに出征して、連隊長の娘と結婚した（一七九八）。その後、彼はクライスト、ゲーテ、シラー、アウグスト・ヴィルヘルム・シュレーゲルなど詩人たちと知り合い、大領地を

図3　フリードリヒ・ド・ラ・モット・フケー

持つカロリーネ・フォン・ブリースト（一七七三－一八三一）と出会い、経済的基盤を得て文学活動に専念する見込みができたためであろう、妻と離婚して軍を退役し（一八〇二）、カロリーネと再婚して、妻の領地ネンハウゼンに移り住んだ（一八〇三）。ネンハウゼンはベルリンから西に七〇キロメートルに位置する、森と湖が点在する風光明媚な土地であり、フケー夫妻はバロック様式の館に住み、シャミッソー、ホフマン、クライスト、ヨーゼフ・フォン・アイヒェンドルフ（一七八八－一八五七）といった詩人を始め、ヨハン・ゴットリープ・フィヒテやヴィルヘルム・フォン・フンボルトなどもここを訪れた。彼らの集いは「マルクのムーサ宮廷（Märkische Musenhof）」と呼ばれた。この名称は、ネンハウゼンがブランデンブルク辺境伯領にあるため辺境伯領を指すマルクと、ギリシアの文芸の女神たちムーサを合わせており、詩人たちの集いがアーサー王伝説の宮廷に擬せられたことがわかる。結婚後、カロリーネも作家として活動を始め、フケーはここで他の詩人の作品のプロデュースを手がけつつ『ウンディーネ』を執筆した。

『ウンディーネ』の筋を時系列に沿って追っていこう。騎士フルトブラントがある町にやってきて、領主の養女ベルタルダに好意を抱くが、ベルタルダは彼を森への冒険に急《せ》き立てた。彼女は中世の騎士道を踏まえて、騎士が乙女のために危険な冒険を行い、無事に帰還した暁に乙女と結婚するという筋書きを用意していたのだが、騎士フルトブラントは森を通り抜けて湖畔の漁師小屋にたどり着くと、ここの漁師夫妻の養女ウンディーネと恋に落ちて結婚する。後で判明することに、ウンディーネは水の世界の王の娘、ベルタルダはこの漁師夫妻の実の娘であり、ウンディーネの父が娘に魂を持たせてやりたいと望んで幼いベルタルダとウンディーネとを取り換えたのだった。「取り替え子」の伝承は、人間の赤ん坊が醜い不機嫌な妖精の赤ん坊に替えられるというケルト文化に由来し、『ウンディーネ』ではわがままな人間ベルタルダと心優しい水の精が取り替えられる。そしてフルトブラントが新妻を伴って町に戻ってきた後、ベルタルダは出生の秘密を知らされることになる。

騎士フルトブラントが途中の森で遭遇した出来事を、漁師夫妻とウンディーネに漁師小屋で語って聞かせる場面に戻ろう。騎士は次のように話した。

> ふと見上げると、私は高い樫の木の枝の間に黒いものを見ました。熊かなと考えて、剣を掴もうとすると、そいつは人間の声で、しかも耳障りな憎らしい声で言いました。おい、青二才、俺がこの上から枝をぼきっと折って落とさなければ、今晩お前を何で焼けばいいのかい？――そいつはニヤニヤ笑って、枝をガサガサ言わせたので、私の馬は気も狂わんばかりになり、私を乗せて走り抜けました。そいつがどんな悪魔の獣だったのか、確かめる時間すらありませんでした。[6]

フルトブラントは最初「黒いもの」を「熊」と見なしたが、話しぶりから「悪魔の獣」と考えたという。後にウンディーネが「森には空気に属する森の精がいる」と述べるのを踏まえると、騎士にちょっかいを出したのは森の精と考えられる。森の精は木々やその間をそよぐ風を擬人化した存在であり、枝を集めてお前を焼いてやると言って騎士をからかったのだった。フルトブラントはその後の経緯を語る。

> 怖気づいた馬のせいで、私は木の幹や枝にぶつかって走りました。馬は不安と暑さのため汗を流し、それでも止まろうとしませんでした。ついに馬は岩壁の上に来ました。そのとき突然背の高い白い男が牡馬の行く手を阻んだように思われました。馬は驚いて止まりました。私は再び馬を御せるようになり、はじめて我が騎士が白い男ではなく、すぐ横の丘から流れ落ち有無を言わさず私の馬の疾走を止める銀色に光る小川だと気付きました。[7]

恐怖に駆られた馬がフルトブラントの手に負えなくなったところに「背の高い白い男」が現れて馬を止めた。フルトブラントは人間が自分を助けてくれたと思ったが、すぐに「小川」だと気付く。この白い男はウンディーネの伯父の水の精キューレボルンであり、馬の暴走を止めると小川の姿に戻ったのだった。水の精であるキューレボルンは自在に姿を変えられる。その後フルトブラントは小人に付きまとわれ、小人を追い払うため金貨を一枚恵もうとすると、小人は金ならたくさんあると言い、コーボルトが金や銀で遊ぶ様子を見せつける。恐ろしくなった騎士は、馬を猛スピードで走らせて道に迷い、ある道を進もうとする度に「白いぼんやりした顔」が現れて行く手を阻むため、他の道を選ぶうち漁師小屋にたどり着いた。この「白い顔」もキューレボルンだった。森の精と地の精が現れてフルトブラントをからかい、水の精キューレボルンが窮地に陥った騎士を助けたことからわかるように、人間社会と湖を隔てる森は四大精霊の棲まう場なのだ。

後日、ウンディーネは精霊についてフルトブラントにこう説明する。

> 私たちと他の元素の同類たちは、霊と肉体もろとも飛び散って消え、後には何も残りません。

あなたたちがいつか目覚めて純粋な生を送る一方、私たちは砂と火花と風と波とがあるところに留まります。だから私たちは魂を持ちません。私たちが生きているうちは、元素は私たちを動かし、私たちの意のままになりますが、私たちが亡くなると私たちを飛散させます。私たちはナイチンゲールや金魚や自然界の可愛い子供たちのように、嘆くことなくいつも楽しく過ごします。[8]

結婚前のウンディーネが陽気で気まぐれに悪戯ばかりしたのは魂を持たないからであった。森の精や地の精がフルトブラントに悪戯を仕掛けたのも同じ理由による。前述のように、魂は人間のみに宿るとされるものであるが、ウンディーネの父は人間ならざる娘に魂を持たせるため、彼女を人間界に送り込み、伯父のキューレボルンが年頃になった彼女の元に花婿を連れてきて、ウンディーネはフルトブラントと結婚し魂を手に入れた。だが、新婚夫婦が町へ出てベルタルダと交際を始めると、雲行きが怪しくなる。ベルタルダは自分の両親が漁師夫妻であるとウンディーネから知らされて、実の両親を罵倒した挙げ句に養父母からも勘当された。翌日彼女はウンディーネに泣きついて騎士の館に連れて行ってもらうのだが、ここでもわがままな振る舞いに及ぶ。次第にフルトブラントはベルタルダに情を移し、ウンディーネは夫の心変わりに悩む。魂を得ることは苦しみを感じることでもあり、彼女は以前のように陽気に過ごせず、自分を見守る伯父キューレボルンを避ける。彼女は魂を得た後も水の精の掟に縛られており、夫が軽率にも水辺で彼女を罵ると水の世界に戻り、さらにベルタルダと再婚する彼を殺さなければならない。こうしてウンディーネの結婚は破綻した。

さてE・T・A・ホフマン（一七七六－一八二二）はフケーの『ウンディーネ』を夢中になって読

み、一八一二年七月一日付のユリウス・エドゥアルト・ヒッツィヒ（一七八〇－一八四九）に宛てた手紙に「ウンディーネは私にとってオペラの素晴らしい題材になる！」[9]と記して、作曲に取り組んだ。この時期のホフマンは作家としての活動以上に音楽批評家、作曲家、指揮者として活動しており、『ウンディーネ』は彼の八作目にあたる。オペラ化に際し、フケーが台本を執筆し、画家にして建築家のカール・フィリップ・シンケル（一七八一－一八四一）が舞台美術を手がけた。この三幕のオペラは、一八一六年八月三日ベルリンの王立劇場で国王フリードリヒ・ヴィルヘルム三世（一七七〇－一八四〇）の誕生祝いとして上演され、シンケルの舞台美術が絶賛され、フケーの手がけた台本だけが批判された。その理由は小説で脇役のキューレボルンがオペラで大きな役割を担い、ウンディーネとベルタルダのライバル関係が描かれなかったためだった。[10]ホフマンはこのオペラの結末を二通り準備した。一つは、ウンディーネの死のキスを受けたフルトブラントが神父の腕の中で亡くなり、神父が騎士は愛の死を遂げたと告げると、勝利に酔いしれたキューレボルンが登場する。神父が彼に十字架を突きつけて「お前が死と呼ぶものは光として生まれるのだ」と歌い上げる。もう一つは、フルトブラントがウンディーネの腕の中で気を失い、泉の深くへ沈み、ベルタルダたちが「ああ、ああ！　彼は行ってしまう！」と歌う。すると霧が立ちこめて、フルトブラントを抱きしめたウンディーネと水の精たちの姿が見える。水の精たちの頂点にキューレボルンが君臨し、ウンディーネとフルトブラントがここで一緒に暮らしていくだろうと予感させる。初演で上演されたのは後者だった。オペラ『ウンディーネ』は、騎士フルトブラントがテノールではなくバリトンであり、ソロのアリアがない点で音楽面においても革新的と見なされ、[11]一年間に一四回上演された。[12]これはドイツのロマン派オペラの嚆矢になるかと期待されたが、一八一七年七月二七日に王立劇場が火事になり、『ウンディーネ』の舞台装置と舞台衣装、譜面などが灰燼に帰し、ホフマンの自宅も通りに面した窓が破損した。彼は一八一七年一一月二五日に友人の詩人アドルフ・ヴァーグナー（一七七四－一八三五）に宛てた手紙に、劇場の火事の様子のスケッチを付した[13]（図4）。ホフマンの描いたスケッチはユーモアに溢れているが、その後シンケルによる設計で再建された劇場のこけら落としとしてカール・マリア・フリードリヒ・エルンスト・フォン・ヴェーバー（一七八六－一八二六）の『魔弾の射手』（一八二一）が上演されると、これが爆発的な人気を得たため、『ウンディーネ』は上演されなくなった。

図4　ホフマンによる王立劇場の火事のスケッチ

小説とオペラの成功によりウンディーネが一八一〇年代に人気を誇った後、一八二〇年代に水の精ローレライが登場する。ローレライはブレンターノのバラード「ローレライ」（一八〇一／〇二）に既に登場していたのだが、ハイネの詩によって広く知れ渡り、二一世紀にもその人気は続いている。

3－4．ローレライ

ローレライというと美しい女性の姿をした水の精が連想されるが、もとはライン川沿いにある岩の名前であり、ローレライの伝説は岩に関連する。ブレンターノのローレライが意図せず男性を魅惑するため魔女に仕立てられ、岩から飛び降りて自殺するのに対し、ハイネのローレライは遠くの岩の上で金髪を梳かして歌を口ずさむ。ハイネの詩は無題だが、ローレライの姿が印象的だからだろう、「ローレライ」と呼ばれ、フィリップ・フリードリヒ・ジルヒャー（一七八九－一八六〇）によって曲が付けられ、ドイツ語のみならず日本語でも歌われる。

ハインリヒ・ハイネ（一七九七－一八五六）が精霊に関心を寄せるようになった経緯を見よう。彼はデュッセルドルフのユダヤ人織物商人ザムゾン・ハイネと宮廷銀行家出身のベティの長男ハリーとして生まれた。彼は乳母から民話や伝説を聞いて育ち、ギムナジウムに通った後、商業学校に通い、フランクフルト・アム・マインの銀行家の元で無給見習いとして働き始めたが、二ヶ月で逃げ帰る。その後ハンブルクの銀行家、叔父ザロモン・ハイネの元で三年間無給見習いをする。この間にいとこ（最初は姉、姉が結婚した後はその妹）に実らぬ恋をして、数々の詩を生み出した。ハイネは叔父の支援を受けてボン、ゲッティンゲン、ベルリンの大学で学び、ラーエル・ファルンファーゲンのサロンを訪れ、雑誌に寄稿し、名を上げる。彼は叔父から学業を早く終えるよう言われるとゲッティンゲンに移り（一八二四）、法学博士の学位取得を目指した。当時ユダヤ人が学位を取るにはキリスト教徒になる必要があった。もともとハイネ家はユダヤ共同体とのつながりを持たず、敬愛するラーエル・ファルンファーゲンも既に改宗していたので、彼は福音協会で洗礼を受け、その際に父のイギリス人の親友に因んだ英語名ハリーをドイツ語のハ

図５　ハインリヒ・ハイネ

インリヒに変えた（一八二五）。彼は改宗を「ヨーロッパ文化への入場券」と呼んでおり、この入場券を使って法学博士になったのである。その後彼はファルンファーゲン夫妻の推薦でコッタ男爵がミュンヒェンで発行する雑誌の編集者になり（一八二七）、ミュンヒェン大学での教授就任を目指して就職活動をしたがうまくいかなかった。

ハイネはジャーナリストとして活動を始めるが、その政治的・社会的批判ゆえに当局によって監視されるようになり、一八三一年にパリに亡命した。フランスでの彼はドイツ文化を紹介するべく『四大精霊たち』や『流刑の神々』（一八五三）を執筆・発表した。『四大精霊たち』を執筆した目的は「キリスト教が古ゲルマンの宗教をどのように根絶しようとしたのか、あるいはどのように自らに取り込もうとしたのか、民間信仰の中でその痕跡がいかに保たれているのか[14]」を明らかにすることにあった。ハイネによると、古ゲルマンの宗教では石と木と川が重要であり、これらの自然物に神を認める考えはキリスト教の教義と相容れないため、キリスト教化の過程で四大精霊が妖怪や幽霊の地位に貶められ追放されたのだった。後年彼は『流刑の神々』においてギリシア・ローマ神話の神々の落魄ぶりを描き、キリスト教が異教の神々を排除したことを告発する。ハイネがフランスでドイツの民間伝承の紹介に取り組んだのは、故郷から離れて自らの文学的ルーツを意識したためと考えられるが、実は文学活動の初期の段階で既に精霊を登場させている。その一つがローレライの詩である。

ハイネの初期の詩集『歌の本』（一八二七）は、「若き悩み」（一八一七－二一）、「叙情的間奏曲」（一八二二－二三）、「帰郷」（一八二三－二四）、「ハルツ旅行より」（一八二四）、「北海」（一八二五－二六）の五部から成り、計二三七篇の詩を収め、生前一三版を数えるほど売れた。「ローレライ」の詩は

「帰郷」の二番目に置かれている。

私は知らない、自分がこんなにも悲しいのが
何を意味するのかを。
古の時代のメルヒェンが
私の心から離れない。

空気は冷たく、暗くなる、
そして静かにライン川は流れる。
山の頂が煌めく、
夕陽の中で。

絶世の美女が
あそこで見事に座っている。
彼女の金色のアクセサリーが輝き、
彼女は金色の髪を梳かす。
彼女は金色の櫛で梳かし、
そうしながら歌を口ずさむ。

その歌は不思議な
激しい旋律を持つ。

その歌は小舟の船乗りの心を
捉えて激しく嘆かせる。
彼は岩礁を見ず、
彼はただ高いところを見上げるだけ。

私が思うに、波は最後に
船乗りと舟をのみこむ。
そしてそれは歌でもって
ローレライがしたことだ。[15]

ライン川はスイスに発しドイツとフランスを通ってオランダで海に注ぐ川であり、そのドイツ領内で川から岸に見える巨大な岩がローレライと呼ばれる。「ローレライ（Loreley）」の名は中高ドイツ語の「見る／潜む（luen）」とケルト語の「岩（Ley）」から成り、「見張り岩」を意味する。「luen」という語が中高ドイツ語の「叫ぶ（lorren / lurren）」に関係するため、「叫ぶ岩」から歌声が連想される。ローレライの岩が位置する辺りは川幅が狭まり流れが速く、舟の難破も多かったのだろう、船乗りが水の精に魅せられて座礁する伝説が生まれた。ローレライが金髪を金の櫛で梳かす仕草は、夕陽が岩にあたってキラキラ輝く様を表現し、髪を梳かしながら口ずさまれる歌は呪文さながらで、魔女が魔法をかける動作を彷彿とさせ、ローレライが船乗りの生命を奪って魂を手に入れようとしていると考えられる。ローレライが人間男性との結婚を介してでなく、魔術を用いて直接魂の入手を目論むとしたら、それは水の精の性に従っているためなのだ。

異類婚姻譚に登場する水の精は人間の女性の姿を取るが、往々にして他の「身体／物体（Körper）」をも持つ点に留意したい。たとえば鳥女ないし魚女セイレーンが鳥や魚の「身体」を持つのは、航海術の発達により航行ルートが沿岸から離れて沖に移ったため、航行の難所にいるのが最初は鳥、次いで魚に変わったことを反映する。メリュジーヌの蛇の下半身と、ローレライが座る岩もまた、精霊が複数の「身体／物体」に宿る証になる。次節で取り上げるホフマンの『黄金の壺』に登場する蛇女ゼルペンティーナはこの観点からも歴とした水の精である。だが彼女の父親が火の精であるため、精霊の区分に関する疑問が芽生える。フケーのウンディーネが他の元素の精霊たちを同類と呼んだことを念頭に置いて、火の精を見ていこう。

4. 火の精

火に纏わる伝承として、まずギリシア神話でプロメテウスがヘーパイストスの炉から火を盗んで人間に与えた逸話が挙げられる。[1] この逸話において火はもともと神々のものとされ、人間は火を手に入れて暖を取り、調理をし、さまざまな道具を作り出して文明を築いた。ヨーロッパの民間伝承において火の精が悪魔の姿で理解されてきたのは、火を制御できるか否かが人間の暮らしにおいて肝要だからである。ハイネは『四大精霊たち』の中で、悪魔の特徴として、地獄の業火の中に平然といられるほど冷たく、詭弁を弄し、自在に変身する点を挙げ、ゲーテの『ファウスト』に登場するメフィストフェレスを火の精と名指す。[2]メフィストフェレスの名は「光を嫌う者」や「善の破壊者」を意味するため、光を嫌うメフィストフェレスが火の精であることに齟齬があるようにも見えるが、『ファウスト』の「市門の前」の場面においてメフィストフェレスがプードルの姿で登場するとき、この犬の足下に「火の渦」[3]が巻き、その後ファウストの書斎に現れた犬が「炎の目」[4]をしているため、メフィストフェレスが火に関係することは明白である。ゲーテのメフィストフェレスに加えて、シャミッソーの『ペーター・シュレミールの不思議な物語』における灰色の服の男も悪魔である。これらの悪魔たちはそれぞれ人間の魂を手に入れるべく、あれこれ特典を付けて主人公と契約を交わそうと画策する。

もっとも悪魔との駆け引きは難しく、やりとりに失敗した人物にホフマンの『砂男』の主人公ナターナエルの父を挙げることができる。ナターナエルの父は悪魔的役割を担うコッペリウスと一緒に炉端で錬金術のようなことを繰り返し行った挙げ句に爆発事故で亡くなった。こうした爆発や火事は、人間がそれに対してなすすべを持たないため、悪魔の仕業と見なされたのである。本節では火の精が人間の生活に入り込んだ例としてワインの表象に着目し、ゲーテとホフマンの作品で悪魔とワインとの繋がりを確かめ、ハイネの思い出とホフマンの『黄金の壺』を通して火蜥蜴《サラマンダー》のイメージを捉えよう。ホフマンの作品には火の精に加え地の精と水の精も登場するため、彼の描く精霊界の様子を覗くことができる。

4－1．ワイン

火の精は民間伝承において酒に結びつく。日本語で「火酒」と呼ばれる蒸留酒はアルコール度数が高く火をつけると燃えるため、「火酒」は火の精に相応しい酒と思われるが、意外にも一九世紀初頭のドイツ語圏で火の精は蒸留酒ではなくワインに関連づけられた。以下、ゲーテの『ファウスト』（一八〇八）とホフマンの『悪魔の霊酒』（一八一五）においてワインが扱われる場面を見ていく。

ファウストはメフィストフェレスと契約を交わした後、ライプツィヒの酒場に繰り出し、ここで四人の大学生の酒席に加わる。メフィストフェレスは彼らに飲みたい酒を訊ね、テーブルのそれぞれの席の前に錐で穴を開けたうえで、その穴をコルクで埋め、奇妙な身振りで歌い出す。

葡萄がなるのはワインの木！
角が生えるのは牡の山羊
ワインは液体、葡萄の木は木製
木製テーブルだってワインを出せる。
自然の深奥を眺めれば！
ここにあるのは奇跡、信じよ！[5]

ワインは、葡萄の木になる果実が収穫され、潰され、時間をかけて発酵してできたものであり、ワインは木から出来るというメフィストフェレスの言は、論理に飛躍があるものの間違いではない。だが、葡萄の木が木製だから、木製テーブルもワインを作り出すことができるというのは、事実に反する。悪魔はこのように詭弁を弄し、これを自然の奥義に基づく奇跡と言う。彼はこう歌った後、「さあコルクを抜いて味わって！」[6]と勧め、大学生たちが栓を抜くと、彼らの希望通りライン地方のワイン、シャンパン、トカイワインが出てくる。この「奇跡」は「ヨハネによる福音書」第二章一－一一節のカナの婚宴でイエスが水をワインに替えた奇跡を模しており、一五八九年以降のファウスト伝説に見られるが、[7]ゲーテはこの魔術の為し手をファウストからメフィストフェレスに変えることにより、悪魔の所業とした。ところが大学生の一人がワインをこぼしてしまう。

ジーベル　（気をつけずに飲み、ワインが床に流れて炎になる）
助けて！　炎だ！　助けて！　地獄が燃える！
メフィストフェレス　（炎を鎮めて）
静まれ、親切に、元素よ！
（仲間たちに）
今回は煉獄の炎一滴で済みました。[8]

メフィストフェレスが何の変哲もない木のテーブルに穴を空けコルクの栓をすると、そこが蛇口となり酒が出てくるのだが、酒は「床／地（Erde）」に落ちると炎と化す。つまり、テーブルから出てくる酒はまやかしであり、「床／地」という別の元素に触れて、本来の火の性質が顕現する。メフィストフェレスがワインの幻影を作り出し、「鎮まれ、親切に、元素よ！」と言って炎を鎮めるのは、彼が火の精だからである。大学生たちは騙されたことに怒りを爆発させるが、彼らが悪魔のワインを飲まずに済んだのは運が良かったのだ。悪魔のワインを飲んだ者の行く末はホフマンの『悪魔の霊酒』に描かれる。

『悪魔の霊酒』では、主人公メダルドゥスの暮らす修道院の秘宝がワインである。彼は聖遺物の管理係を引き継ぐ際に、前任者から霊酒の謂れを教わった。それは聖アントニウス（二五一頃－三五六）の誘惑の逸話に関係し、悪魔は聖アントニウスに酒瓶を見せて、「見てみろ、人間が俺に出会ったら、奴は俺をしげしげ眺めて、俺の飲み物について訊ね、味わいたくてたまらなくなる。たくさんの霊酒の中から気に入ったものを見つけると、一本がぶがぶ飲み干し、酔っぱらって、俺と俺の王国に従うのさ」[9]と説明したが、聖アントニウスは悪魔の誘惑に打ち克ち、酒瓶を洞窟に持ち帰って隠し、そのうちの一本が修道院に保管されたという。あるとき若い伯爵が修道院を訪れ宝物庫を見学した。案内役を務めたメダルドゥスは霊酒入りの小函を見せ、謂れと戒めを伝えたが、伯爵とその傅育係はメダルドゥスの制止を振り切って霊酒の栓を抜いて飲み、「極上のシラクサ産だ！」[10]と言って、メダルドゥスに勧める始末だった。このときメダルドゥスは自制したが、後日飲みたい気持ちを抑えられなくなる。

> 私が宝物庫に入ったとき、あたりはひっそり静まっていました。私は扉を開けて、小函に、瓶に手を伸ばし、すぐに一口ぐびっと飲みました！――炎が私の血管を流れ、名状しがたい至福の感情で私を満たしました。――私がもう一口飲むと、新しい素晴らしい人生の喜びが始まりました！――私は素早く空の小函を棚に戻して鍵を掛け、快い瓶を持って自分の独房へ急ぎ戻り、書き物机の中にしまいました。[11]

ワインのアルコール分の高さを表現する「炎／熱（Glut）」は火に纏わる語でもあり、飲酒によって感じる酔いは火の精に操られる感覚に等しい。メダルドゥスはワインを飲むと、「炎」が体内を駆け巡るのを感じ、「名状しがたい至福の感情」を覚えた。そして彼は一口で切り上げられずに、この場でもう一口飲んだ後、自室に瓶を隠して、悪魔の酒の虜になった。この霊酒は若伯爵と傅育係にとってシラクサ産のワインだったが、悪魔の誘惑の話を信じるメダルトゥスにとっては「悪魔の王国」に入る鍵になった。

このように火の精はワインの中に潜んでおり、大学生たちはかろうじてワインを飲まずに済んだが、ワインを飲んだメダルドゥスは悪魔に操られ苦しむことになる。酒と悪魔が結びつくのは、酒を飲んで豹変する、酒乱の人の姿から酒に悪魔が潜んでいると考えられたためであろう。

4－2．火蜥蜴

火の精の間には、ヨーロッパ社会における階級制やキリスト教の教義における天使と悪魔の階層制と同様、格付けがあるらしく、上位の火の精である悪魔は自在に姿を変えられるが、ワインに潜む下位の火の精は形姿を持たず目に見えない。火蜥蜴は架空の存在だが、イモリの身体を持つ火の精と見なされた。イモリは体温が低くすぐには火を寄せ付けないため、火の中で生きるイメージが醸成されたようだ。

ハイネは『四大精霊たち』の中で、幼い頃に火蜥蜴と言われた生き物を火の中に放り込んだ経験を語っている。

かつて私の学校仲間がその動物をうまく捕まえたとき、私は早速これを暖炉に投げ込んだ。それはまず白い汁を炎へ飛ばし、シューシューという音がだんだん小さくなり、ついに息絶えた。この動物はトカゲのように見えるが、サフラン色で黒い斑点が少しあった。そして火の中で分泌し、もしかしたら時には炎を消しうる白い液体が、火蜥蜴は炎の中でも生きられるという信仰の誘因になったのかもしれない[12]。

ハイネは「火蜥蜴」を「トカゲ」と言い表すが、一般に「火蜥蜴」と見なされたのはヨーロッパイモリである。彼はイモリが断末魔の叫びよろしく吐き出す「白い汁」、「白い液体」を一種の消火剤と見なしたが、火の中に放り込まれたイモリは息絶えたのだから、この動物が火の精でないのは明らかである。火蜥蜴の存在を信じる子供たちが、自分たちの捕まえた動物が本物の火の精であるかどうか実証した雰囲気がこの逸話から伝わってくる。

それに対し、ホフマンの『黄金の壺』の火蜥蜴は作品内を縦横無尽に動き回り、精霊界の案内役を果たす。この火の精リントホルストの娘が蛇女ゼルペンティーナであり、彼女の嫁資が「黄金の壺」である[13]。黄金の壺は精霊界の歴史に関係しており、筆写の仕事を請け負った大学生アンゼルムスが黄金の壺の謂れを知るのは、二つの物語、すなわち青年フォスフォルスと鬼百合の恋物語および精霊界の王フォスフォルスの治世の物語を筆写したことによる。二つめの物語において、リントホルストは鬼百合の娘である緑の蛇に恋をして、王に結婚の許しを求めたが、王は火の精が緑の蛇を抱きしめ、を抱きしめれば蛇は溶けてしまうと言う。だがリントホルストは警告を無視して緑の蛇を抱きしめ、蛇が消えたことに絶望し、王国の庭園を荒らして王の怒りを買った。その結果、王はリントホルストを精霊界から追放するのだが、その際に王は、いつか人間たちが憧れを通して精霊界を想起する時代に、リントホルストは緑の蛇との娘に恵まれ、三人の蛇娘たちがそれぞれ人間の花婿を見つけて結婚すれば、リントホルストは精霊界に帰還できると告げた。そのとき地の精が、火の精の娘たちに贈り物をすると申し出る。

どの娘にも、私の持っている最も美しい金属で出来た壺を差し上げましょう。私はそれをダイヤモンドから取り出した光で磨きます。私たちの奇跡に満ちた王国は輝き、壺のまばゆい壮麗な反照の中に全自然と調和する姿を見せましょう。そして婚姻の瞬間に鬼百合が壺の中から咲き出し、その永遠の花びらが芳しい香りを放ち、試練を経て見つけ出された若者を包み込みます。それからまもなく若者は鬼百合の言葉を、私たちの王国の奇跡を理解し、恋人と共に自らアトランティスに住むでしょう。[14]

地の精は一般に鉱物や宝石を守る小人とされるが、ここでの地の精は花々を育てる精霊界の庭師であり、「最も美しい金属」である黄金製の壺を「ダイヤモンドから取り出した光で磨き」、嫁資として提供すると約束する。この壺の磨かれた表面に精霊界が現れて、蛇女が人間男性と結婚するとき、精霊界の女王である鬼百合が壺から咲き、花婿を祝福するという。そして「試練を経て見つけ出された若者」の一人が大学生アンゼルムスなのである。

アンゼルムスは、はじめてリントホルスト邸に入ったときに黄金の壺を目にしていた。

部屋の中央のエジプト風の暗褐色のブロンズ製ライオン三体の上に斑岩の台が一枚乗り、そこに簡素な黄金の壺が置かれていた。アンゼルムスは壺をちらっと眺めると、目を離せなかった。よく磨かれて輝く黄金の上にキラキラと光が反射し、さまざまな姿が揺らめくようだった。――憧れて両腕を広げる自分の姿が時々見えた。――ああ！　ニワトコの茂みの傍――ゼルペンティーナが優美な目で彼をじっと見つめながら上下に身をくねらせる。[15]

アンゼルムスは黄金の壺を一日見て魅了される。その表面にはゼルペンティーナとの出会いが再現されていたからである。壺の表面に精霊界が映し出されると地の精が述べたことを踏まえれば、アンゼルムスと蛇との出会いは精霊界の出来事となり、アンゼルムスは一八一〇年代初めのドレスデンの街中にいながら精霊界に足を踏み入れていることになる。[16]

黄金の壺がリントホルスト邸で大切に保管されていたのは、これを狙う一味から壺を守るためでもあった。リントホルストに敵対する一味の親玉はラウエリンと言い、作品冒頭でリンゴ売りの老婆としてアンゼルムスにケチをつけ、アンゼルムスを恋人候補と考える人間の娘ヴェロニカの乳母兼相談役としてアンゼルムスとゼルペンティーナの仲を裂こうと画策する。黄金の壺を巡りラウエリンとリントホルストが熾烈な争いを繰り広げる場面を見よう。以下、「老婆」や「魔女」はラウエリンを、「文書管理官」はリントホルストを指す。

老婆は大笑いして、からかい嘲り甲高い声を出して、黄金の壺をしっかり抱きかかえ、そこから煌めく土を両手いっぱい取り出し、文書管理官に投げつけた。土がガウンに触れると、花々が生じてこぼれ落ちた。するとガウンの百合が揺らめき燃え上がり、文書管理官はメラメラ炎をあげて燃える百合を魔女に向けて投げつけ、魔女は痛みのあまり吼えた。彼女がピョンと飛び上がり、羊皮紙製の鎧を振ると、百合の火は消えて灰になった。「お前たち、掛かれ！」老婆が金切り声を上げると、雄猫が飛び上がり、扉の方へ猛烈な速さで駆けて文書管理官の前を過ぎようとしたが、灰色オウムが羽ばたいて雄猫に立ちはだかり、曲がった嘴で猫の首を掴んだので、炎のような赤い血がその首から流れ落ち、ゼルペンティーナの声が響いた。助かったわ！——助かったわ！——老婆は憤怒と絶望に駆られて文書管理官に飛びかかり、壺を自分の背後に放り投げ、カサカサの両手の長い指を大きく広げて文書管理官の顔を引っ掻こうとした。だが彼は素早くガウンを脱ぎ、老婆に向かって投げた。すると羊皮紙からパチパチと青い炎が燃え上がり、老婆は苦痛の声を上げて転がり、もっとたくさんの土を壺から取り出し、本から羊皮紙を引っ張り、燃え上がる炎を止めようとした。土か羊皮紙を身に纏えれば炎は消える。だがシューシュー音を立てて揺らめく光が老婆を貫いた。その光は文書管理官の内から出たかのようだった。「へ、へ、どうだ——火蜥蜴の勝ちだ！」文書管理官の声が部屋中に響きわたり、無数の閃光が蛇行して進み、金切り声を上げる老婆の周りを炎で囲った。[17]

ラウエリンは黄金の壺の中から土を掴み、火の精リントホルストに向かって投げつける。この土が彼のガウンに触れると、ガウンの百合模様は「燃える百合」と化し、精霊界の女王である鬼百合が想起される。これに対抗できるのは羊皮紙か壺の中の土だけである。これらは文書管理官であるリントホルストの管轄下の事物であり、同種のものを掛け合わせれば効果が相殺するからだろう。だがこのときラウエリン配下の雄猫が逃げ出し、リントホルストが優勢になる。彼はこれに乗じて光を発して老婆の魔法を打ち砕き、老婆は本来の姿、砂糖大根《ビート》に戻った。

　ここで一九世紀初頭のプロイセンの化学者アシャールがビートから砂糖を製造する技術を開発し、家畜の餌に過ぎなかったビートが嗜好品の砂糖に変貌を遂げたことを考え合わせて[18]、ラウエリンの魔法を化学のパロディーと見なし、魔女ラウエリンが黄金の壺の獲得に執心した理由を探ろう。土の精から贈られた黄金の壺はリントホルスト邸で大切にされ、その中身は宝に相応しいはずだが、この場面からわかることに、それは土である。実はホフマンは黄金の壺のイメージをウィリアム・ホガース（一六九七－一七六四）の版画（図6）とこの版画に関するリヒテンベルクの注釈『ホガース銅版画の詳細な説明』（一七九四）から膨らませており、版画の右下に鎮座する壺をおまると断言するリヒテンベルクの説を受けて、壺の中身を土にしたと考えられる。つまり、この土は糞尿あるいは肥やしであり、ビートであるラウエリンにとってこの土は自分の力を強化する源だった。事実、糞尿は農家にとって貴重な肥料であり、一九世紀半ばのテュービンゲンでは糞尿泥棒が新聞の記事に取り上げられ、二〇世紀半ばになっても高価な化学肥料ではなく糞尿が農業に用いられた[19]。なかでもドイツ語圏では糞尿への愛好が強く、二〇世紀後半の農村の家屋の入り口に肥やしが山積みにされ、富の象徴と見なされていたという[20]。おまるに貯まった糞尿は、肥やしとして大地を潤し、農作物を成長させる。人間は収穫した農作物を食べ、その残りかすがおまるに入り、肥やしとなって大地に戻り、大地から農作物が育つ、という具合に食べ物を巡る循環が成り立つ。

　農業における糞尿の役割は宇宙の照応関係における Geist の働きを、すなわち宇宙霊魂が人間の

図6　ウィリアム・ホガース《真夜中の現代の会話》

精神や四大精霊にもなることを想起させる。ホフマンは人間界と精霊界とを重なり合うものとして描き、精霊の姿を人間界に置く。とはいえ、人間の中で精霊の存在に気付く者は少なく、アンゼルムスは希有な存在である。彼は精霊界の「物語／歴史／出来事（Geschichte）」を筆写する、すなわち人間の言葉に置き換える仕事を請け負い、この仕事を成し遂げた。彼のように「あらゆる存在の聖なる調和[21]」という自然の秘密を人間の言葉で伝えられる詩人だけが精霊界への入場を許され、精霊界と人間界とを往還できる。

　アンゼルムスとゼルペンティーナの恋が成就した後、ホフマンは語り手の「私」を登場させる。リントホルストは「私」の元にやってきて、アラク酒を賞味するよう言い、自ら酒瓶に飛び込む。こうしてアラク酒は火蜥蜴入りの酒と化し、これが特殊な効果を上げたのだろう。酒を飲んだ「私」がアンゼルムスとゼルペンティーナの結婚式を見て二人の幸せを羨むと、リントホルストは「私」も精霊界に素敵な荘園を持っていると言って慰める。アンゼルムスの物語を書き留めた「私」も詩人であり、精霊界への入場が許されるからである。このようにホフマンは詩人であることを精霊界に入る鍵とした。

ホフマンが『黄金の壺』において火の精の娘を水の精としたのは、Geist の宿る「物体」が火か水かの違いに過ぎず、この区別は Geist にとって大した違いではないと考えたためであろう。彼にとって重要なのは、人間と精霊界との間を自在に行き来することであり、その特権は詩人だけに与えられるのだ。

5. 風の精

最後に風の精を見ていこう。風の精の像は一八世紀と一九世紀とでは様相を異にするのだが、その転換点は気球飛行の成功にある。気球飛行により人間は空を飛ぶという古くからの夢を叶え、風を利用できるようになり、風は猛威をふるう存在から人間と共存可能な存在と化したからである。

まず一八世紀の風の精の姿をヘルダーのバラード「ハンノキの王の娘」(一七七八)とゲーテのバラード「ハンノキの王」(一七八二)で確認しよう。ゲーテの詩は「魔王」の邦訳で知られ、シューベルトがつけた旋律(一八一五)は現在も口ずさまれるが、本書は風の精に着目するため、通称の「魔王」ではなく、原文通り「ハンノキの王」と呼ぶ。次いでフランスで成功した気球飛行がドイツ語圏に与えた影響を押さえて、ホフマンの手を通して風の精が歌姫の姿を取る様を追う。

5-1．ハンノキの王たち

ハンノキの王という形象をドイツ語圏に導入したのはヨハン・ゴットフリート・ヘルダー（一七四四－一八〇三）であり、彼は若いときにヨーロッパ各地を巡った経験に基づいて、『民謡集』（一七七八／七九）を編纂した。

図7　ヨハン・ゴットフリート・ヘルダー

ヘルダーはプロイセンの町モールンゲン（現ポーランドのモロンク）に生まれ、生家は貧しかったが学業で才能を発揮し、ケーニヒスベルク大学に通い、カントの弟子になり、ヨハン・ゲオルク・ハーマン（一七三〇－八八）の知己を得た。彼は医学を専攻した後神学に転向し、ハーマンの推薦を受けて、ラトヴィアの港湾都市リガの大聖堂の説教師になる（一七六四－六九）。ラトヴィアはロシア統治下の都市共和国で、ラトヴィア語、ドイツ語、ロシア語、ポーランド語が行き交う多言語空間であり、ヘルダーはここで各言語によって紡がれる詩に関心を抱いたのだった。彼は著述活動で世間に知られた後、旅に出た（一七六九）。船でフランスのナントへ行き、パリでディドロやダランベールなど百科全書派の人々と会い、ベルギー、アムステルダムを経てハンブルクに到着し、レッシングに会った（一七七〇）。彼はオイティンの王子のグランドツアーに付き添い、ストラスブールまで来たとき、牧師としてビュッケブルクに就職する話が舞い込んだため、付き添いを辞退した。このときストラスブールに滞在中のヘルダーを若きゲーテが訪問して、二人の付き合いが始まる。ヘルダーは一七七一年からビュッケブルクで暮らし、一七七六年夏にヴァイマル公国の大臣となっていたゲーテから招待を受けてヴァイマルに移った。

ヘルダーはヴァイマルで教区監督官として活動する傍ら、デンマーク語の「戦士の歌」をドイツ語に訳し、「ハンノキの王の娘」と題して『民謡集』第二部第二巻二七番に置いた。

ハンノキの王の娘（デンマーク語）

オールフは遅い時間に遠くへ駆ける、
自分の結婚式の参列者を呼ぶために。

緑の野原で妖精たちが踊っている、
ハンノキの王の娘が彼に手を差し出す。

「ようこそ、オールフ殿、なぜここから急いで行くのですか？
輪の中に入って、私と踊りましょう」

「私は踊るわけにいきません、踊りたくないのです。
早朝に私の結婚式があるのです」

「ねえ、オールフ殿、ここに来て私と踊りましょう。
あなたに黄金の拍車を二つ差し上げます。

白くて繊細な絹のシャツも、
私の母が月の光で色抜きしたものです」

「私は踊るわけにいきません、踊りたくないのです。
早朝に私の結婚式があるのです」

「ねえ、オールフ殿、ここに来て私と踊りましょう。
あなたにたくさんの黄金を差し上げましょう」

「たくさんの黄金なら欲しいなあ。
でも私は踊るわけにいきません、踊るべきでないのです」

「オールフ殿、あなたが私と踊らないというなら、
悪疫や病気に追い回されるよ」

彼女が彼の心臓を一突きすれば、

彼はかつてないほどの痛みを感じるだろう。
彼女は、青ざめた彼を馬に乗せた。
「ほら、家へ、お前の大事な娘のところへ駆けてゆけ」
そして彼が家の戸に着くと、
彼の母が震えて彼を待っていた。
「ねえ、息子よ、私にすぐ話しておくれ、
どうしてお前の顔色は真っ青なのかい？」
「真っ青にならずにはいられない。
僕はハンノキの王の国に入ってしまった」
「ねえ、息子よ、かわいい大事な子、
お前の花嫁に私は何て言ったらよいの？」
「彼女に伝えて、僕が今森にいて、
自分の馬と犬を調教していると」

早朝、朝日がようやく昇るころ、
花嫁は結婚式の参列者たちとやってきた。
彼らは蜜酒とワインを配った。
「オールフ殿は、私の花婿はどこにいるのでしょう？」
「オールフは今森に行っていて、
そこで自分の馬と犬を調教しています」
花嫁が深紅の覆いをめくると、
オールフは横になって死んでいた。[1]

もとのデンマーク語の詩の表題は「Elveskud（妖精による襲撃）」であり、新郎が「妖精による襲撃」を受けて亡くなる経緯を端的に表している。デンマーク語の Ellerkonge, Elvekonge はドイツ語の Elfenkönig（妖精の王）にあたるが、ヘルダーはデンマーク語の elve, elle（妖精）を低地ドイツ語の el, elle（ハンノキ）と取り違えて理解し、「ハンノキの王（Erlkönig）」と訳したのだった。[2] ハンノキはケルト文化において妖精の木とされ、ドイツ語圏の民間伝承で森の精は風の精に属するとされるため、[3] ハンノキの精を森の精の一種と誤解する素地があったこともこの訳語選択に一役買ったと考えられる。さらに翻訳に際してヘルダーが行った変更はもう一点ある。デンマーク語の詩はさらに五行「そして夜が明け、日が昇ると／三つの死体が館から運び出される。／それはオールフ、花嫁、そして母の死体であった。／三人とも苦しみのあまり亡くなったのだ。／しかし踊りは森の中を疾走していく」と続き、[4]妖精の踊りへの誘いを断った人間が罰として死んだ後も、妖精たちはその死に構わず踊り続け、自然は一人の人間の生死を気に掛けない。それに対し、ヘルダーの詩では妖精の踊りを目撃した人間は意図せず「ハンノキの王の国に入った」のであり、王の娘の踊りに加わらなくても、王の娘から胸に一突きされなくても、精霊界と人間界の境界を侵犯したため死を免れない。ヘルダーはオールフの死で幕を引くことにより、自然の理が人間の意思を圧倒することに力点を置いたのである。

ゲーテはヘルダーがハンノキと妖精を重ねた点に刺激を受け、このテーマを引き継いで展開し、一七八〇年一〇月一五日にシュタイン夫人に宛てた手紙の中で詩「妖精の歌」を披露する。二連から成る詩の第二連で、妖精たちは「真夜中、人間たちが寝静まった頃／草原のハンノキのところに／私たちは場所を見つけて／歩いて歌い／夢を見ながら踊ります」と歌い、ここでハンノキと妖精が結びつけられる。[5]その後ゲーテはジングシュピール『漁師の娘』（一七八二）の挿入歌として、バラード「ハンノキの王」を発表する。

ハンノキの王

こんな夜遅く風の中を駆けていくのは誰？

それは子供を連れた父だ。
彼は息子を腕にくるみ、
しっかり抱きかかえ、温めている。

息子よ、どうしてそんなに不安そうに顔を隠すのかい？
お父さん、ハンノキの王が見えないの？
王冠と尻尾のついたハンノキの王が？
息子よ、あれはたなびく霧だよ。

「かわいい子、おいで、私と行こう！
お前と素敵な遊びをしよう。
色とりどりの花がいっぱい岸辺に咲いている。
私の母は黄金の服をたっぷり持っているよ」

お父さん、お父さん、聞こえないの、
ハンノキの王が僕にそっと約束してくれたことを？
落ち着いて、落ち着いて、我が子よ。
風が枯葉を通り抜けてざわめいているのだ。

「素敵な少年よ、私と行かないか？
私の娘たちはうきうきとお前を待っている。
私の娘たちは夜の輪舞をして、
お前と一緒に揺れて踊って歌うよ」

お父さん、お父さん、あそこに見えないの
ハンノキの王の娘たちが薄暗いところにいるのが？
息子よ、息子よ、はっきり見えるよ。
柳の老木が灰色に見えている。

「私はお前が大好きだ。お前の可愛い姿は素敵だ。
お前に来る気がないなら、力ずくさ」
お父さん、お父さん、彼が僕を捉まえた！
ハンノキの王が僕に痛いことをした！

父は身の毛がよだった。彼は速く駆け、
彼はうめく子供を腕に抱え、
どうにかこうにか中庭にたどり着いた。
彼の腕の中で子供は死んでいた。[6]

ヘルダーの詩の影響に加えて、ゲーテはこの詩に二つの経験を織り込んだ。一つは、彼自身がシュタイン夫人の一〇歳になる子を連れてイルメナウからヴァイマルへ馬を走らせたこと、もう一つは、裕福な農夫が病気に罹った息子をイエナの高名な医師に診察してもらった後、馬を駆って家路を急いだが、家に着いたとき息子は死んでいたという話を伝え聞いたことである。[7]この詩は父が息子を抱いて馬を走らせる生の世界とハンノキの王が少年に話しかける死の世界とから成り、瀕死の少年は二つの世界の境界にいる。少年には「王冠と尻尾のついたハンノキの王」の姿が見え、彼はハンノキの王に返答せず、王の言葉を逐一父に報告する。父はハンノキの王の姿を「霧」、ハンノキの王の言葉を「風が枯葉を通り抜けてざわめいている」、ハンノキの王の娘たちの姿を「柳の老木が灰色に見えている」と捉えて、息子の言葉を受け流す。ところで、病気の息子を抱えて家路を急ぐ父の姿は、民間伝承の「夜の狩り」を想起させる。すなわち、夜の森に吹く強風を擬人化した騎士が馬に乗って疾走する姿に、この父の姿が重なるのである。一般に「夜の狩り」では幼い子供が連れ去られる。[8]そのため、病気の息子を抱えて疾走する父は本人の知らぬ次元で子供を攫って疾走する狩人と化し、息子を「夜の狩り」の獲物としてハンノキの王に捧げてしまったとも考えられるのである。

ヘルダーとゲーテのバラードは、人間の男性が馬に乗って夜の闇の中を疾走し、風の精がこの人物を誘惑するという構図を共通に持つ。馬上のオールフはハンノキの王の娘の誘惑に応じず、馬上の父はハンノキの王が息子を誘惑していることに気付かない。ハンノキの王は少年に「素敵な少年よ」と呼びかけ、「私はお前が大好きだ。お前の可愛い姿は素敵だ」と語りかけ、子供が喜びそうな「遊び」や「黄金の服」や「輪舞」といったご褒美を口にするが、少年はなびかない。いずれの場合も風の精たちは色仕掛けの誘惑に失敗する。だが風の精の標的となった時点でオールフと少年は意図せず人間界と精霊界の境界を侵犯しており、それゆえハンノキの王の娘はオールフを馬に乗せて送り出し、ハンノキの王は「力ずく」で少年にちょっかいを出したのである。風の精のちょっかいとは突風に他ならず、突風をくらい衝撃を受けた人間には死が待っている。

ここで人間と精霊との婚姻例を思い出せば、メリュジーヌやウンディーネたち水の精は人間の誘惑に成功したが、婚姻の継続は難しく、夫と別れざるをえなかった。それに対し、風の精は人間を誘惑する段階でうまくいかない。この違いは自然に対する人間の関係を反映する。人間は水辺で遊び、水中を泳ぐことができるが、水中に長くはいられない。これは人間と水の精との結婚が続かないことに繋がる。他方、人間はある程度の強風には耐えられるが、風があまりに強く吹き付けるとその衝撃により死ぬため、そもそも最初から人間と風の精とが結びつくことはないのである。

5-2. 飛行

ヘルダーとゲーテのバラードが発表された後、フランスで気球の飛行が成功した（一七八三）。ジョゼフ＝ミッシェル（一七四〇-一八一〇）とジャック＝エティエンヌ（一七四五-九九）のモンゴフェリエ兄弟が公開実験を行い、まず無人で、次に羊とアヒルと鶏を載せて飛行し、そして一七八三年後半に有人での飛行を行った（図8）。気球の飛行は人間が風を利用できるようになった証であり、それまで魔法と見なされてきたマントの飛行ももはや夢でなくなる。ノヴァーリスが『ハインリヒ・フォン・オフターディンゲン』の構想メモに「彼〔クリングゾール〕はハインリヒをマントに乗せてキュフホイザーへ連れて行く」[9]と記し、クリングゾールの魔術により二人がキュフホイザー山、すなわち青い花の咲く場所へ赴くと考えたのも、気球の有人飛行の成功を踏まえており、マントの飛行は自然の原理を利用した人間の技術の成果となる。

ゲーテも『ファウスト』第一部、ファウストとメフィストフェレスが旅立つ場面にマントの飛行を描いた。それは悪魔がお膳立てした魔術だが、気球飛行の影響が見られる[10]。

ファウスト　では私たちはどうやって家から出発しようか？
どこに馬や下僕や馬車があるのか？
メフィストフェレス　私たちはマントを広げればよいのです。
これが私たちを乗せて空中を運んでいきます。
この大胆な一歩を踏み出すには、
大きな荷物を持ってはいけません。

図8　1783年の飛行実験

私の準備するほんのちょっとの炎の空気が
この床から私たちを持ち上げます。
私たちが軽ければ、それだけ早く浮かびます。
新しい人生の門出にお祝い申し上げます。[11]

これはメフィストフェレスと契約を交わしたファウストが出かけようとする場面であり、ファウストが馬車での出発を思い浮かべるのに対して、メフィストフェレスは「マントを広げればよい」と言う。マントに乗るのは魔術による移動であるが、メフィストフェレスが口にする「私の準備するほんのちょっとの炎の空気」という部分に新しさがある。モンゴフェリエ兄弟の気球は熱気球であり、球皮と呼ばれる袋の中の空気をバーナーで熱して、球皮内の空気が外の空気よりも軽くなる浮力を利用して飛ぶ。つまり、火の精メフィストフェレスが「炎の空気」を準備すれば浮力が生じ、「私たちを持ち上げ」ることになる。また積載量が軽いほどマントは早く浮かぶため、メフィストフェレスはファウストにあまり荷物を持たないよう注意している。ゲーテは熱気球の原理をマントでの飛行に適用し、空の移動を実現可能とした。こうして、風が人間に圧倒的な威力を振るう段階は過ぎ、人間が風を操る可能性も見えてきた。もちろん風を自在に操るには未だ至っていないが、それでも飛行の成功は風の精にとっても「新しい人生の門出」になった。

一九世紀に入ると飛行はさらに身近になる。クライストが『ベルリン夕刊新聞』(一八一〇年一〇月一五日)で報じた気球飛行の記事によると、蠟引き布工場主のクラウディウスは、風の有無に関係なく機械で気球を操縦すると宣言してフリードリヒ・ヴィルヘルム・ユンギウス(一七七一―一八一九）設計の気球に乗り込んだが、宙に浮かぶことすらできず、観客の手前無人で気球を飛ばすに留まった。この事実は、気球飛行がそれほど簡単でないことを伝える。クライストは記事の中で気球の操縦について疑念を示し、ユンギウスが別の新聞紙上でクライストを名指さずに批判したため、ちょっとした論争になった。そしてクライストはユンギウスの批判に答えるべく、再度『ベルリン夕刊新聞』にこの件を取り上げ、気球の操縦術は気球内部の燃焼機関だけに頼るのでなく、その時の気団や風の状況に合わせる必要があると主張した。[12] 気球の素人であるクライストは、風の状況に合わせてはじめて気球の操縦が可能だと考えたのだが、気球開発者や気球乗りは風を制御可能と見なしていたことがこの論争から窺える。

5-3. ホフマンの歌姫たち

人間は気球飛行の成功により風との共存を探る段階に入り、ホフマンは人間が風の精を支配する近未来を描き始める。すなわち、歌を歌う若い娘を風の精に見立て、父が娘を支配する構図を繰り返し描くのである。

E・T・A・ホフマン（一七七六－一八二二）は、宮廷裁判所の弁護士クリストフ・ルートヴィヒ・ホフマンとルイーゼ・アルベルティーネの三男エルンスト・テオドール・ヴィルヘルムとしてプロイセンのケーニヒスベルク（現ロシアのカリーニングラード）に生まれた。両親は彼が二歳のときに離婚し、長男は父に引き取られ、次男は生後すぐ亡くなっていたため、三男の彼は母と共に母の実家で暮らした。彼はケーニヒスベルクの学校に通い、一七九〇年から音楽とスケッチのレッスンを受け、音楽の専門教育を受け、音楽理論を学び、ピアノ、オルガン、バイオリンを弾き、一七九四年に作曲を始める。ホフマン自身は音楽家になりたかったのだが、父方と母方の家では法律関係の職に就く習わしだったため、ケーニヒスベルク大学で法学を専攻した（一七九二）。音楽教師のアルバイトを始めると（一七九四）、ビール醸造所オーナーの妻で九歳年上の生徒ドーラ・ハットと恋に落ちる。卒業後ホフマンはプロイセンの司法官僚になり（一七九五）、ドーラとの恋が問題視されグロガウ（現ポーランドのグウォグフ）へ転勤させられ（一七九六）、母方のいとこと婚約する（一七九八）。その後ベルリンに転勤となり、彼は勤務の傍ら作曲に取り組み、ジングシュピール（歌芝居）『仮面』（一七九九）を作曲してプロイセン王妃に捧げ、王妃はこれを劇場監督に推薦したが上演には至らなかった。次の勤務先ポーゼン（現ポーランドのポズナニ）では彼のジングシュピール『冗談と策略と復讐』（一八〇一）が上演され、音楽家として幸先の良いスタートを切ったかに思われたが、カーニバルの時期のポーゼン社交界の戯画を描いて（一八〇二年二月）、モデルにした少尉を怒らせたため、左遷が決まる。三月に彼は婚約を解消し、七月にポーランド人ミヒャエリナ・ローレル・トルツィンスカと結婚して、八月にプローク（現ポーランドのプウォツク）へ赴いた。一八〇四年四月、左遷が解かれてワルシャワ（ポーランド）に赴任し、同僚のヒッツィヒと親しくなり、モーツァルトにあやかってエルンスト・テオドール・アマデウスと名乗り（一八〇五）、ワルシャワ音楽クラブを設立した。七月に娘が誕生すると、音楽の聖人に因んでツェツィーリアと名付けた。一八〇六年一一月、フランス軍がワルシャワを占領し、プロイセンの役人は一斉に失職したため、ホフマンは妻と娘をポーゼンの親戚宅へ避難させ、仕事を求め一人ベルリンへ行く。一八〇七年八月に娘が亡くなり、失意の彼は音楽家の職を求めて、「音楽の理論と実践を完璧に身につけ、劇場用に重要な作曲を自ら手がけ、監督として重要な音楽施設を統括し喝采を浴びた人物が、戦争のせいで失職したため、劇場で監督として雇用されることを望んでいます」という広告を出すと、これが功を奏し、バンベルクで楽団の指揮者にして劇場付作曲家のポストを得る。ところがバンベルクに到着早々、経営者の交代により失職し、音楽教師をして糊口を凌いだ。彼は音楽の生徒ユリアに夢中になるが、ユリアの母が娘と大商人との婚約を整えてホフマンを遠ざけたため、社交界に居づらくなり、劇場を辞めて著述に集中し(一八一一)、ライプツィヒとドレスデンを拠点にするゼコンダの楽団でポストを得る(一八一三)。彼は文学作品を執筆し始め、『ウンディーネ』のオペラ化に取り組み、ベルリンに移り(一八一四)、大審院判事のポストに就く(一八一五)。ヒッツィヒ、シャミッソー、コレフなどと結成した文学サークル「ゼラーピオン兄弟」の集いを楽しむが、一八一九年頃から病気がちになり、一八二二年六月二五日に死去した。

ホフマンの願いは音楽家として身を立てることであり、一八一三年頃から亡くなるまでの一〇年弱の詩人としての活動期間にも音楽への並々ならぬ関心を示していた。バンベルクで彼が一六歳のユリアに惹かれた理由は彼女の声にあったとの伝記的事実を踏まえると、ホフマンの女性主人公たちの魅力が声に集約されることに気付かされる。そこで、『黄金の壺』のゼルペンティーナ、『自動人形』(一八一四)のX教授の娘、『クレスペル顧問官』(一八一八)のアントーニエの歌に耳をすましてみよう。

『黄金の壺』のアンゼルムスはゼルペンティーナの声に心をとらえられる。この日、アンゼルムは祭日の雰囲気を味わおうと外出したが、リンゴ売りの老婆の商品をひっくり返してしまい、お詫びに財布を差し出したため、祝祭を楽しむことができない。惨めな気分で川縁を歩いていた彼は、ゼルペンティーナの声に気づく。

「ニワトコの茂みの中で揺らめくのは夕陽さ」と大学生アンゼルムスは考えたが、鐘が再び響き、アンゼルムスは一匹の蛇が自分の方へ頭を下ろすのを見た。すると彼の四肢に電気ショックのようなものが走り抜け、深奥が震えた。――じっと見上げると、素晴らしい群青色の両目に名状しがたい憧れとともにじっと見つめられたので、至高の幸せとこの上なく深い痛みという未知なる感情が胸から弾け出しそうだった。熱い願望に満たされたままその目をじっと見ていると、クリスタルの鐘の響きの愛らしい和音はますます強まり、エメラルドの煌めきが彼の方へ降り注ぎ、数千の炎となって明滅して揺らめき彼の周囲を黄金の糸で取り巻いた。ニワトコの茂みは動いて言った、「あなたは私の影の中にいる。私の香りがあなたの回りを流れるけれども、あなたは私を理解できない。愛がこの香りを燃え立たせるならば、香りは私の言葉」。夕風が軽く触れて言った、「私はあなたのこめかみの回りを漂うけれども、あなたは私を理解できない。愛がこの息吹を燃え立たせるならば、息吹は私の言葉」。太陽の光線が雲間を抜けて、輝きが言葉になって燃え上がった。「私は燃える黄金をあなたの回りに注ぐけれども、あなたは私を理解できない。愛が炎を燃え立たせるならば、炎は私の言葉」。

素晴らしい両目の眼差しの中へ沈み込むほどに、憧れは火照り、願望は燃え上がった。するとすべてが動き出し、悦ばしい生に目覚めたようだった。[13]

アンゼルムスにとって二人の出会いは偶然だったが、蛇女が水の精であることを踏まえると、メリュジーヌやウンディーネと同様、ゼルペンティーナも水辺でアンゼルムスを待ち構えていたと考えられる。彼はゼルペンティーナを一目見て「電気ショックのような」衝撃を覚え、いわば一目惚れする。だが、彼女が「素晴らしい群青色の両目」で彼をじっと見つめて、「クリスタルの鐘の響きの愛らしい和音」を鳴らし、彼が彼女の両目を見るうちに「名状しがたい憧れ」を覚えたとは、彼が蛇の目に射すくめられたことでもある。事実、彼は「黄金の糸」に取り囲まれて、「ニワトコの茂み」や「夕風」、「太陽の光線」の呪文のような言葉を耳元で聞かされており、彼が自分の内に生じた「至高の幸せとこの上なく深い痛みという未知なる感情」を愛と理解する。その後彼が水の精との結婚に突き進むのは、水の精の結婚計画に組み込まれた証と考えられる。このようにゼルペンティーナの歌は、アンゼルムスを虜にする力を持っている。

次に、『自動人形』の主人公フェルディナントが恋に落ちた逸話を見よう。ここでも歌声が重要な要因になる。彼がK町の宿で横たわったとき、隣室から素晴らしい歌声が聞こえてきた。[14] 彼はこの歌声を耳にして「無限の憧れの痛みのような」気持ちを抱く。[15] すると夢うつつの彼のもとに乙女がやってきて、「これであなたは私を再認識できます、愛しい、愛しいフェルディナント！　あなたの内で再び完全に生きるために私は歌わなくてはならないとわかっています。どの音もあなたの胸の中に存し、私の眼差しの中で鳴り始めなくてはならないのですから」[16] と言った。彼はこの出来事が夢かうつつかわからなかったが、翌朝乙女が宿から出て行く姿を見て、彼女の実在を確信する。隣室から聞こえたアリアの歌声は「クリスタルの鐘」に喩えられ、聴き手に「無限の憧れの痛み」を覚えさせており、ゼルペンティーナの歌に重なる。後日フェルディナントは友人ルートヴィヒと「自然の秘密に満ちた響き」[17] について語り合う。この対話の中でルートヴィヒは次のように言う。

この原初の時代の秘密に満ちた深みからの余韻は、天球の音楽という素晴らしい伝説だ。僕は子供の頃、スキピオの夢を読んで初めてこれを知り、熱烈な気持ちに満たされて、月の明るい静かな晩になると、風のざわめきの中にあの素晴らしい音色が響いてこないだろうかとよく耳を澄ましたものだ。[18]

ルートヴィヒは、かつてキケロの『国家について』第六巻『スキピオの夢』を読み[19]、諸惑星が奏でる「天球の音楽」なるものを知り、「天球の音楽」の片鱗が風のざわめきに潜むかもしれないと考え、風の音に耳を澄ましたという。フェルディナントはこの友人の話を聞いて、「風琴／エイオリアン・ハープ」を話題にする。エイオリアンはギリシア神話の風神アイオロスであり、その名を冠したハープは自然の風を受けて音を鳴らす。この直後に二人がX教授の娘の妙なる歌声を耳にすることから、二人が娘の歌に「風琴」や「天球の音楽」に通じる性質を嗅ぎ取っていたと考えられる。つまり「クリスタルの鐘」のような歌声は天球の音楽の片鱗であり、ゼルペンティーナはアンゼルムスに精霊界への憧れを、X教授の娘はフェルディナントに原初の時代への憧れを掻き立てたのである。この二人の歌声はそれぞれ自分の恋人候補に憧れを掻き立てたが、『クレスペル顧問官』に登場するアントーニエの場合はどうであろうか。

クレスペル顧問官は、かつてオペラ歌手と結婚し、喧嘩別れをした後、自己流に大工に指図して家を建て、今ではバイオリンの名器を集めて分解するのを趣味にする変わり者である。あるとき成長した娘アントーニエが彼の元にやってきて、一緒に暮らし始める。母の才能を受け継いだアントーニエは玄妙な歌声を持ち、聴き手を魅了する。アントーニエの歌を聴いたことのあるM教授は、彼女の歌をこう評する。

> これほど長く続く音色を、このナイチンゲールの囀りを、このような上下の動きを、オルガン音の強度まで高まり密かな息吹になるまで沈みこむ音があるなど、私は考えたこともありませんでした。甘美な魔術に包み込まれない人がいるでしょうか。歌姫が口を閉じたとき、夜の静寂にかすかなため息だけが漏れたものでした。[20]

彼はアントーニエの歌声を「ナイチンゲールの囀り」に喩え、「甘美な魔術」と見なし、絶賛した。だがその二年後、H町に立ち寄ったテオドールはアントーニエの葬儀に出くわし、クレスペルが娘を殺したのではないかと一抹の疑いを抱くが、クレスペルが事情を語る。

> アントーニエの声の響きはひどく風変わりで奇妙で、しばしば風琴の響きやナイチンゲールの羽ばたきに喩えられた。その音色は、人間の胸部には場所を持たないようだった。アントーニエは喜びと愛で顔を輝かせて、この上なく美しい歌を歌い続け、Bはその間、至福に酔いしれて興奮するがまま伴奏した。クレスペルは最初うっとりしたが、熟考して――静かに――我に帰った。ついに彼は飛び上がり、アントーニエを胸にかき抱き、くぐもった小声で言った。「お前が私を愛しているのなら、これ以上歌ってはいけない。――私の心は押し潰される――不安が――不安が――これ以上歌ってはいけない[21]」

M教授とクレスペルがアントーニエの歌声をナイチンゲールに関係づけたのは、透明な美しい声で鳴くナイチンゲールが民間伝承において恋の使者と見なされる一方、墓場鳥とも呼ばれて死を連想させるため、アントーニエの歌に死の影を聞き取ったからであった。さらにクレスペルが娘の歌を「ナイチンゲールの羽ばたき」に喩えたり「風琴」のイメージに重ねて風の性質に引きつけたのは、彼女の歌声が風の立つように響くからである。彼女の歌声の玄妙な音色は胸部にある疾患に因るため、彼女が歌い続ければ症状は悪化し、死に至るという。それゆえクレスペルは娘に歌うことを禁じたのだった。

こうしてアントーニエは歌を諦め、父との穏やかな暮らしを選び、父がバイオリンを分解するのを手伝って、かろうじて音楽との繋がりを保った。あるとき彼女は父が買い取ったバイオリンの分解に躊躇し、クレスペルはそのバイオリンを弾いてみる。

彼が最初の音を弾くやいなや、アントーニエは大きな声で嬉しそうに叫んだ。「ああ、これは私――そう、私がまた歌っている」。実際、銀のように澄んだこの楽器の鐘の音にはどこか独特の不思議なものがあった。その音色は、人間の胸から発するように思われた。[22]

アントーニエはクレスペルが入手したバイオリンに自分を投映し、「私がまた歌っている」と言い、クレスペルも「その音色は人間の胸から発するように思われた」と捉える。「風琴」さながらの彼女の歌声が「人間の胸部には場所を持たない」のと裏腹に、バイオリンの音は人間の胸部から発するようで、アントーニエとバイオリンの在り方が交錯する。クレスペルがバイオリンの音に「どこか独特の不思議なものがあった」と述べるのはそのためだ。

彼女が亡くなったとき、あのバイオリンの魂柱が音を立てて壊れました。共鳴板がバラバラになりました。忠実なあれは彼女と共に、彼女の中で生きることができました。あれは棺の中の彼女の傍らにあり、彼女と共に埋葬されます。[23]

アントーニエはバイオリンの音色に自分の歌声と似たものを感じ、父はバイオリンを奏でて娘の歌の代替物にして、彼女とバイオリンは一体化した。「魂柱（Stimmstock）」は「声（Stimme）」と「棒（Stock）」の二語から成り、バイオリン内部の空洞を支える小さな木の柱で、バイオリンの「声」を出すために必須の「棒」である。この日本語はバイオリンの「魂」が宿った「柱」を思わせ、ドイツ語でも「魂柱」を「魂（Seele）」と呼ぶことがあるため、「魂柱」はバイオリンの魂に相当すると言える。アントーニエの魂が彼女の「身体（Körper）」から離れたとき、バイオリンの魂もバイオリンの「物体（Körper）」から離れた。注意すべきは、バイオリンを分解・再構成することを趣味にするクレスペルが娘に歌を断念させたのは、娘と楽器を意のままにすることでもある点だ。[24]もちろんクレスペルは娘の生命を重視して歌の断念を促しており、娘のためにバイオリンを演奏する姿にも父の優しさが表れている。だが父が娘の生死を左右する姿には、父が娘を支配する構図が透けて見えるのである。

『黄金の壺』のリントホルストとゼルペンティーナ、『自動人形』のX教授と娘、『クレスペル顧問官』のクレスペルとアントーニエの父娘は皆、父が娘を支配し、娘が歌う。歌は水の精の特技でもあるが、X教授の娘とアントーニエの歌が「風琴」に喩えられるように、娘たちの歌は風の現れであり、「天球の音楽」を彷彿とさせる。それにもかかわらず、玄妙な音色で歌って聴き手に憧れを掻き立てる娘たちは父たちに制御され、風の精が支配される未来図を先取りしているのである。

これまで見てきたように、地・水・火・風の精霊たちは一九世紀初頭の文学作品に様々な姿で描かれたが、精霊を楽しむ雰囲気はそれほど続かず、一八二〇年代に下火になる。その理由は、自然に関する知識が増え、技術が発展するにつれ、人間と自然との関わりが変化したためと考えられる。外なる「自然」への怖れが減って、人間は精霊の姿を思い描かなくなったのだ。それでも、ノヴァーリスの『ハインリヒ・フォン・オフターディンゲン』やホフマンの『黄金の壺』の主人公が「詩人」に設定されるように、彼らは人間界と精霊界の交流を重視して、両世界をつなぐ役割を「詩人」に託したのである。それはとりもなおさず「詩人」と自負する彼らの役目でもあった。

コラム1．サロン文化

ティークとノヴァーリスが山のモティーフを、ヘルダーとゲーテがハンノキの王のモティーフを共有したのは、詩人たちが共に語らう時間を持っていたからである。たとえばロマン派の詩人たちは一八世紀末のイエナに集い、フリードリヒ・シュレーゲル、ドロテーア夫妻、アウグスト・ヴィルヘルム・シュレーゲル、カロリーネ夫妻、そしてティーク一家が一軒の家で共同生活を送っており、ノヴァーリスもしばしばここで時を過ごした。へルダーやゲーテ、シラーが暮らすヴァイマルも古典主義詩人たちの拠点になり、フケー夫妻の暮らすネンハウゼンにも詩人たちが集った。こうした詩人たちの集まりは基本的に仲間内のものだったが、それとは別に、誰にでも開かれた集いがあった。それは個人宅で定期的に開かれるサロンであり、招待状もなく、簡素な食事が提供されるだけだったので、誰でも気軽に足を運ぶことができた。ここでベルリンに花開いたサロン文化の一端を紹介しよう。サロンの主催者は高い知性と広い教養を身につけたユダヤ人女性であり、彼女たちは文学作品を書かなかったため、その活動はあまり知られないが、彼女たちが提供した時空間は詩人たちの知的活動の基盤になっていた。

ベルリンで最初にサロンを開いたヘンリエッテ・ヘルツ（一七六四－一八四七）は、サロンが盛んになった理由をこう述べる。

君主制の国では、支配者の社交サークルだけが宮廷社交界の中心を形作ることができる。そしてまさにこれこそがフリードリヒ大王と彼の後継者の治世において欠けていた。フリードリヒ大王の交際はほんの少数の友人、大半はフランス人から成っていた。その他少しの人々が宮廷から招かれたが、紳士と淑女が入り混じる社交はなかった。王妃は大王から離れてシェーンハウゼン城に完全に引きこもっており、時折主要行事や国家行事のためベルリンに来るだけだった。大王の後継者の治世には、王が他の関係を持っていたため、王妃が穏やかな快適さに対する感受性を回復するきっかけにならず、まさにこの諸関係ゆえ、王のサークルは社交の中心になれなかった。古くからある盛大な宮廷の祝宴とレセプションにも、カーニバルの時期に高位の文民・軍人官僚には規定通りの集会にも、若い貴族たちは死ぬほど退屈していた。[1]

ヘルツは王家を慮って曖昧に記しているが、フリードリヒ二世と王妃エリーザベト・クリスティーネ（一七一五－九七）は、結婚してラインスベルク宮殿で共に暮らした（一七三三－四〇）後、フリードリヒが即位すると別居した。その理由は王が女性に関心を持たないことにあり、そのため王の社交サークルは男性のみで成り立っていた。それとは対照的に後継者のフリードリヒ・ヴィルヘルム二世は漁色家であったため、王妃が社交界を取り仕切ることはなく、王も社交の中心になれなかった。二代にわたり王と王妃を中心とする宮廷生活がないという文化的空隙を、ユダヤ人女性たちのサロンが補ったのである。裕福で教養豊かなユダヤ人女性たちは、ユダヤ共同体の中では女性であるがゆえに制限を受け、共同体の外ではユダヤ人であるがゆえにキリスト教徒たちから不利益を被る立場にあり、サロン運営は啓蒙的で自由な場を求める彼女たちの気持ちを満たしたのだった。[2] こうしてサロンは、私的な集まりでありながら、ベルリンに大学が創設される（一八一〇）まで知的交流の主要な場となり、詩人たちは皆サロンに出入りした。回想録を残したヘンリエッテ・ヘルツと、書簡集を残したラーエル・ファルンファーゲン（一七七一－一八三三）の活動を覗いてみよう。

ヘンリエッテは、一七六四年医師ベンヤミン・ド・ルモス（一七一一－八九）とフランスのユダヤ人エステル・ド・シャルルヴィル（一七四二－一八一七）の間に生まれた。[3] 父はハレ大学で学び、ドイツの医学部を卒業した最初のユダヤ人の一人であり、ベルリンのユダヤ病院院長であった（一七四七）。[4] 一七七九年にヘンリエッテが結婚した相手は、医師マルクス・ヘルツ（一七四七－一八〇三）である。ベルリン出身のマルクスはケーニヒスベルク大学で医学を学び、カントに師事し、ユダヤ病院院長のポストを義父から引き継ぎ（一七八二）、フリードリヒ・ヴィルヘルム二世から哲学教授の称号を与えられ（一七八七）、プロイセン初のユダヤ人教授として自宅で医学・哲学・実験物理学の講義を行った。彼は講義の参加者を夕食に招待したため、ヘンリエッテも彼らと知り合うことになった。マルクスが学問談義をする間に、彼女の周囲に文学愛好者たちが集ったのが彼女のサロンの始まりであり、ヘルツ家の二重サロンと呼ばれた。ヴィルヘルム（一七六七－一八三五）とアレクサンダーのフンボルト兄弟は家庭教師ゴットロープ・ヨハン・クリスティアン・クント（一七五七－一八二九）に連れられ、クントがマルクスとの談話に興じる間、年齢の近いヘンリエッテとの文学談義に夢中になった。彼女はヘブライ語、ギリシア語、ラテン語、スペイン語、スウェーデン語、フランス語、イタリア語、英語を自在に使いこなし、外国の客を相手の言葉でもてなして喜ばせるほど言語能力に秀で、[4] フンボルト兄弟にヘブライ語を教えた。彼女のサロンの常連にアウグスト・ヴィルヘルムとフリ

図9　ヘンリエッテ・ヘルツ

ードリヒのシュレーゲル兄弟、フリードリヒ・ダニエル・エルンスト・シュライアーマッハー（一七六八－一八三四）がおり、時にはゲーテやシラーも顔を出した。サロンでは文学作品の朗読と意見交換が行われ、ここで知り合った男女が結婚することもあった。[5] ヘンリエッテは夫の死（一八〇三）後もサロンを続けたが、フランス軍にベルリンが占領されると閉鎖し（一八〇六）、遺族年金が絶たれたため語学力や教養を活かし家庭教師をして糊口を凌いだ。仲間との交流は続き、シュライアーマッハーとの友情は彼女のプロテスタント改宗（一八一七）に影響を与え、病気がちで経済的困難に陥った晩年にはアレクサンダー・フォン・フンボルトの世話で年金を得て（一八四五）、亡くなる年にはフリードリヒ・ヴィルヘルム四世の訪問を受けた（一八四七）。[6]

ラーエルは一七七一年、ユダヤ宝石商マルクス・レーヴィン（一七二三－九〇）とシャイエの間に生まれた。当初ラーエルは両親が自宅で開くサロンでの社交を楽しんだが、父の死（一七九〇）後、居候の立場でサロンを開いた。彼女の教養溢れるお喋りと質素なもてなしは人々を惹きつけ、ジャン・パウル（一七六三－一八二五）、ルートヴィヒ・ティーク、フリードリヒ・シュレーゲル、フンボルト兄弟、フケー夫妻などが集った。彼女はパリへ行った一時期（一八〇〇）を除き、ベルリンがフランス軍に占領される（一八〇六）までサロンを開いた。ラーエルは一八一四年に弟の文学仲間カール・アウグス

図10　ラーエル・ファルンファーゲン

ト・ファルンファーゲン（一七八五－一八五八）と結婚し、その際キリスト教に改宗した。彼女の洗礼名はアントーニエ・フリーデリケであり、ファルンファーゲンが結婚を機に貴族の称号を復活させたため、彼女はラーエル・アントーニエ・フリーデリケ・ファルンファーゲン・フォン・エンゼになった。ユダヤ人女性が年下のキリスト教徒と結婚する例はブレンデル・メンデルスゾーン（ドロテーア・シュレーゲル）にも見られ、この種の結婚には花嫁の改宗と改名がついて回り、世間の非難を受けることも多かった。結婚後ラーエルは外交官である夫の勤務地ウィーン、フランクフルト・アム・マイン、マンハイム、カールスルーエで暮らしたが、その間ユダヤ人の彼女に社交界の門が閉ざされていたことにもユダヤ人女性への風当たりの強さがわかる。自由主義者の夫が政府から解任されると、夫婦はベルリンに戻りサロンを開いた（一八一九）。このサロンは豪華な料理を供し、招待状を出すなど、貴族のサロンを模しており、[7]シャミッソー、フンボルト兄弟、ゲオルク・ヴィルヘルム・フリードリヒ・ヘーゲル（一七七〇－一八三一）、ハインリヒ・ハイネなどが集った。なかでもハイネは『帰郷』（一八二六）を捧げるほどラーエルに心酔し、ファルンファーゲン夫妻が若きハイネを励ましてパリへ送り出したことは特筆に値する。ラーエルはサロンの訪問客を楽しませるだけでなく、遠隔地にいる友人にこまめに手紙を書いて情報交換をしており、彼女の死後、夫がこれらの手紙をまとめて出版した。[8]

　サロンで交わされた会話は記録されておらず、いつ誰が誰と何について話したのか精確なところはわからないのだが、サロンの客たちが寛いだ雰囲気の中で会話を楽しんだことは、複数の詩人たちの思い出話から窺える。ヘルツ家には夫の関係で自然科学者の客が多く、ファルンファーゲン家の客に哲学者の名前も挙がるように、サロンでは文学に限らず自然科学の最新情報や社会情勢も話題に上ったことだろう。さまざまな分野で活躍する人たちがのびのびと知見を表明・交換する私的な空間があった意義は大きい。

第2章　探検博物学

第1章では、地・水・火・風の精霊たちが啓蒙主義の時代に詩人たちの筆を通して再登場する様を確認した。精霊は人間と自然との関係を擬人化したものであり、人間が外なる自然に対して抱いてきた畏怖を精霊の姿から読み取ることができる。本章では、外なる自然を知りたいという欲求に駆られた詩人たちの足跡を追う。一八世紀後半のヨーロッパでは世界周航が国家事業として企画・実施された。ドイツ語圏では世界周航が主催されなかったが、ゲオルク・フォルスターがイギリスの航海（一七七二―七五）に、アーデルベルト・フォン・シャミッソーがロシアの航海（一八一五―一八）に博物学者として参加した。アレクサンダー・フォン・フンボルトはヨーロッパの政治状況ゆえ参加する機会を逸したが、世界周航に熱い視線を送っており、私費で南北アメリカ大陸を踏破する探検を行った（一七九九―一八〇四）。

一九世紀初頭における世界周航の状況を理解するため、ヨーロッパで航海が行われるようになった経緯を遡って見ておこう。ポルトガルのエンリケ航海王子（一三九四―一四六〇）が、造船所、天体観測所、航海術と地図製作を学ぶ場を備えた「王子の村」をサグレスに作り、当代随一の学者たちを集め、遠洋航海に耐える船を作り、船員を訓練し、海図を作成し、羅針盤の原型と言える航海用具「ヤコブの杖」[1]を作らせたことにより[2]、大航海の幕が上がった。一五世紀にポルトガルとスペインが相次いで海洋へ進出し始め、航海者たちは、東はアジア、西はアメリカを目指し、金や香辛料、奴隷を直接買い付けて利益を上げ、ヨーロッパ各国で東インド会社が設立されて帝国主義的な植民地政策が進められた。その際、経済的動機だけでなくキリスト教布教という動機が働くこともあり、フランシスコ・サビエル（一五〇六―五二）の来日は後者に相当する。時代順に整理すると、一七世紀まではポルトガルとスペインが独占的に大航海を行い、一八世紀にイギリスとフランスが参入し、一九世紀にロシアも大海原へ乗り出していく。そして一八世紀半ば過ぎに金星の太陽面通過観測という国際プロジェクトがヨーロッパ外も含む世界各地の観測地点で行われて、未知の世界への航海に科学的な意義が付け加わった。

本章では金星の太陽面通過観測プロジェクトの概要を押さえ、一七六一年と一七六九年に行われた観測の状況を概観し、とくに二度目の観測の一隊としてタヒチに赴いたクック船長の航海に着目する。それというのも、クック船長の航海に参加した博物学者ジョゼフ・バンクス（一七四三－一八二〇）の働きにより、世界周航に探検博物学の役割が加わったからである。次いでフォルスターとフンボルト、シャミッソーの世界旅行の一端を、彼らの書いた旅行記に基づいて再構成する。その際、旅行前後の活動も合わせて、三人の博物学者たちの仕事の全貌に迫りたい。

1. 一八世紀後半の世界周航

1－1. 金星の太陽面通過観測プロジェクト

一七六〇年代にイギリスとフランスが競って世界周航を行うなか、[1]ドイツ語圏で世界周航は国家事業にならなかった。ベルリン科学アカデミー会長モーペルテュイは、プロイセン王フリードリヒ二世に宛てた『科学の進歩に関する書簡』（一七五二）の中で、王の後援に値する学術的事業として、南方大陸の発見と並はずれた巨人族とされる南米パタゴニア人の実像の解明、北極圏を縦断して大西洋と太平洋をつなぐ北方通路の発見を挙げたが、[2] フリードリヒ二世は金星の太陽面通過に際して観測隊を派遣しなかった。プロイセンは七年戦争（一七五六―六三）で消耗した国力を回復しておらず、また海軍を軽視する王の下で、列強と肩を並べる軍艦を持たなかったためであった。

金星の太陽面通過観測プロジェクトが発足した遠因は、イギリスの天文学者エドモンド・ハリー（一六五六―一七四二）がイギリス王立協会で行った講演（一七一六）にある。彼は一七六一年と六九年に金星の太陽面通過があり、この蝕を緯度の異なる二点から観測すれば太陽と地球間の距離測定が精確に行われると述べ、一八七四年まで同じ現象は起きないので貴重な機会を逃さないよう言い残した。折しも一七五八年末、彼が『彗星天文学概論』（一七〇五）の中で楕円軌道を描く彗星が回帰すると予言した通り彗星が観測されたため、金星の太陽面通過の信憑性が増した。一七二四年にロンドンでハリーと金星の太陽面通過について議論したフランスの天文学者ジョゼフ＝ニコラ・ドリル（一六八八―一七六八）が、一七六〇年四月二〇日、パリのアカデミーで金星の太陽面通過の観測に関する国際プロジェクトを提案し、太陽面経過の予測に合わせて色分けした世界地図に解説をつけてヨーロッパの科学者二〇〇人以上に送った。同年六月、イギリス王立協会がドリルの呼びかけに応じてプロジェクトが動き出す。

観測までの準備期間は短かったが、一七六一年六月六日に一回目の観測が行われた。[3] ドイツ語圏では四〇人近い天文学者と公認の観測者がこの日を待ったが、多くの観測地点は雲に視界を阻まれ、観測は叶わなかった。[4] その後各地の観測結果が照合され、学術誌や新聞に取り上げられて、啓蒙専制君主たちの関心を集めたため、[5] 金星の太陽面通過の二回目の観測に向けて周到な準備が整えられた。

二回目の観測日である一七六九年六月三日のヨーロッパは雲が多く観測には不向きで、最新式の器具を用いても金星の輪郭は揺らいで見え、精確なデータは集まらなかった。だがバルデ、コラ半島、ハドソン湾、カリフォルニア、タヒチといったヨーロッパ以外の観測は上手くいき、[6]イギリス王立協会はこれらのデータに基づいて、太陽視差を八・七八秒、地球と太陽の距離を約一億五〇八三万八八〇〇キロと計算した。この数値はかなり精確で、太陽視差を八・七九秒、地球と太陽の距離を一億四九五九万八〇〇〇キロとする二一世紀の定義に近い。[7]このプロジェクトは、国家間に政治的対立があろうとも科学者同士に情報交換と協力が重要だと認識させ、その後の科学発展の礎になった。この観測をタヒチで行ったのがクック船長である。

1‐2．クック船長の世界周航

次節にて取り上げるゲオルク・フォルスターがクック船長の二回目の航海に参加するため、クック船長の第一回航海から見ていこう。

イギリス海軍の船長を務めるのは貴族が常であるなか、ジェイムズ・クック（一七二八‐七九）は異色の経歴の持ち主である。彼は丁稚奉公を経て石炭輸送船に乗り（一七四六）、航海士として船の指揮を取った（一七五二）。雇い主と良好な関係を築いたが、立身出世願望が強かったのだろう、海軍に志願して平水兵になり（一七五五）、航海の腕が買われて、航海長になる（一七五七）。航海長は下層階級出身者が就く最高の位で、船を動かす実質的責任者である。彼はカナダでの対フランス戦争に参加した際に、セント・ローレンス川の河口で水深測量を行った。このとき彼は陸軍技師が陸地調査に用いる三角測量の方法を学んで精確な海図を作成し、戦争終結後にニューファンドランドの測量と地図作成の任務を請け負った（一七六七－六八）。地図作成と測量調査は、国家事業の中でも最も重要な仕事だが[8]、海図の作成はイギリス海軍で軽視され、海軍省に水路部が設置される（一七九五）まで、海図の編集や集成、王室海軍への海図頒布に関する規則すらなかった。そうした状況下でクックはイギリス海軍で最も優秀な測量士と認められていたのである。さて、イギリス王立協会は金星観測プロジェクトのため、ジョージ三世から軍艦の使用許可をもらったが、船長の人選に苦慮し、軍艦の指揮を執るのは軍人に限るとの原則に従って、測量の技量に秀でたクックを船長に選んだ。海上での測量は、航行中の船から連続的に観測を行い、海岸の目印に合わせて羅針盤方位や六分儀の角度を測定し、大量のスケッチを描いて海図を制作するため、陸地で行う測量と比べて精度が落ちる。クックはこの点を自覚して測量を行い、第一回航海で自ら海図の制作に責任を負い、二回目以降も部下の海図制作を厳しく監督しており、彼の三回の航海により太平洋の地理がかなり明らかにされた[9]。

第一回航海の概要を見よう。航海には石炭輸送用の三本マストの船が選ばれ、エンデヴァ号と名付けられ、乗船メンバーは船員以外に天文学者チャールズ・グリーン（一七三五－七一）、後にフォルスター父子と深い関係を持つ博物学者ジョゼフ・バンクスとその仲間、すなわち二人の博物学者と二人の画家、四人の従者、二匹の犬であった[10]。クックが海軍本部から受け取った指示書は二通ある。一通目には、プリマスで船員に賃金を前払いしてマデイラ島でワインを積み込むこと、適宜食料や水を補給しながらホーン岬を通って、六月三日の一ヶ月か一ヶ月半前までにタヒチに到着し、準備をした上で天体観測をすること、任務の許す限り測量を行い、地図を作成することが記された[11]。二通目には金星の太陽面通過観測が完了してから開くようにとの指示のうえで、「南方大陸」の探索をし、これが不首尾に終わった場合にはニュージーランドの土地を測量し、先住民、土壌、熱帯植物を調査し、鉱物と植物の標本を持ち帰るよう記された。[12] ところで、二通目の指示書に記される「南方大陸」とは、古代ギリシアで想定された架空の大陸を指す。北半球のユーラシア大陸と均衡する大陸が南半球にあるにちがいないとの仮説の下、五世紀のローマ人マクロビウスの唱えた対蹠地の概念と相俟って、南方大陸はルネサンス期に広く知られて、一六世紀以降の世界図に描かれ、その存在が期待されていた。[13] クックは金星観測を終えると指示に従い南方大陸の探索を始め、一七六九年九月一日に南緯四〇度一二分に達し、その後一〇月七日にニュージーランド北東部を望見して、南緯四〇度以北に南方大陸はないとの結論に達した。だが同行したバンクスが証拠は弱いけれども南方大陸の存在を信じると言い、[14] 叩き上げの船長クックは知識人や海軍本部の信ずるものを否定できなかっただろう。[15] 航海の初めごろ、彼は航海誌にデータを羅列していたが、次第に観察対象を広げ、眼に見えない部分に想像力を働かせて記すようになる。この変化は親しくなったバンクスの影響によるらしい。[16] 航海誌に記された情報、天候や船の位置と状況、船員とのやりとりを見ると、クックがだらしない船員や盗みを働く島人に厳しく対処し、反発を買いながら任務を遂行した様子が伝わってくる。こうして第一回航海において金星の観測は成功し、南方大陸の発見こそ叶わなかったが、一七七一年に帰還すると、この航海は大成功の科学的探検旅行とみなされた。

世界周航の記録は航海記として出版される習いであり、ジョン・ホークスワース（一七一五－七三）がクックの航海記の執筆者になり、クックの航海日誌やバンクスの手記に基づいて、他の探検家の航海記録を加えて体裁を整えた。三巻本の航海記はロンドンで出版されると（一七七三）、二回増刷され、フランス語、ドイツ語、イタリア語に翻訳されて、商業的成功を収めたが、[17] 第二回航海に出航中のクックは喜望峰でこれを入手して、ホークスワースによる脚色に困惑し、次の航海記を自ら執筆する気になった。

2. ゲオルク・フォルスター

2–1. 父ヨハン・ラインホルト・フォルスター

クック船長は第一回航海を終えた翌年、再度世界周航の指揮を執る任務を引き受け、この航海にヨハン・ラインホルト・フォルスターと息子ゲオルクが博物学者として参加する。プロイセン出身のフォルスター父子がイギリスの国家事業に加わることができたのはなぜだろうか。

フォルスター家はもともとスコットランド出身のヨークシャーの地主であったが、王党派に与したため共和政の時期に財産を没収され、ジョージ・フォースターが着の身着のままプロイセンに亡命し（一六四二頃）、ダンツィヒ（現ポーランドのグダニスク）近郊に住み始め、息子のアダムがディルシャウ（現ポーランドのトチェフ）の市長になった。そしてフォルスター家はアダムから三代にわたりディルシャウの市長を輩出した。

ヨハン・ラインホルト・フォルスターは、一七二九年ディルシャウ市長の息子として生まれ、ベルリンのヨアヒムスタール・ギムナジウムを経て、ハレ大学で医学と神学を学び、ダンツィヒ南東の村ナッセンフーベン（現ポーランドのモクリ・ドブル）の説教師になり（一七五三）、いとこと結婚し、翌年ゲオルクが生まれた。一七六五年、彼はロシア政府からヴォルガ川流域の植民地の現地調査を依頼されると、ゲオルクを伴いヴォルガ川流域に出向いた。この依頼の背景には、ロシアのエカチェリーナ二世（一七二九－九六）が即位直後の一七六三年に、最初一〇年間の租税の免除と多額の生活費支給を掲げてドイツ人をヴォルガ川流域に入植させたにもかかわらず[1]、受け入れ体制が整わず、悪い噂が広まり始めたことがあり、女帝は信頼に足る人物に入植地の現状を報告させ、入植事業の継続を目論んでいた。だがフォルスターは女帝の意を酌まず、植民地の悲惨な現状を訴え、ロシアの学者たちと協働して入植者のための法典の作成を行う傍ら、ヴォルガ川流域の博物学的調査を行った。最終的に彼は政府から満足な報酬を受け取れず、植民地の状況を改善することもできぬまま、ゲオルクを伴ってイギリスに渡った（一七六六）。彼はヴォルガ川流域で収集したタタール人の硬貨や化石、写本、工芸品などを切り売りして生活し、この調査を纏めた成果により考古学界で認められ、非国教会系の学校ウォリントン・アカデミー（一七五七－八六）で現代語と自然史のポストを得て（一七六七）家族を呼び寄せるが、周囲と軋轢を起こして退職し（一七六九）、ロンドンで語学を教えたり、フランスのブーガンヴィル船長の『世界周航記』（一七七一）を英訳したりして[2]（一七七二）、博物学者や言語学者として名を馳せた。そこに大航海に参加する話が舞い込んだのである[3]。

2－2. レゾリューション号の世界旅行

クックの第二回航海の目的は南方大陸の発見と定められた。第一回航海の帰還後ロンドン社交界の寵児となったバンクスが、再度博物学者として乗り込む予定であり、レゾリューション号はバンクスの要望に従って改造されたのだが、テムズ川を下り始めると船の重心が高すぎて転覆の恐れが

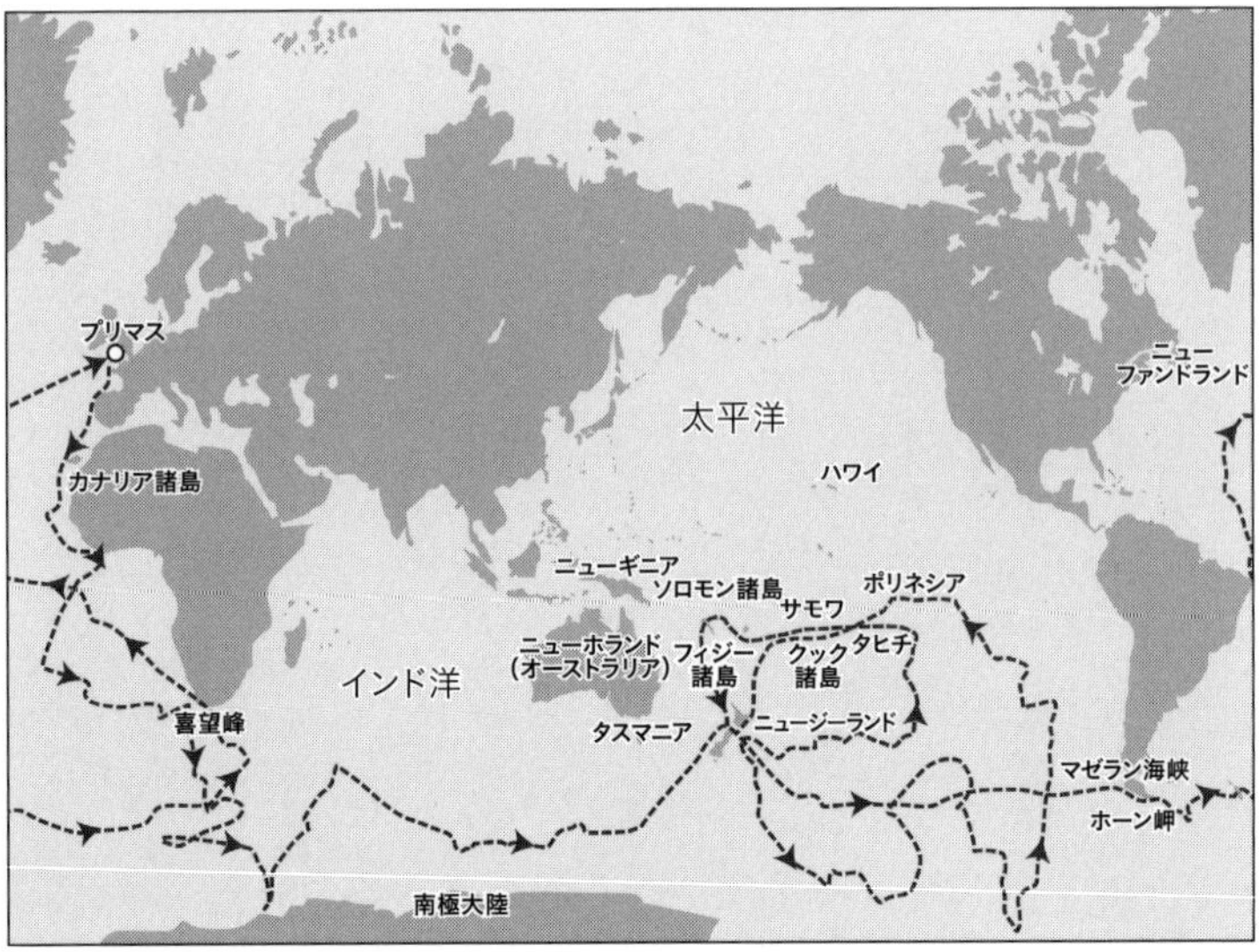

図11　フォルスターの旅程図

あると判明し、急遽元の姿に戻された。バンクスがこれに怒って荷物を引き上げたため、博物学者のポストが空き、ヨハン・ラインホルト・フォルスターが博物学者として、ゲオルクが父の助手兼画家として乗船することになった。[4]

一七七二年七月一三日、レゾリューション号とアドヴェンチャー号はプリマス（イギリス）を出航した。レゾリューション号には九二名の士官と船員、海兵一九名、海尉一名、天文学者ウィリアム・ウェルズとその従者、画家ウィリアム・ホッジス、フォルスター父子とその従者、アドヴェンチャー号には士官と船員六九名、海兵と兵曹一〇名、天文学者ウィリアム・ベイリとその従者が乗り込んだ。[5]マデイラ諸島を経由して一〇月三〇日に喜望峰に到着、一一月二三日に南に向かい、一七七三年一月一七日に南極圏に入り、一月一八日に南緯六七度一五分に達した。非常な寒さのため、北東に針路を変え、三月二六日ニュージーランド南島西南のダスキー湾に到着し、薪水を補給、休養した。五月一一日に南島と北島の間にあるクイーン・シャーロット湾に行き、南極圏の探検中に見失ったアドヴェンチャー号と遭遇し、六月七日から一〇月二一日までソシエテ諸島やトンガ諸島を探検した。再びアドヴェンチャー号と離れ、一一月二六日南方大陸の探検に向かい、一七七四年一月三〇日に南緯七一度一〇分に達し、それ以上の前進を諦めた。三月一二日にイースター島に到着して再び南太平洋諸島の探索を行い、一〇月一八日にニュージーランドのクイーン・シャーロット湾に戻り、マゼラン海峡を経由して大西洋に入り、南緯六〇度付近まで南下し一七七五年三月二一日に喜望峰に到着、七月二九日にイギリスに戻った。[6] クックは南方大陸の探検を二度行い、二度目の一七七四年一月三〇日に西経一〇六度五四分南緯七一度一〇分に達したとき、もしあと四〇か五〇度東にいたなら南極大陸の北端、南極半島に達しただろう。[7] 彼は二度の探索を経て太平洋の南側に大陸は存在しないと結論づけた。

図12　ヨハン・ラインホルト・フォルスターとゲオルク・フォルスター

航海後にクック船長による旅行記とゲオルク・フォルスターによる旅行記とがそれぞれ出版された。ヨハン・ラインホルト・フォルスターも航海記の執筆を予定していたが、海軍本部は船長クックに公式の航海記の執筆を任せた一方、ヨハン・ラインホルトには科学的事項を記す本を書くことのみを認め、その際海軍関係者が手を加えることに同意するよう求めたため、自らの執筆を諦めた。彼はクックに自分の日誌を譲り渡す際、息子のゲオルクに複写を渡して、一七七七年三月ゲオルクが公式本を出し抜いて『世界旅行記』を出版した。[8] ゲオルクは『世界旅行記』の序言においてイギリス海軍が父に「哲学的旅行記」を期待していたと記し、[9]「クック船長は、食糧を備え船を整備するためすべきことがたくさんあった。それに対し、私は自然が陸地に散りばめた多様な事物の数々を追い求めることができた」[10] と述べ、船上での立場も視点も異なるため、自分の航海記は船長のものとは自ずから異なると記している。そして父の意向により旅行記のドイツ語訳が執筆中から進められ、イギリスに亡命した元カッセル大学教授ルドルフ・エーリヒ・ラスペ（一七三六－九四）によるドイツ語版が一七七七年九月一日に出版され、プロイセン王フリードリヒ二世に捧げられた。[11]

クックは航海記の中で、天候、船の位置や操縦、整備に関する事柄、食料の調達、出会った人々との交流、船員の規則違反に対する罰といった航海誌風の内容を記し、私的心情を披露しない。フォルスター父子に関しても、首長のところへ同行した件や、植物採取に出かけた件を淡々と記録している。父子は陸地に着くと動植物を採取して標本を作り、博物学者としての任務を遂行したが、ゲオルク・フォルスターは『世界旅行記』においてそうした作業に言及せず、船上の様子や訪問先の人々や社会の様子を詳細に描写する。以下、ゲオルクの旅行記に挿入される引用を見ていく。引用を通して、彼が眼前の光景に文学的イメージを重ねて理解したことが伝わってくるからである。

フォルスターは旅行記の冒頭に、古代ローマの歴史家サルスティウスの『カティリーナの陰謀』の四章と三章の一部をラテン語のまま置いた。[12]

私の心が幾多の苦難と危険を経て安らぎを得たとき、私はあの出来事を描写しようと決意した。

これは特に難しく思われた。犯行を語るときに非難を加えると、多くの人々はそれを毀傷の喜びや悪意と見なすからであり、また善人の大きな功績と名声を語ると、皆、自分でも簡単に成し遂げられると思えば、それをあっさり聴き流し、自分にはできないことだと思えば、それをでっち上げや偽物と見なすからである。[13]

「あの出来事」とは若きサルスティウスが目撃した紀元前六〇年代の国家転覆未遂事件、カティリーナの陰謀の摘発を指す。彼は自分が「犯行」を「非難」すれば「毀傷の喜びや悪意」とみなされ、「功績と名声」を褒めれば、聴き手はそれらを大したことでないとし、場合によっては「でっち上げや偽物と見なす」と、叙述の難しさを述懐する。フォルスターはサルスティウスのこの言葉をモットーに置き、世界旅行中に見聞することを叙述する覚悟を示した後、自分たちが航海に参加した次第を説明し始める。

旅行記においてフォルスターが最も多く引用した作者はホラティウスで、『歌章』から六回、『風刺詩』から三回引用したが、一番多く引用した作品はウェルギリウスの『アエネーイス』であり、父の日誌に記された一七の引用のうち四つをそのまま、自ら選んだ引用を三つ挿入している。彼が選択した引用はカルタゴの女王ディードに関わるテクストであり、初めてのタヒチ島滞在を描写する箇所に五回置かれる。[14]これら五つの引用を順に見ていこう。

旅行記第四章「喜望峰から南極圏へ、高南緯帯への最初の航海、ニュージーランドの岸への到着」では、喜望峰から南極圏に向かう途上の船が嵐に巻き込まれる様が描かれる。一一月二九日、水が船内に入り込んだことに気づき、船員たちは総出で水をくみ出した。フォルスターはこの場面に『アエネーイス』第一歌を引用する。

すると暗い夜が海を覆った。すべてが男たちに死がすぐ目の前にあると告げていた。[15]

『アエネーイス』では、風神アエオルスが女神ユーノの意向を受けて嵐を起こし、海神ネプトゥーヌスが妹ユーノの仕業に気づいて嵐を鎮めたため、アエネーイス一行は助かった。フォルスターの乗るレゾリューション号も嵐に翻弄され、船体が破損して浸水したかと思われる危機的な状況に陥ったが、浸水騒ぎは開いた窓から水が吹き込んだだけと判明し、一行は胸をなで下ろした。フォルスターはこの体験をトロイアの英雄アエネーイスの危機に重ねて、自分たちの航海がアエネーイス同様、成功裏に終わることを仄めかす。

これに続く第五章「ダスキー湾での滞在、そこでの私たちの仕事の報告」においてフォルスターはニュージーランドのダスキー湾での活動の様子を記す。魚や鳥が豊富で食糧に困らないこの場所でフォルスター父子は新奇の動植物に心躍らせ、ゲオルクは植物をスケッチする。彼は晴天時に船員たちが船を整備する様子を『アエネーイス』第一歌の情景と重ねる。

太陽の下でせっせと働くように蜜蜂たちは初夏の花咲く野を忙しく動き回る[16]……

『アエネーイス』では、カルタゴに漂着したアエネーイス一行がテュロスの都に着いた場面で、仕事中のテュロス人たちの姿が蜜蜂に喩えられた。博物学者として乗船したフォルスター父子はアエネーイスと同じく部外者の立場で船員が船を整備する様子を眺めている。ヨーロッパの階級制度は船上にも持ち込まれ、フォルスター父子は士官の側にあり、船員を「蜜蜂」に喩えるゲオルクの視線は船上の階級意識を反映する。船員たちが働く光景を微笑ましく眺める彼は、これから目撃する社会構造を分析する際の厳しい視線をまだ自分には向けていない。

その後、一行はタヒチ島へ向かい、第七章「ニュージーランドからオ・タヒチへの旅」の末尾で、タヒチ島を目前にした船員たちがタヒチの情景を語り合う。フォルスターはこれまでの苦労と未来への不安がなくなったと述べた後、『アエネーイス』を引用する。

夜の静寂と眠りの覆いにもぐり込む。心配と苦しみから逃れてあらゆる苦労を忘れて。[17]

『アエネーイス』第四歌では、アエネーイスの突然の出立を知り心を痛めた女王ディードが死を決意した後、「家畜も彩り美しい鳥たちも、広く澄み渡る湖や、茨の茂る田園に住む生き物のどれも、夜のしじまのもと眠りについていた。〔悩みを癒し、心から労苦を忘れていた〕。しかし、心に悲運を負うフェニキアの女王は、ただひとときもくつろいで眠りに落ちることがない」[18]と記される。「フェニキアの女王」が心痛のあまり眠れないのとは対照的に、「生き物」たちはぐっすり眠り込む。それと同様、嵐の晩に眠れなかった船員たちは「夜の静寂」の中、希望を抱いてぐっすり眠る。彼らはタヒチの情景を想像し、これまでの苦労を忘れて眠りに落ちたのだった。

続く第八章「オ・タヒチ小半島のオ・アイテピエハ湾での滞在、マタヴァイ湾への投錨」の冒頭に『アエネーイス』第六歌からの引用が置かれる。

彼らは至福の野、素晴らしい緑地にやってきた。そこには敬虔な者の居所が、幸福な者の林がある！　天空が紫色の光でたっぷりと野をつつみこんだ。[19]

アエネーイスはクーマエの巫女シビュラに導かれて冥界を行く。彼らは生前悪を行った者たちが罰を受ける場を通った後、身を清め、冥界の女神に捧げ物をして、「敬虔な者」「幸福な者」である死者たちが住むという「至福の野、素晴らしい緑地」にたどり着く。この引用の後、フォルスターは以下を記す。

朝になった。どんな詩人であれ、私たちがオ・タヒチ島を二マイル目の前に見たときほど美しく朝を描くことは難しいだろう。これまで私たちを案内した東風は凪ぎ、陸から吹いてくる風は爽やかな素晴らしい芳香を漂わせ、海面を波打った。森におおわれた山々の誇らしく聳える頂はさまざまな壮麗な形になり、朝の最初の陽光を受けて輝いていた。[20]

アエネーイスがシビュラに導かれて「至福の野、素晴らしい緑地」にたどり着いたように、レゾリューション号は「東風」に導かれてタヒチ島にたどり着く。タヒチ島は「爽やかな素晴らしい芳香」を放ち、朝日の中で輝く。タヒチは食糧が豊かで、人々は善良で愛想がよくヨーロッパ人との付き合いに慣れている。一行が島人たちと友好的に交流するなかで、フォルスターはタヒチ社会の階級制度を目の当たりにする。支配者層は色白で背が高く、被支配者層は褐色で背が低い。彼は、船員相手に売春する下層階級の女性たちの中に九歳か一〇歳くらいの子供がいるのを見て、性的に成熟する前の性行為は身体の発達に影響すると考える。[21] またタヒチでは支配者層がお祝いのときにだけ豚を食べ、被支配者層が豚を食べる機会はない。[22] フォルスターは食物の違いが体格の違いに関係するとも考え、労働しない証に爪を長く伸ばした支配者層の太った男が豚を貪り食う姿を批判的に眺め、ヨーロッパの階級制度に思いを馳せる。

彼は南洋諸島を楽園とみなす幻想を抱いてタヒチを幸せな島と描写し始め、途中何度もタヒチの階級制度の不条理を指摘し、それでも章末を『アエネーイス』の引用で締めくくる。

女王よ、私はあなたの岸を不本意ながら去ったのだ。[23]

上記引用は第六歌でアエネーイスが冥界で女王ディードを見かけて話しかけた台詞である。アエネーイスは自分が去った後ディードが自刃したとの知らせを受け、死者となった彼女に再会したとき、自分は「不本意ながら去った」と言い訳する。アエネーイスにとってテュロスでのディードとの暮らしは楽しかった。同様にフォルスターもタヒチ滞在を楽しんだ。八ヶ月後にレゾリューション号は再びタヒチに立ち寄るが、第一六章「二度目のタヒチ滞在」に『アエネーイス』からの引用はない。その後寄港した島々と比べても、フォルスターにとって初めてのタヒチ滞在がアエネーイスのカルタゴ滞在に相当する幸福の場だったのだ。

フォルスターが文学作品を引用して自らの体験を表現しようとしたのはなぜだろうか。幼時から才能を発揮した彼は、父に付いてヨーロッパ各地を周り、父の知的活動を間近に見てきた。その間、彼は読書を通して知的経験を積んだ。そのため、一〇代後半の彼が船の上や南洋諸島の珍しい出来事といった未知の自然を理解し、自分なりに表現するのに、それまでの知的経験、すなわち自らの血肉と化した読書体験を骨子にしたと考えられるのである。

2-3．航海後のフォルスター

レゾリューション号は三年の航海を経てロンドンに到着し（一七七五）、クック船長は一躍時の人になった。フォルスター父子は航海で収集した標本をバンクスに売り、彼の邸宅に保管されていた第一回航海で収集された標本と合わせて分析結果を参照して『南洋諸島植物諸属の特徴』（一七七五）を出版し、[24]ここでゲオルクは七八枚の植物図解を行った。[25]バンクスはゲオルクに植物学者の素質を見込んだが、フォルスター父子が発表した植物の多くは第一回航海の植物学者ゾランダーが詳しく研究し発表の準備をしたものであったため、バンクスの不興を買い、父子はバンクス邸への出入りを禁じられた。[26]

ヨハン・ラインホルト・フォルスターは、バンクスの支援を失い、航海記出版をめぐって海軍とトラブルを起こした末、経済的に困窮し債務者拘置所に入れられた。ゲオルクは父の職を探してパリに行き（一七七七）、博物学者ジョルジュ＝ルイ・ルクレール・ド・ビュフォン（一七〇七－八八）やベンジャミン・フランクリン（一七〇六－九〇）と会い、オランダ経由でドイツに入り、父のためハレ大学の教授職を手に入れた。ヨハン・ラインホルトは、息子の献身と友人たちの援助、フェルディナント・フォン・ブラウンシュヴァイク＝ヴォルフェンビュッテル公（一七二一－九二）のおかげで解放されてドイツへ戻り（一七七八）[27]、一七七九年一一月にハレ大学の博物学と鉱物学の教授に任命された。彼の学術上の功績が評価されたことは、彼がパリ（一七七六）、サンクトペテルブルク（一七八〇）、ベルリン（一七八六）のアカデミーの会員になったことに明らかである。

ゲオルク・フォルスターはカッセルのコレギウム・カロリーヌム（一七七八－八四）、次いでヴィルナ（現リトアニアのヴィルニュス）大学で博物学の教授になり（一七八四－八七）、食用植物の研究をまとめて『南洋諸島の食用植物についての医学・植物学位請求論文』（一七八六）をハレ大学に提出して学位を得、これをベルリンで『南洋諸島の食用植物についての植物学的論考』（一七八六）として出版、さらに『南洋諸島植物誌試論』（一七八六）をゲッティンゲンで出版した。この研究はバンクス邸に出入りしたときに作成したメモに拠る。[28] そしてロシア政府が世界旅行を企画しフォルスターを招聘する（一七八七）と、ヴィルナでのポストに不満を抱いていた彼はこれ幸いと退職したが、ロシアとトルコの戦争（一七八七－九二）が勃発したため計画は中止された。そこで彼は生活の糧を得るべくマインツ大学の一級司書になり文芸評論を始める（一七八八）。

図13　ゲオルク・フォルスター

一七九〇年、フォルスターはアレクサンダー・フォン・フンボルトと一緒にライン川沿いを旅行し、このときの旅の様子を『ライン下流地方の観察　一七九〇年四、五、六月のブラバント、フランドル、オランダ、イギリス、フランス』（一七九一）に纏めた。第一部と第二部はオランダまでの旅路を扱い、イギリスとフランスを扱う第三部はフォルスターの死後出版された（一七九四）。彼は世界旅行を通して身につけた民俗学的眼差しでもって各地の自然と住民の様子とを観察し、工場を見学して経済構造を分析し、美術館で芸術作品を鑑賞する。

たとえば「私はケルンを訪れる度に必ずこの壮麗な寺院に行く。崇高なるものの戦慄を味わうために」[29]とある。ケルンの大聖堂は一二四八年に起工され、内陣は一三二二年に奉献されたものの、その他は未完成で、一五六〇年以降放置されていた。[30]「これほど壮麗な建物が未完成でなくてはならないのは残念だ。この設計図は、考えるだけでこれほど強く心を揺さぶるのだから、現実になったらどれほど私たちを圧倒するだろう！」[31]との見解を受け、ケルン出身の美学者ズルピッツ・ボワスレー（一七八三―一八五四）が古い設計図を入手して建築工事の続行を呼びかけ、一八四二年に工事が再開、一八八〇年に完成した事実は、[32]フォルスターの影響力を物語る。デュッセルドルフ（六―八章）ではフランドルの画家ルーベンスやイタリアの画家グイド・レーニやラファエロの作品を、アントワープ（二一章）では当地の教会や修道院に掛けられたフランドル派の傑作を論じ、美術エッセイの感すら漂う。この紀行文の白眉は、フランス革命の余波をフランドルやオランダの人々の生活から感じ取り分析する点にある。彼は住民の表情や振る舞いから生活水準を推測し、各都市の乞食の数を気にかけ、各地の工場を見学して、産業・経済の在り方を考える。反革命の騒ぎが起きたと噂されるリールに行くのを反対されると、「私たちの道中に起きる大事件の光景を見物することが重要なのであって、反革命はまさに私たちの関心事だ」[33]と述べ（一九章）、リエージュ司教領で起きたブラバント革命（一七八九）と「ベルギー合衆国」の成立と崩壊（一七九〇）を分析する。[34]実はこの旅の最大の目的はバンクスとの面会にあった。フォルスターは厳しい経済事情ゆえ、かつてバンクスに売った植物の絵を纏めて出版しようと計画し、[35]購入した作品の権利は自分にあると考えるバンクスと話し合ったが、フランスの亡命貴族を受け入れていたバンクスと革命に同調するフォルスターとは政治的立場も異なり、交渉は決裂した。このときフォルスターは若きフンボルトをバンクスに紹介し、フンボルトはクック船長の第一回航海で持ち帰ったコレクションを見せてもらったのだった。[36]

フォルスターはフランスを経由して、民衆の蜂起や共和主義化の運動で騒然とするマインツに戻った。一七九二年一〇月二一日にマインツを占拠したフランス革命軍のキュスティーヌ将軍が軍の権威を高めるため名士フォルスターを味方に引き入れ、フォルスターはマインツのジャコバンクラブの議長、次いで一七九三年三月一七日に成立したドイツ初の共和主義国マインツ共和国の副議長になり、ライン・ドイツ国民公会派遣議員団団長としてパリへ赴いた。マインツはプロイセン指揮下のドイツ連合軍に攻撃され四ヶ月の包囲後に陥落、共和主義者は弾圧・迫害され、フォルスターの首にも高額の賞金がかけられた。彼はマインツに戻れず、パリで極貧生活を送りながら革命の進行を批判的に眺め、一七九四年一月一〇日卒中で死去した。自由と平等を掲げる革命に共鳴して活動家となったフォルスターを批判する者も、彼に対して同情する者もいたが、民俗学的眼差しで社会を眺める彼には、階級制度に基づくヨーロッパ社会が不合理に映り、彼は不平等を是正したい気持ちに駆られたのだろう。それにはクック船長の第二回航海で訪れた南洋諸島での経験が生きている。そしてフォルスターの眼差しは、ライン川沿いを一緒に回った若き友人フンボルトに引き継がれる。

コラム2. ジョゼフ・バンクス

フォルスター父子がレゾリューション号に乗り込んだのは、イギリスの博物学者ジョゼフ・バンクスの代役としてであった。バンクスはクック船長の第一回航海に参加して名を挙げた後、イギリスの科学界に長らく君臨し、本書で取り上げる三人の探検博物学者と関わりを持つため、その人物像を簡単に見ておく。

ジョゼフ・バンクスはイギリス・リンカンシャーの裕福な家に生まれ、オックスフォード大学で植物学を研究し、珍しい植物を採取するためニューファンドランドへ航海した（一七六六）[1]。彼はクック船長の第一回航海（一七六八―七一）に参加すると、四〇近くの未知の島々を訪れ、一〇〇〇種類以上の異なる種の植物を発見し、一七〇〇〇以上の植物標本、五〇〇以上の魚、五〇〇以上の鳥の標本、無数の昆虫類の標本を持ち帰り、ロンドン社交界の寵児になった。第二回航海にも参加する予定だったが、船の改造が思うようにならず辞退する羽目になり、代わりにアイスランドを探検した（一七七二）。その後、彼はロンドンの自宅を開放して学者たちの研究の拠点とし、植物学界の重鎮としてキュー王立植物園を拡充したり、オーストラリアへの入植を企画したり、「アフリカ内部発見を促進する協

図14　ジョゼフ・バンクス

会」、通称アフリカ協会を設立したりして（一七八八）、イギリスの王立アカデミーの会長として長きにわたり科学界に君臨した。

フォルスター父子はクック船長の第二回航海で採取した標本をバンクスに売り、バンクス邸で研究を進める機会を得たが、剽窃を行いバンクス邸への出入りが禁止された。だがゲオルク・フォルスターの博士論文（一七八六）はバンクス邸での研究に基づいており、ここが重要な研究施設であったことは確かである。フォルスターは以前売った標本や図を自分で利用しようと考えバンクスに交渉して失敗したが（一七九〇）、その後バンクスがフォルスターの絵や標本を元にした銅版画の制作に取り組んだ[2]のは、植物図譜の商業的成功を予想したからだろう。この銅版画は二〇〇年後はじめて大英自然史博物館により印刷され、『バンクス植物図譜』として知られる。

フンボルトはフォルスターの紹介によりバンクスのネットワークに加わった。後年、アメリカ探検中のフンボルトはキューバから標本を送り出す際、戦争中のヨーロッパとの間で敵船に標本が没収される危険があったため、探検に同行したボンプランの提案に従い、標本コレクションを分割し、一つをフランスに、もう一つをイギリス経由でドイツに送り、没収された場合にはロンドンのバンクスに転送するよう後者の荷に指示を付けた。[3]この逸話は、当時の船長たちにバンクスの名が知れ渡り、科学的真理への追究は政治的紛争を超越するという考え方が共有されたことを伝える。シャミッソーもまた世界周航の最後にロンドンに立ち寄った際バンクス邸を訪問して感激を露わにしており、バンクスのネットワークに加わることが学者たちの念願だったとわかる。

3. アレクサンダー・フォン・フンボルト

3－1. 探検旅行出発まで

アレクサンダー・フォン・フンボルトは博物学者にしてプロイセン王の侍従を務める男爵であり、政治家にして言語学者の兄ヴィルヘルムと共に一九世紀初頭のドイツ語圏を代表する知性の持ち主である。彼は、プロイセンの貴族アレクサンダー・ゲオルク・フォン・フンボルト（一七二〇－七九）とマリー・エリーザベト（一七四一－九六）の第二子フリードリヒ・ハインリヒ・アレクサンダーとして一七六九年九月一四日にベルリンに生まれた。父方の祖父ヨハン・フンボルトはフリードリヒ・ヴィルヘルム一世の治世に軍功を挙げて貴族に列せられ、父アレクサンダー・ゲオルクは陸軍将校であり、陸軍指揮官ブラウンシュヴァイク公の娘エリーザベトが皇太子（後のフリードリヒ・ヴィルヘルム二世）と結婚するまで彼女の宮内官を務めた。母方の祖父ヨハン・ハインリヒ・コロン（一六九五－一七五九）はフランスの信仰難民の子孫で、ポツダム近郊にガラス工場を建て、スコットランド系のユスティーネ・スザンネ・デュルハム（一七一六－六二）と結婚し、工場の経営を軌道に乗せた後、官職に就き、ベルリンに居を構えた。その娘マリー・エリーザベトはプロイセン大尉フリードリヒ・エルンスト・フォン・ホルヴェーデ（一七二三－六五）と結婚し（一七六〇）、二児を産み（娘は幼時に死亡）、夫が亡くなった翌年、息子フェルディナントを連れてプロイセン大尉フンボルトと再婚し（一七六六）、ヴィルヘルムとアレクサンダーを産み育てた。[1] マリー・エリーザベトがノイマルクの騎士領とテーゲルの永代借地領とベルリン中心部イエーガー通りの館を嫁資として持参したため、息子たちはテーゲルの館で夏を、ベルリンのイエーガー通りの館で冬を過ごし、家庭教師による教育を受けた。この時代の家庭教師は勉強を教えるだけでなく、家族の一員として生活を共にするため、[2]大学を卒業して未だ定職に就いていない貧しく有能な若者が貴族の子弟の家庭教師を務めることが多かった。兄弟に勉強の手ほどきをしたのは、異父兄フェルディナントの家庭教師だったヨアヒム・ハインリヒ・カンペ（一七四六–一八一八）であり、彼は後に教育思想家として有名になる。次の家庭教師は兄弟と合わなかったため、父はカンペを呼び戻し（一七七五）、一七七七年以降、ゴットロープ・ヨハン・クリスティアン・クントが家庭教師になった。クントは兄弟の父が亡くなった（一七七九）後、兄弟の教育を全面的に引き受け、息子たちを官僚にしようと考える母の意向を踏まえて兄弟を指導した。彼は学者や芸術家をテーゲルの館に招き、生活の拠点をイエーガー通りの館に移すと（一七八六）、兄弟をモーゼス・メンデルスゾーン（一七二九–八六）やマルクス・ヘルツのサロンに連れていき、最新の学問を学ぶ機会を設けた。アレクサンダーはヘルツのサロンでフランクリンの避雷針の原理を示す実験を見た後、テーゲルの館に避雷針を一基取り付けてもらったが、これはベルリンで最初に取り付けられた避雷針である。[3]

家庭教師による教育を終えて、フンボルト兄弟は大学に通った。アレクサンダーは一七八七年秋から半年間、フランクフルト大学で官房学を学び、その後ベルリンに戻ってカール・ヴィルヘルム・ヴィルデノウ（一七六五–一八一二）に植物学を学んだ。一七八九年春に兄が在籍するゲッティンゲン大学に移り、博物学者ヨハン・フリードリヒ・ブルーメンバッハ（一七五二–一八四〇）、古典学者クリスティアン・ゴットロープ・ハイネ（一七二九–一八一二）、物理学者リヒテンベルクなどの授業に出た。ブルーメンバッハはクック船長の三回の航海により世界旅行の第一段階が終わったと述べ、「理性ある冒険」の実現性を語り、アレクサンダーを魅了した。兄弟はハイネの下でギリシア語を熱心に学び、ハイネの娘婿ゲオルク・フォルスターと知り合った。リヒテンベルクはドイツで初めて避雷針を大学の屋根に設置した人物でもあり（一七八〇）、アレクサンダーに経験に基づく研究方法を教え込んだ。[4]アレクサンダーは秋にオランダの植物学者スティーヴン・ヤン・ヴァン・ゴインス（一七六七－九五）と旅行に出て、途中マインツのフォルスター家に八日間滞在し、このときの研究旅行の成果をまとめた論文『ライン河畔のいくつかの玄武岩に関する鉱物学的観察』（一七九〇年一月）をフォルスターに捧げた。アレクサンダーは一七九〇年三月にゲッティンゲン大学での勉強を終え、フォルスターと一緒にライン川沿いを旅行し、ロンドンに到着、パリ経由で帰国する。彼は旅の途中ダンケルクで初めて海を見て、海を好きになったという。[5]

その後アレクサンダーは母の意向に従い一七九〇年八月からハンブルクの商業アカデミーで学んだ後、自らの意思で鉱山学を学ぶことに決め、一七九一年五月に鉱山冶金大臣ハイニッツに請願書を出した。フライベルク鉱山学校の養成コースを履修したら官僚として採用するとの返事を得て、六月にはフライベルクで学び始め、学校の勉強と並行して地下陰花植物、動物電気、磁力などの研究を行い、通常三年かかる勉強をわずか八ヶ月で修了し、一七九二年二月プロイセンの鉱山技師として働き始めた。廃鉱のゴルトクローナハ鉱山に派遣されると、一六世紀の稼働状況に関する詳細な記録を読み、鉱山を視察して鉱石を分析し、金、鉄、硫酸塩、錫、アンチモニー、ミョウバンの生産の増大に成功した。また彼は鉱山町シュテーベンに坑夫のための学校を私費で開設し（一七九三）、初歩的な地質学や鉱物学、地下水面の現象と河流、鉱山法、地方誌、鉱山の維持に役立つ数学を教えた。さらに坑道内のガスの成分を分析して防毒マスクと安全ランプ四種類を考案して、鉱山労働者の労働環境を改善し、鉱山を蘇らせた。[6]

一七九六年一一月に母が死去して、異父兄にファルケンベルクの所領が、ヴィルヘルムにテーゲルの所領が、アレクサンダーに現金約三万八〇〇〇ターラー[7]が遺産として渡され、兄弟はイエーガー通りの館をメンデルスゾーン家に売却した。ヴィルヘルムは妻子と共にパリへ引越し（一七九七年一一月）、パリのフンボルト家はフランスとドイツの知識人の集うサロンになった。[8]アレクサンダーは退職し、母の遺産を資金にして探検旅行の計画を練るが、ヨーロッパの政治情勢ゆえイタリア、西インド諸島、エジプト、南洋への旅行計画はうまくいかない。パリ滞在中（一七九八年五‐九月）に彼は元船長のブーガンヴィルから世界旅行に誘われる。それは国立自然史博物館の委託によるボーダン船長率いる六年計画の世界旅行であり、フンボルトは参加する気だったが、出発直前に財政的理由により白紙に戻った。[9]そこで彼はスペインへ出発（一七九八年一二月）、マドリードで自然現象の観測を行い（一七九九年二月）、スペイン内陸が高い台地になっており、地図が何マイルもずれていることを証明した。[10]ところで、この時期のフランスでは世界中でバラバラな度量衡を統一するため、ダンケルクからバルセロナまでの子午線を測定する巨大プロジェクトが進行していた。フンボルトはプロジェクトリーダーの一人、ピエール・フランソワ・アンドレ・メシャン（一七四四‐一八〇四）がバルセロナで測定したのと同じ地点で緯度測定を行い、もう一人のプロジェクトリーダー、ジャン＝バティスト・ジョゼフ・ドランブル（一七四九‐一八二二）に測定したデータを書き送り、[11]このプロジェクトに強い関心を示した。そしてその間も彼は旧知のスペイン大臣マリアーノ・ルイス・デ・ウルキホ（一七六九‐一八一七）に働きかけた。[12]

フンボルトは一七九九年五月にスペイン王に提出するため履歴書を書き、ここに官僚としての業績を記した後、探検の希望を述べる。

世界の他の地域を訪れ、一般自然学に関連付けて観察し、（これまで専ら行われてきた）生命体の種類や特徴のみならず、大気とその化学的構成が生命体に与える影響を研究し、地球の構造と地層の性質を互いに離れた土地で、一言でいえば、自然の大いなる一致の数々を研究したいという燃えあがる欲求に駆られ、数年内に国の仕事を離れて、私の財産の一部を学問の促進に捧げたいとの願いが私の内で膨らみました。そこで私は退職を願い出ました。しかし閣下は、私の退職を認める代わりに私を上級鉱山技師に任命し、私の年俸を上げ、自然誌の任務で旅行することを許可されました。[13]

当時南アメリカ大陸の大半はスペインの副王領であり、ヌエバ・エスパーニャと呼ばれた。フンボルトは探検の目的を自然観測であると断言し、プロイセンで「上級鉱山技師」の身分と給料を確保し、王から旅行の許可を得たと付け加える。この履歴書が功を奏したのだろう、フンボルトはカルロス四世（一七四八－一八一九）からヌエバ・エスパーニャにおいて宿泊場所の提供、友好的な扱い、あらゆる場所への立ち入り、王室に属する船舶の利用を保証する勅許を得る。そして彼は三一種類の最新の計測機器[14]を含む大量の荷物を抱えて船に乗り込み、パリで知りあった若き医師エメ・ボンプラン（一七七一－一八五八）と共に出発する。

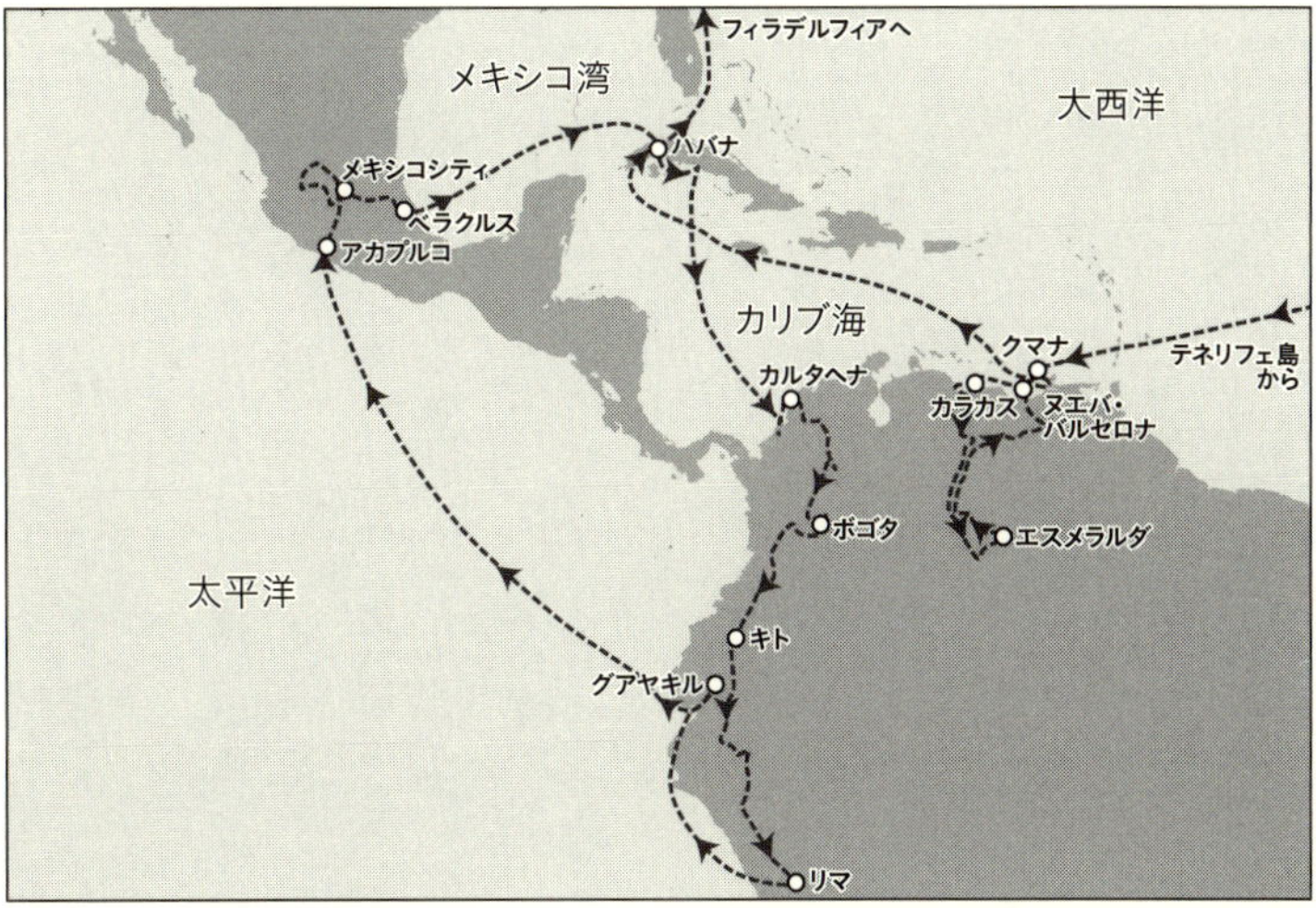

図15　フンボルトの旅程図

3-2. アメリカ探検旅行

一七九九年六月五日、フンボルトとボンプランはピサロ号に乗り、ラ・コルーニャ（スペイン）を出発した。六月一七日、カナリア諸島のグラシオーザに上陸し、テネリフェ島に二五日まで滞在、七月一六日にクマナ（ベネズエラ）に上陸して近郊を探検する。一一月一八日にクマナから船で移動し、二一日にカラカス（ベネズエラ）に到着、一八〇〇年二月七日、二人はオリノコ川流域の旅に出る。内陸部をあちこち回って七月二三日に海岸沿いの町ヌエバ・バルセロナ（ベネズエラ）に戻り、途中クマナ滞在を経て、一一月二四日にヌエバ・バルセロナを発ち、一二月一九日にハバナ（キューバ）に到着、一八〇一年三月五日まで滞在した。二人はハバナを発ち、三月三〇日カルタヘナ（コロンビア）に到着し、四月六日まで滞在した。その後アンデス山脈を探検するため、カヌーや徒歩で南へ向かい、七月八日ボゴタ（コロンビア）に到着、九月八日にここを発ち、一八〇二年一月六日、キト（エクアドル）に到着、六月九日まで周辺を探検し山々に登って火山調査をする。一八〇二年六月二三日、世界最高峰と目されたチンボラソ山（六三一〇メートル）に登り、五九〇六メートルの高度に達した。後の検証によれば、彼らが達したのは五六〇〇メートルらしい。彼らはインカ帝国の遺跡や鉱山を見学して、地磁気を計測しながら南下し、一〇月二三日リマ（ペルー）に到着、一二月二四日まで滞在する。リマから海路北上し、一八〇三年一月四日グアヤキル（エクアドル）に到着、ここを拠点に近隣を探検し、二月一七日に出立し三月二二日にアカプルコ（メキシコ）に到着、内陸を通ってメキシコシティ（メキシコ）に四月一二日に到着、一八〇四年一月二〇日まで滞在する。彼らはメキシコシティを発ち、二月一九日にメキシコ湾に面した町ベラクルス（メキシコ）に到着、三月七日海路キューバに向かった。四月二九日ハバナを発って、フィラデルフィア（アメリカ合衆国）に向かい、途中嵐に遭ったが、五月二〇日に到着した。五月二九日ワシントンへ向かいトーマス・ジェファーソン大統領と会見する。六月三〇日、ニューキャッスルからフランス軍艦ファボリテ号に乗り、一八〇四年八月三日ボルドー（フランス）に到着した。

ヨーロッパ大陸からカナリア諸島を通りヌエバ・エスパーニャに至る海路は確立し、カナリア諸島とアメリカ大陸沿岸の間の四八〇〇キロメートルは見通しのきく海原であることから「婦人の湾」と呼ばれ、[15]航行の危険度は低かった。フンボルトはクマナ、カラカス、ヌエバ・バルセロナ、ハバナ、ボゴタ、キト、リマ、グアヤキル、メキシコシティ、ベラクルス、フィラデルフィアといった都市に拠点を置いた。ヨーロッパ風の暮らしが営まれる都市で、彼は有力者の屋敷に滞在し、地域の気象、地理、動植物、歴史、産業などを観察し、ヨーロッパの友人たちに報告を兼ねた手紙を送った。それらは印刷されて、彼の足跡を同時代の人々に知らしめた。当時イギリス海軍がヨーロッパ沿岸とカリブ海沿岸を封鎖しており、スペインの船便は少なく、手紙は発送されるまで港に何ヶ月も留めおかれ、郵便船の船長はイギリス軍の船を見ると積荷を捨てかねなかったので、フンボルト自身は四通に一通以上が宛先に届くか疑っていたという。[16]とはいえ、大西洋を越えた手紙のやりとりは、彼が都市を拠点にしたからこそ実現したのだった。彼の見聞の一部を、これらの手紙や旅行記に基づいて見ていこう。

フンボルトが最初に立ち寄った場所はスペイン領のテネリフェ島、西アフリカの沖合にあるカナリア諸島最大の島である。ここへの上陸は彼にとってヨーロッパの外に出たことを意味した。以下は彼が兄に宛てた一七九九年六月二〇日の手紙の冒頭であり、これは他の手紙と合わせて、『山学・丘陵学年鑑』四巻二号（一八〇〇）と『新ベルリン月報』六号（一八〇一年八月）に掲載された。

一七九九年六月二〇日

幸運なことに私はようやくアフリカの大地に到着し、ここでココ椰子とバナナの木に囲まれています。六月五日に私たちは出発しました。私たちは気持ちのよい北西風の中、幸運にもまったく他の船に会わず、一〇日にモロッコの岸に、一六日にグラシオーザに上陸し、一七日にテネリフェ島のサンタ・クルス湾に入りました。私はとくに天文学と化学の観察（空気の質、海水の温度など）をたくさん行いました。夜は壮麗です。澄みきった穏やかな空に浮かぶ月は明るく、六分儀を使って月光で読み取ることができます、南の星々やケンタウルス座などを！　なんて素晴らしい夜！　私たちはほとんど知られていない動物ダギサを、バンクスが発見した辺りで釣り上げ、新種の植物と葡萄の葉のような緑色の植物〔藻のヒバマタではありません〕を水深五〇トワーズ〔約一〇〇メートル〕から釣り上げました。毎晩海は光っていました。マデイラ島では鳥たちが私たちを迎えに来て、私たちと一緒になり、一日中私たちの船と共に進んでいきました[17]。

フンボルトはテネリフェ島を「アフリカの大地」と言い、ヨーロッパの外に出たと実感する。船は順調に進み、彼は空気や海水を測定し天体を観測して、クック船長の第一回航海の際にバンクスがダギサと名付けた被嚢動物や新種の植物を釣り上げて喜ぶ。この手紙からマデイラ島近辺で海鳥たちが船と一緒に移動していく様を見る彼の喜びが伝わってくる。

フンボルトはテネリフェ島のオロタバに竜血樹を見に行く。彼はかつてベルリン植物園[18]で竜血樹を見て遠方への憧れを抱いたという。植物園には高さ七、八メートルの竜血樹がガラス天井の塔に収められ、案内人は竜血樹が世界で最も長寿な樹木であり、テネリフェ島の竜血樹は樹齢八〇〇〇年だと見物人に伝えていた[19]。そのため竜血樹見物はフンボルトの念願だったはずだが、彼はその模様を即物的に記す。

多くの旅人の話から私たちはフランキ氏の庭園にある竜血樹について知っていたが、それでもその途方もない大きさに圧倒された。この樹の幹は、多くの非常に古い記録の中で土地の境界として言及され、一五世紀には現在と同様途方もなく大きかったと断言される。高さは五〇－六〇フィートあるようだ。根近くの太さは四五フィートある。私たちは梢の方を計測できなかったが、ジョージ・スタントン閣下が仰るには、地上一〇フィートの幹の直径は一二イギリス・フィートもあり、これは中間の太さが三三フィート八ツォルあるとボルダが言うのと一致する。幹は多量の枝に分かれ、メキシコ谷を飾るユッカの樹と同様、枝付き燭台の形に伸び、最後は葉の茂みになる。この枝分かれのため、棕櫚の木とは外観がまったく異なる。

　有機物の形態の中で、この樹がアダンソニーやセネガルのバオバブと並び、私たちの地球で最古の住民であることは明らかだ[20]。

図16　竜血樹の図

フンボルトは古い記録における竜血樹の情報、彼自身と他の人物が予測する樹の大きさを記し、「枝付き燭台の形」といったイメージで樹形を描写して、「私たちの地球で最古の住民」と結論づける。その大きさは、フンボルトのスケッチに基づく図（図16）に描き込まれた人間の大きさと比べれば、一目瞭然である。竜血樹はテネリフェ島の原住民グアンチェ族にとって聖なる樹であり、竜血樹のある小さな森は礼拝所になっていた[21]。竜血樹が土地の境界を成すのは樹木の聖性に関連すると考えられる。また竜血樹は成長が遅く、年輪がなく、その姿は傘を開いたような独特の形で、葉は剣のように分岐し、幹から分泌される樹液は空気に触れると酸化して赤くなり、染料、防さび剤、出血に効く薬として珍重され、非常に高価だった。[22]フンボルトが旅行記で「竜の血」と呼ばれる赤い樹液に言及しないのは、それを見なかったためであろう。彼は自分の見たものだけを記録したのだ。

その後フンボルトはテネリフェ島を出発して大西洋を渡り、クマナ（ベネズエラ）に到着し、一七九九年一一月四日ここで地震に見舞われる。これは彼にとって初めて経験する地震であった。一七九九年九月一日と一一月一七日付の「南アメリカからの報告書」のうち、一一月一七日付の報告の一部を見よう。これは『地理学と大気学推進のための月刊通信』第一巻四号（一八〇〇年四月）に掲載された。

一一月四日こちらで非常に激しい地震があった。幸運にも甚大な被害はなかった。私はこの出来事の間、磁気偏角が一・一度減ったことに気づいて訝しく思った。余震が数回あり、一一月一二日に本物の花火があった。大きな火の玉が朝二時から五時まで絶えず大気を舞った。そこから視直径二度の火の束が出ていた。ヌエバ・アンダルシア州の東区域には小さな火山がひしめき、熱湯や硫黄、硫化水素、石油を噴き出している。グアイグエル族の間に、スペイン人がこの岸辺を発見した数年前に恐ろしい地震の作用によってカリアコ大湾が生じたとの伝説がある。この湾のある部分で海水の温度は四〇度だ。[23]

地震と余震が続くなか、フンボルトは磁気偏角の減少に気づく。磁気偏角とは、方位磁石が示す北と北極点との間のずれを言い、地球内部で発生する磁気の変化を反映している。フンボルトが気付いたこの変化は、地震の影響を受けてクマナの地下で地磁気が変化したことに起因していた。一九世紀初頭にはまだ地震のメカニズムはわかっておらず、彼は磁気の測定を続けることにより、自然現象の変化を捉えようとしていたのである。そして地震の約一週間後に「本物の花火」を見たと彼は報告する。これはしし座流星群であるが、彼はそれと認識していない。というのも、流星はちょうどこの時期に初めて流星として認識されたばかりであったからである。すなわち、ゲッティンゲンの天文学者エルンスト・フローレンス・フリードリヒ・クラドニ（一七五六－一八二七）が隕石は地球外に起源を持つと述べ（一七九四）、クラドニの説に興味を持った大学生のヨハン・フリードリヒ・ベンツェンベルク（一七七七－一八四六）とハインリヒ・ヴィルヘルム・ブラント（一七七七－一八三四）とが約一五キロメートル離れた二つの地点から流星を観測して、二二の流星の発光点の高さの平均が約九八キロメートルとの値を得たのだった（一七九八）。だがこの画期的な研究は一般に知られず、一八三三年一一月一一日に起きたしし座流星群、つまりフンボルトが一七九九年に目撃した次の回にはじめて流星は人々の関心を集めたのである。[24] したがって流星の現象を知らないフンボルトは、流星を火山の噴火の一形態と見なして地震と火山活動に連続性を見たのだった。地震作用によって湾が生じるという先住民の言い伝えを紹介するのもそのためだ。彼はこの報告では地震に言及するに留めたが、旅行記に詳細を記している。

一一月四日午後二時頃、尋常ならざる真っ黒な厚い雲がベルガンティン山やタタラクアル山を包んだ。次第に雲は広がり頂上に達した。四時頃、雷の音が上方から聞こえたが、まだはるか高く、轟かず、絶えず鈍く音が鳴った。四時一二分、強烈な放電の瞬間に、一五秒の間隔を置いて地震が二度起きた。路上の人々は大きな叫びを上げた。ボンプラン氏は植物を調べるため机の上に身をかがめていたが、ひっくり返った。私はハンモックに横たわっていたにもかかわらず、激しい揺れを感じた。クマナでは珍しいことに地震は北から南へ進んだ。マンサナレス川近くで一八か二〇フィートの深さの井戸から水をくみ出していた奴隷たちは激しい砲撃に似た雷を聞いた。それは井戸の深部から生じたかのようだったという。しばしば地震に見舞われるアメリカの地域によくあることにもかかわらず、奇妙な現象だった。

最初の揺れが起きる二、三分前に大粒の雷雨を伴う激しいつむじ風が起きた。私はすぐボルタの検電器を使い大気の電気をテストした。小さな球が四ライン離れた。雷雨の間にいつもなるように（ヨーロッパ北部では降雪時にときおりそうなる）陽電子はしばしば陰電子に変わった。空は曇り、つむじ風の後、完全な凪になり、一晩中そのままだった。日没は格別壮麗になった。厚い雲のヴェールが地平線近くで粉々になった。太陽がインディゴブルー色の地面から一二度の高さに見えた。太陽の輪は大きく広がって歪み、その縁は波形になった。雲は金色に輝き、互いに入り交じり束になった光線は、虹の最も美しい色を投げ返し、空の真ん中まで伸びた。たくさんの人が公共広場に集まった。この光景、地震、それと同時に起きる雷、何日も前から知覚された赤らんだ霧、これらは太陽の闇の作用と見なされた。

夜の九時頃、第三の揺れが起こり、最初の二度より遙かに弱かったが、非常に顕著な地響きを伴った。気圧はいつもよりやや低かった。とはいえ時間変化の行程あるいは大気潮汐《ちょうせき》が中断することはほとんどなかった。地震の瞬間、水銀はもっとも深いところにあった。それは一一時頃まで徐々に上昇し、朝四時半に再び下がった。これは気圧変動の法則に則っている。一七九九年一一月三日から四日の夜、赤い靄が濃くたちこめたので、私は月のある場所を美しい暈《かさ》により視直径二〇度とどうにか測定できた。[25]

フンボルトは地震の起きる二時間前から遠くに見える山際の雲の動きを観察していた。四時一二分に起きた二度の地震の状況を、立っていたボンプランがひっくり返りそうになるほどの衝撃、ハンモックに寝そべっていた自分が感じた揺れ、井戸で働いていた奴隷たちが聞いた雷の轟音と三通りに描写している。その後彼は地震の影響を大気中に探るべく、持参した二種類の検電器のうち、[26]アレッサンドロ・ボルタ（一七四五–一八二七）が発明した検電器（一七八七）を用いた。これは密閉したガラス容器に小さな球を載せた真鍮の帯電棒の下の部分を入れたもので、球が電気を感知すると棒の先の金属箔が反発し、電気の存在を証明する（図17）。フンボルトは雷雨を伴うつむじ風が生じたとき、この検電器を使い、「四ライン」すなわち約〇・四インチか〇・三三インチほど球が離れるのを確認して、帯電したと結論づけた。彼によると、二度の地震の後、無風状態になり、美しい日の入りの光景が見られた。「インディゴブルー色の地面」とあるのは空の青さから大気中の水蒸気量を測るシアン計に関係し、彼は日の入りの光景をうっとり眺めたのではなく、大気の水蒸気量を考えていたのだ。夜九時に三度目の地震が起きると、彼は一晩中気圧の変化を測定し続け、太陽と月を観察する。地震の後、空の様子を観察し、目に見えない電気や気圧を測定器機で測り、データを収集しよ

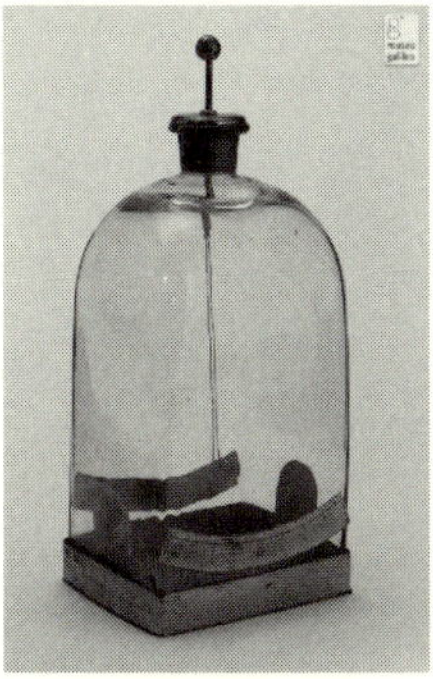
図17　アレッサンドロ・ボルタの検電器

うと努める彼の振る舞いは周囲の人々に奇怪かつ不気味に映っただろうが、王の勅書を持つ彼には行動の自由が保障されていた。

　この旅行中にフンボルトが成し遂げた最も有名な業績は、チンボラソ山登攀による世界最高地点への到達であるが、この逸話は旅行記に含まれない。それというのも、旅行記は一八〇一年三月にハバナを発つまでを扱い、彼はメキシコ滞在（一八〇三年三月－一八〇四年三月）を続編として出版したが、その間の二年分の行程（一八〇一年三月－一八〇三年三月）を発表しなかったからである。私人である彼には出版の義務がなく、旅行記用の銅版画や地図の作成に高額な費用がかかり、[27]世界旅行を終えて残った財産をすべて出版に充てたため、続編を出版できなかったのだった。[28]そこでチンボラソ山登攀の模様を二通の手紙から再構成してみよう。一通目は一八〇二年一一月二五日リマからパリのドランブルに宛てた手紙であり、『百科事典雑誌あるいは科学と文学と芸術誌』八巻六号（一八〇三年三／四月）に、ドイツ語訳が『新ベルリン月報』第一〇巻（一八〇三年一〇月の部）に掲載された。

> 一八〇二年六月二三日に私たちが挑んだチンボラソ登山の際、少々頑張れば空気が薄くなるのにも耐えられるとわかりました。私たちはコラソン山に登ったコンダミーヌより五〇〇トワーズ〔約九七五メートル〕高いところまで来ました。チンボラソの三〇三一トワーズ〔約五九〇〇メートル〕の高さまで機器を運び、気圧計は一三ツォル一一ライン、気温計は零下一・八度を指しました。何度も唇から出血しました。私たちが雇ったインディアンはいつも通り私たちを置いていきました。市民ボンプランとキトのサルバレグレ伯爵の子息モントゥファル氏だけが私

のもとに残りました。私たちは皆気分が悪く弱り吐きそうでした。この地帯で酸素が不足し空気が薄いせいに違いありません。この高度で酸素は二〇%を超えません。私たちよりほんの二三六トワーズ〔約四六〇メートル〕高いだけなのに、チンボラソの頂は途方もない亀裂ゆえに私たちから隔たっていました。〔…〕二つの測地学的操作により、チンボラソの高さは海抜三二六七トワーズ〔約六三六七メートル〕とわかりました。この計算は六分儀の人工的水平線からの距離ゆえ、また副次的状況ゆえ、精査する必要があります。[29]

フンボルトは手紙の受け取り手であるドランブルがフランス人であることを意識して、フランスの探検地理学者ラ・コンダミーヌ[30]の名前を挙げ、革命後の呼称「市民」を使用してみせる。「トワーズ」は当時フランスで用いられた長さの単位で、メートルに換算すると、約二メートル弱である。フンボルトは南米探検旅行の先駆者ラ・コンダミーヌが半世紀前に達した位置よりも自分たちが高い所に到達したと述べ、そこで高度を測定した。この登攀は現地で雇った人夫たちが逃げ出すほど過酷であり、フンボルトたちにも高山病の症状が現れたが、彼は酸欠状態で三角測量を行ったのだった。彼はドランブルにはチンボラソ山の最高到達地点で高度を測定したことを即物的に伝えたが、同日に兄に宛てた手紙では、環境の厳しさを切々と説明し、下山に際して直面した困難を記した。この手紙は『新ベルリン月報』第一〇巻（一八〇三年七・八月の部）に掲載された。

帰路、雪が激しく降り、ほとんど何も見えませんでした。この高地の凍てつく寒さに身を守る術もなく、私たちは言いようもなく苦しみました。登山の間ずっと尖った石にぶつかり、気をつけようにもどうにもならず、とりわけ私は数日前に転んで足を怪我したせいで辛い痛みに苦しみました。ラ・コンダミーヌはチンボラソを三二一七トワーズ〔約六二六〇メートル〕と見なしました。私が三角測量を二度行ったところ、三二六七トワーズ〔約六三六七メートル〕です。私は自分の測量に自信を持っています。この驚嘆すべき巨大な山は、アンデスの他の高山と同様、花崗岩ではなく、麓から頂まで斑岩で出来ていて、斑岩は一九〇〇トワーズ〔約三七〇〇メートル〕の厚みがあります。私たちの登攀の目標であったこの高地での短い滞在は、悲しい恐怖の光景を見せるものでした。冬の霧が私たちを取り巻き、ほんの時折、私たちの近くで恐ろしい深淵が霧の中から光って見えます。生き物もいなければ、アンティサナで常に私たちの頭上を舞っていたコンドルさえ大気に活気を与えません。小さな苔が唯一の有機体で、私たちに自分の住む地球に属していると思い出させてくれました[31]。

兄への手紙には世界記録を樹立した自信が滲む。彼は雪の中、唇から血を流し、足の負傷を押して、測量機器を持って登り、酸素欠乏により意識朦朧となりながら、気圧と気温を測り、高度測定を二度行った。ドランブルには測定データを「精査する必要があります」と謙遜するが、兄には二度測量したので「自信を持っています」と言ってのける。彼によると「高地での短い滞在」は感動の瞬間とはならず、「悲しい恐怖の光景」だった。雪と霧のため周囲が見えず、生き物の存在が感じられず、霧の間から時折覗く「深淵」は転落死の可能性を示していた。そうしたなか「小さな苔」が希望を与えてくれたという。かつて鉱山で洞窟内の植物を研究した彼にとって「苔」は生命の象徴となっていたからだ。

3－3．探検後のフンボルト

フンボルトは探検後に『植物地理学論』（フランス語版一八〇五、ドイツ語版一八〇七）を執筆し、ドイツ語版の巻頭に「ゲーテに」との献辞と竪琴を持つ神アポロンが自然を象徴する女神イシス像のヴェールを持ち上げる図像とを置いた（図18）。彼は当初イエナで親しく付き合ったシラーに本を捧げようと考えたが、シラーが亡くなった（一八〇五）ためゲーテに捧げており、この図像は二人の思想を踏まえている。この時期のヨーロッパでエジプトの女神イシスは真理や自然の象徴とされ、シラーの詩「ヴェールで覆われたサイスの像」（一七九五）では闇雲に真理を求める青年はイシス神のヴェールを持ち上げて狂気に陥ったが、フンボルトの図像においてイシスのヴェールを上げるのはアポロンであり、知的活動を守護する神アポロンの加護を受けて客観的データを駆使すれば自然という真理に近付くことができるとするフンボルトの考えが窺える。竪琴を奏でるアポロンの姿は、自然が詩的インスピレーションの源泉になることを示している。また、イシス神の足下に置かれた石板に記される「植物のメタモルフォーゼ」の銘は、「原植物」なるものから諸植物が派生したと考えるゲーテの説を示唆し、フンボルトはアメリカ大陸の植生分布を比較検討してゲーテの考えを肯定するつもりだった[32]。

図18 『植物地理学論』ドイツ語版献辞

フンボルトはこの著書の中で「自然画（Naturgemälde）」という図版（図19）を考案した。それは、自然の光景を風景画として鑑賞できるように示し、自然現象を数値化してデータを挙げて、その意味を詩的な言葉で補足説明するものである。[33] 彼がこの着想を抱いたのは一七九五年頃で、[34] アメリカ探検を経て具体化したのだった。彼は自然画のアイデアをこう説明する。

私はこの自然画の中に、私たちの惑星の表面と惑星を満たす大気圏が差し出す全現象を並べる。私たちの経験的知識のその都度の状態、とりわけ気象学の状態を知る博物学者は、これほど多くの対象がこれほど少ない曲線で扱われるのを見ても驚かないだろう。私がもっと長い時間をこの作業にかけられたら、私の作品はもっと短くなっただろう。それというのも、私の自然画は一般的な観察のみを、数字で表現可能な確実な事柄のみを呈示するからだ。[35]

彼は自然の光景と自然現象のデータを一枚の絵に収めた。「自然画」では中央に絵が、左右に表が配置され、絵の手前にチンボラソ山が地下から頂まで一部は断面に描かれ、奥にあるコトパクシ山は煙を出している。この煙は実際の高度測定に従って描かれている。[36] チンボラソ山の断面はラテン語の植物名で埋められ、フンボルトが目にしたであろう植物の名前が植生の高度に合わせて記される。雪で覆われた二つの山の左右に世界各地の高い山の名前が記されて、高さが比較可能になっている。そして左右の表に諸データが示される。

探検中のフンボルトはヨーロッパ各地で買い集めた最新の計測機器を用いて自然現象を観察・計測した。彼は測定したデータを以下に列挙する。

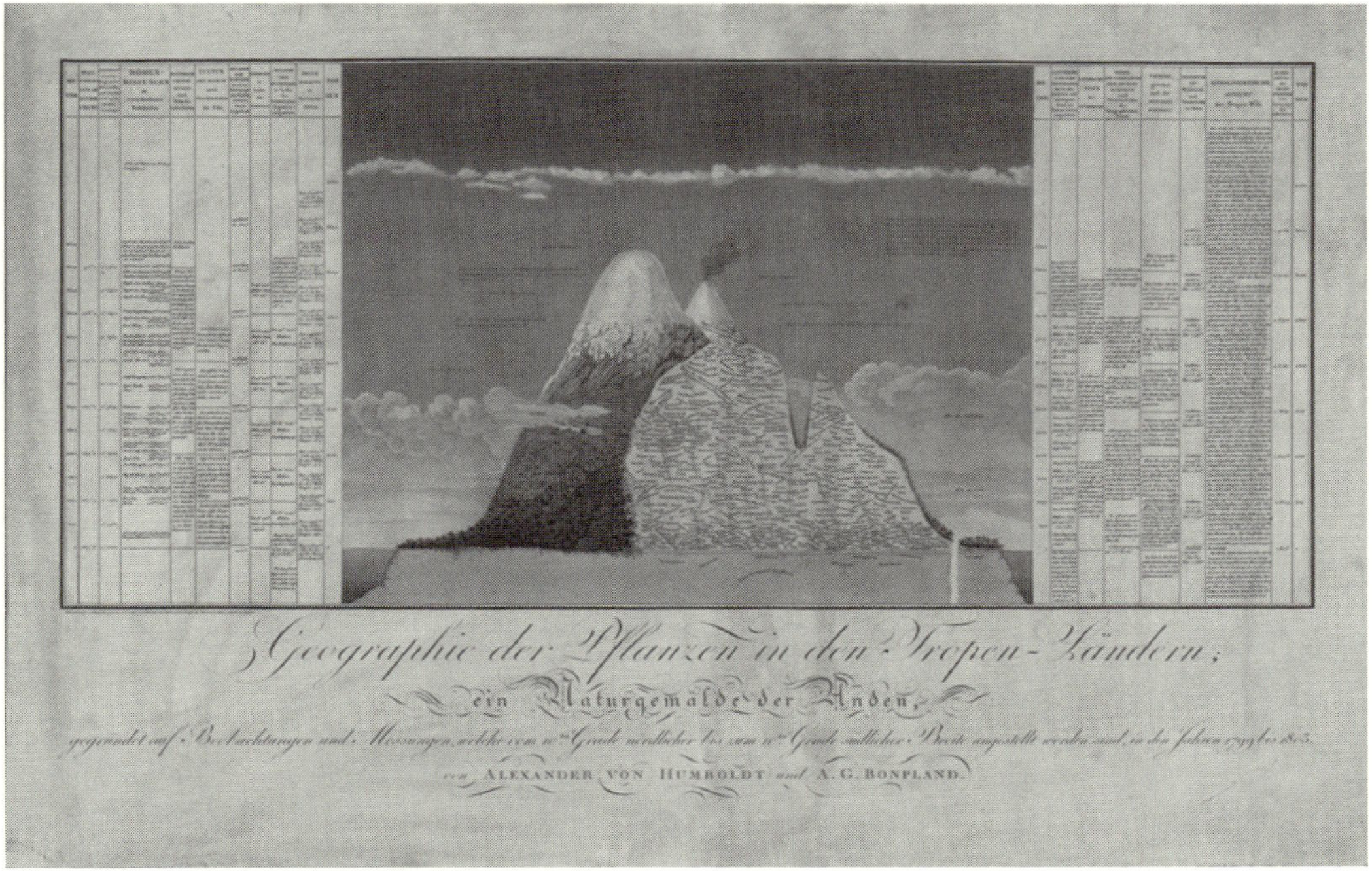

図19　フンボルトによる「自然画」

私は赤道地方の国々の自然の画を描こうとした。私は太平洋［南洋］の岸からコルディリエーラ山系の頂までの大地と大気圏が観察者に提供するすべての現象をまとめようと試みた。この画は以下を包括する。

植生
動物
地質学的諸関係
農業
空気の温かさ［気温］
万年雪の境界
［大気の化学的構成］
大気の電圧
［気圧］
重力の減少
空気の濃度
空の青さの強度
気層を通り抜けるときの光の弱化
地平における光線の屈折とさまざまな海抜高度での沸騰熱

熱帯の国々の諸現象を温帯地方のそれらと簡単に比べるため、他の諸関係、たとえば、地上での光線の屈折がなくとも眼に見えるであろう距離と並び、さまざまな世界の地域における山の高さが付け加えられる。[37]

フンボルトはこれに続けて項目を一つ一つ説明していく。彼の「自然画」は誰にとっても風景画として鑑賞可能であり、フンボルトによる詳細な説明を読めば、読者はデータの意味を理解できる。さらにデータの意義を理解する専門家の目にはより精確な自然の姿が浮かび上がる仕掛けになっている。この「自然画」は、通常の絵では伝達不可能な動植物や気象のデータを織り込み、自然の姿を多角的に捉え、一枚の絵を通して鑑賞者に伝えようとする画期的な試みだった。

ところで、アメリカ大陸で一万キロメートルを踏破したフンボルトは、身一つで原生林をさまよう探検家ではない。探検に出るときは助手のボンプランと一緒に、時には他の学者も引き連れて、大量の計測機器を運び、動植物の標本、生きている動物や発掘した人骨まで含む大量の荷物を人夫たちに持たせて移動した。彼が収集した資料は四五箱、その中に六万個以上の植物、地質学や動物学、文化人類学の資料が収められ、このほかに測量、統計、スケッチ、天文や地質、気象、海洋のデータをヨーロッパに持ち帰った。[38] 六〇〇〇種の標本のうち二〇〇〇種がヨーロッパに知られておらず、一八世紀末までに知られていた種が六〇〇〇種だったことを踏

図20　アレクサンダー・フォン・フンボルト

まえれば、彼のもたらした新種の数は途方もない。[39]

彼の業績をさらに挙げれば、ひとつに地磁気の測定がある。彼は一八〇二年の夏に太平洋岸のトルヒーヨに行くまで地磁気を測定し、そのデータはその後五〇年間地磁気研究の基準値として用いられた。もうひとつは毒薬クラーレの製造方法や糞化石を肥料にするアンデス山地の農民の知恵をヨーロッパに伝えたことである。[40]クラーレは毒矢に用いられる毒で、かつてラ・コンダミーヌがパリでクラーレを紹介したが、エスメラルダ（ベネズエラ）で製造方法を観察し持ち帰ったのはフンボルトである。クラーレは血液の中に入ると痙攣性の麻痺を引き起こし、二〇世紀に入ると破傷風に効くと判明し薬として用いられたため、この製法を伝えた意義は大きい。[41]

フンボルトは旅行の経緯をヨーロッパの学者たちに手紙で伝えており、彼の動向は探検中に既に知られていた。科学の発展を促進する国プロイセンが、アメリカ各地で自然現象を計測してデータを公開し、科学の発展に寄与するプロイセン人を放っておくはずがなく、旅行中の一八〇〇年夏、彼は科学アカデミーの会員に選ばれた。帰国が注視される中、フンボルトはイタリアへの調査旅行を経てベルリンに戻る（一八〇五年一一月）。だが一八〇六年一〇月、ベルリンはフランスに占領され、ティルジット条約で課された経済的負担について再交渉するため、王弟ヴィルヘルム王子がパリへ行くことになり[42]（一八〇七年一一月）、パリに知人の多いフンボルトが随員に選ばれた。王子がナポレオンとの交渉に失敗してベルリンに帰った後も（一八〇八年九月）、フンボルトはパリに残った。プロイセン王がこれを許可したのは彼からフランスの最新情報を得るためだったようだ。フンボルトはナポレオンの監視を受けつつ、学者たちと交流し、プロイセン王からの帰国要請をかわしながらパリ滞在を続けたが、一八二七年、命令に近い要請を受けてベルリンに戻った。

フンボルトがパリにこだわったのはパリが学問の最先端の場所だったからである。革命を経て学問は公的なものになり、それまで非公開だった図書館や修道院の蔵書、王室コレクションなどが公開された。また王立アカデミーが国立の科学・芸術研究機関であるアカデミーに再編され、国家の助成を受けて研究が行われ、国家に認められた学術団体が無所属の研究者にも援助を行って、フンボルトもその恩恵に与った。[43] フンボルトがパリで交流した学者に、ナポレオンのエジプト遠征に随行した化学者クロード・ルイ・ベルトレ（一七四八－一八二二）がいる。ベルトレは領地アルクィユに図書館と実験室を設けて、学者を招き、[44] 招待されたフンボルトはベルトレの助手ジョゼフ・ルイ・ゲイ・リュサック（一七七八－一八五〇）に声を掛けた。ゲイ・リュサックは一人乗り気球で七〇一〇メートルの高さに達し（一八〇四年九月一六日）、さまざまな高度で空気中の酸素の組成を調査した科学者であり、[45] フンボルトの空気に関する研究の実験テストを行って批判論文を書いていた。フンボルトは自分の研究を批判した若手研究者の才能と冒険心が気に入って研究旅行に誘い、二人は一八〇五年三月からローマとナポリで、同年冬にベルリンで、磁針の偏角と偏差を決定すべく磁気測定をした。[46]

フンボルトの探検旅行への情熱は止まなかったが、彼の立てた計画はどれも実現しなかった。ロシア政府から提案された六年から八年に及ぶシベリア探検旅行（一八一二）はフランス軍がロシアに攻め込んだ政治的事情により白紙に戻り、自ら計画したインド探検旅行はプロイセン王から認可を取り付け（一八一八）準備も進めたのだが、理由は不明ながら中止された（一八二一）。その間も彼はプロイセン王侍従として王の旅行に度々随行した。

フンボルトは探検旅行の計画が思うようにいかない時期に連続公開講演を行った。一八二五年末から一八二七年初めにパリの私的な場で行った講演を基にして、一八二七年一一月初めから一八二八年四月末までベルリン大学で六一回、ジングアカデミーで一六回、「コスモス」と題する連続講義を行ったのである。講演は週に数日のペースで行われ、ジングアカデミーの講演には毎回王から職人までさまざまな社会階級の人が数百人詰めかけた。この講演は入場料を取らず、聴衆の半数を女性が占め、民主的で画期的なものだったという。[47] これを『コスモス』（一八四五–六二）にまとめることが晩年の彼の主な仕事になる。[48]

そして一八二七年秋、ドイツ生まれのロシア財務大臣ゲオルク・ルートヴィヒ・ダニエル・カンクリン（一七七四–一八四五）から手紙が届き、ついにロシア探検の幕が開く。この五年前にウラル山脈で白金が発見されたため、ロシアでは通貨に白金を使う案が検討され、カンクリンがフンボルトにコロンビアで流通する白金通貨について問い合わせた。フンボルトが質問に詳しく答えてロシア探検の希望を述べたところ、カンクリンが取り計らい、ロシア政府の依頼を受けた調査旅行が実現したのである。ロシア皇后アレクサンドラがプロイセン王の娘シャルロッテであったことも功を奏したようだ。[49] この探検の目的はウラル地方の鉱業に利益を出すことにあり、資金はすべてロシア政府から出され、観測計画と同行メンバーと旅程の選択はフンボルトに任せられたのだが、彼はロシア帝国の政治的・社会的状況に関して沈黙することに同意した。[50]

一八二九年四月一二日、六〇歳のフンボルトはロシアに向けて出発、政府の要望通りウラル山脈を調査した後、カンクリンの指示を無視して、ロシアと中国とモンゴルが接するアルタイ山脈まで足を伸ばし、国境で中国とモンゴルの司令官と面会した。彼は到着予定日に間に合うようサンクトペテルブルクに向かったが、ロシアがオスマン帝国に勝利したとの知らせを受けて、カスピ海を見たいという子供の頃の夢を叶えるべく寄り道をした。彼は一〇月半ばアストラハンに到着し、カスピ海とヴォルガ川を探検して、一一月半ばにサンクトペテルブルクに到着、一二月二八日にベルリンに帰った。[51] このロシア探検はフンボルトにとって最後の探検旅行になった。

フンボルトはパリ時代から世界各地の研究者たちと交流し、とくに若手の研究を後援したが、ロシア探検の後はベルリンを拠点にして、知的ネットワークを築いた。彼が支援した学者たちの名をいくつか挙げるならば、数学者兼物理学者カール・フリードリヒ・ガウス（一七七七－一八五五）、地理学者ハインリヒ・ベルクハウス（一七九七－一八八四）、地質学者チャールズ・ライエル（一七九七－一八七五）、化学者フリードリヒ・ヴェーラー（一八〇〇－八二）、化学者ジャン＝バティスト・ブサンゴー（一八〇一－八七）、化学者ユストゥス・リービッヒ（一八〇三－七三）などがいる。[52] そしてフンボルトのネットワークに博物学者として加わるのがアーデルベルト・フォン・シャミッソーである。

コラム3．ベルリンのフランス人

アレクサンダー・フォン・フンボルトがアメリカを自由に探検できたのは、母の遺産を惜しみなく使ったからであった。しかもその遺産が異父兄フェルディナント・フォン・ホルヴェーデと兄ヴィルヘルムとアレクサンダーの三人に分割されたものであることを考えれば、母の実家コロン家の資産が莫大だったことは想像に難くない。コロン家はフランスからプロイセンに亡命した宗教難民であり、身一つでベルリンにやってきた一族がわずか

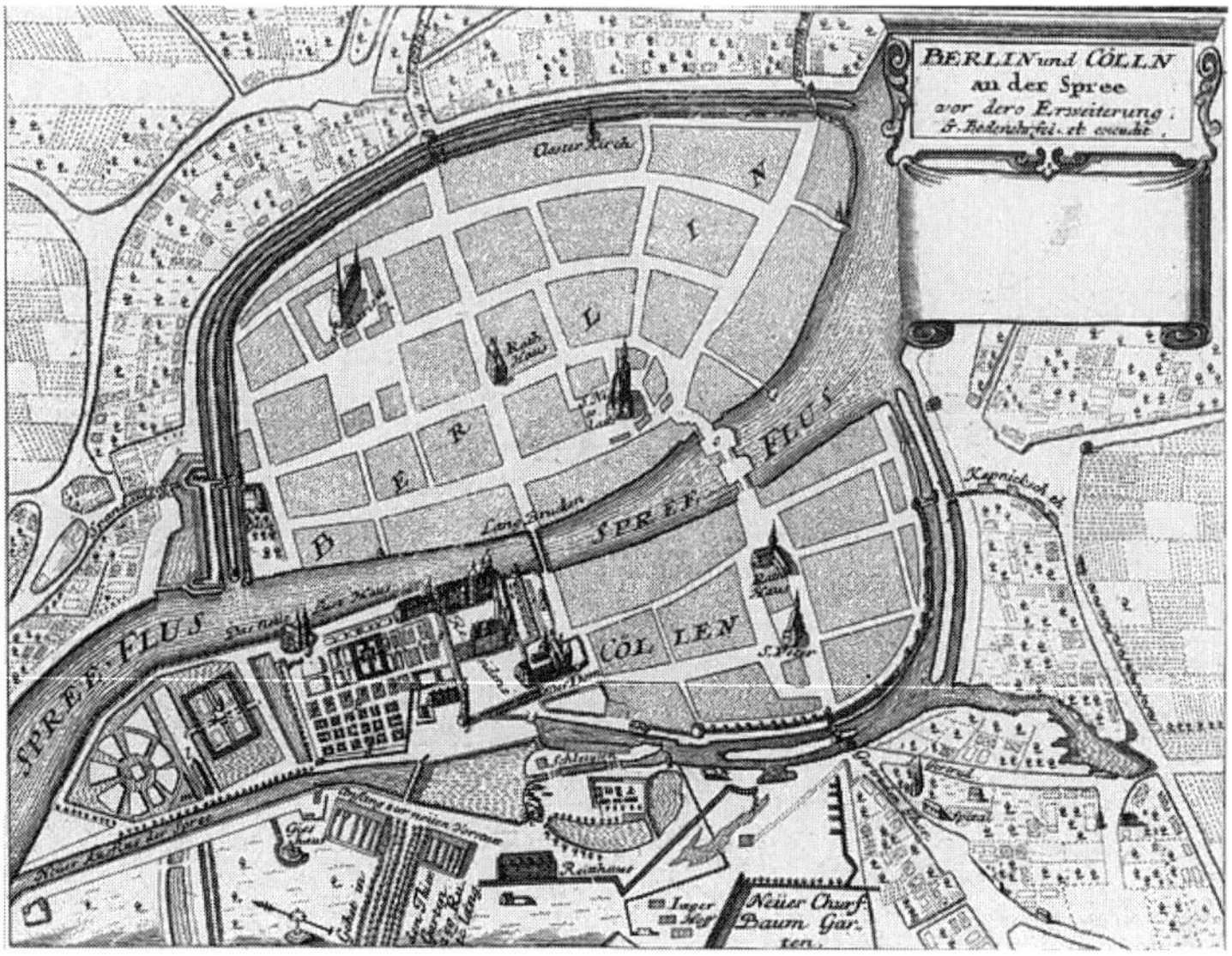

図21　1652年のベルリンの地図

数世代で財産を築いたのである。コロン家の例を念頭に置いて、ベルリンでフランス人が活躍できた理由を探ってみよう。歴史を遡ると、フランスの宗教難民はベルリンの発展と軌を一にして活躍するため、都市ベルリンの発展と絡めて見ていく。

ベルリンはシュプレー川沿いの小さな二つの漁村から始まった。南側の村「ケルン（Cölln）」は普通名詞の「植民地（Colonia）」に由来し、北側の村「ベルリン（Berlin）」はスラブ語系の語「brl-（湿地）」に場所を表す「in」が付き湿地ないし中洲を意味し、二つの村は合わせて「ベルリン」になった。[1] ブランデンブルク選帝侯フリードリヒ・ヴィルヘルム（一六二〇－八八）

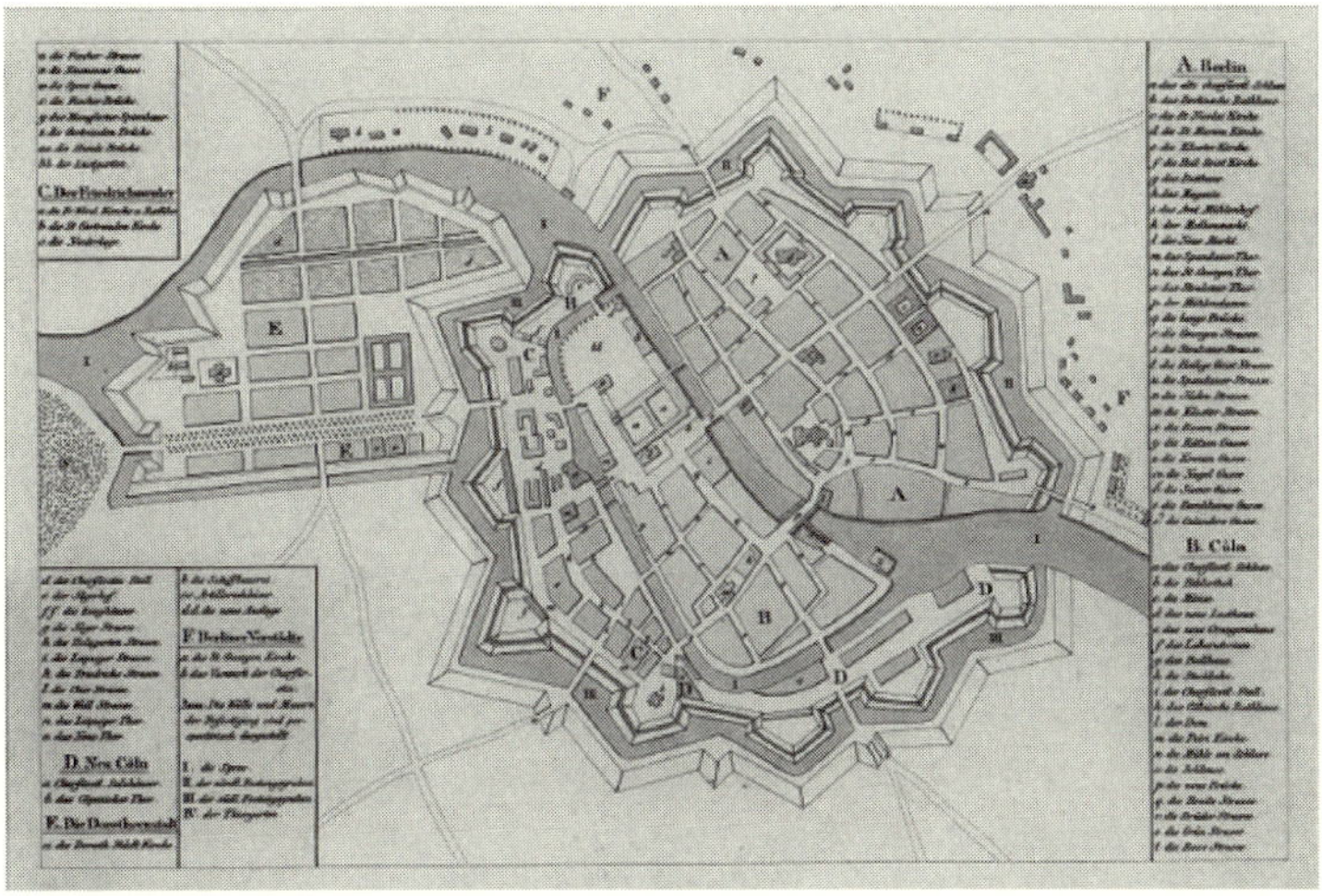

図22　1688年のベルリンの地図

はベルリンを要塞化する計画を立て、オランダから技師を招聘し、リンツ（オーストリア）生まれでオランダで土木建築を学んだヨハン・グレーゴル・メムハルト（一六〇七‐七八）が建築に先立ちベルリンの地図を作成した（一六五二）。地図の右上から左下へシュプレー川が流れ、その北側がベルリン、南側がケルンである（図21）。

一六八五年一〇月一八日にフランスのルイ十四世（一六三八‐一七一五）が「フォンテーヌブローの勅令」を出し、信教の自由を約束する「ナントの勅令」を廃止すると、選帝侯フリードリヒ・ヴィルヘルムは同年一〇月二九日に「ポツダム勅令」を発して、フランスの新教徒の受け入れを表明し、要塞化工事（一六五八‐八三）が完成したばかりのベルリンにフランスの新教徒の居住地を確保した

（一六八五）。一六八八年の地図（図22）上でAと記された部分がベルリン、Bがケルンで、両地区はシュプレー川を挟んで幅六メートル、高さ八メートルの土塁と堀に囲まれ、そこに築かれた一三の稜堡が敵の侵入を阻む。その左側の川沿いの壁で囲まれた土地はEと記され、大きさはAやBとそれほど違わない。選帝侯はここをフランス人居住地に定め、妃ドロテーアの名に因んでドロテーアシュタットと名付け、教会、保護施設、教育施設、高等行政機関（フランス宗務局とフランス裁判所）、高等教育施設（フランス人ギムナジウムと神学ゼミナール）、墓地を置いた。[2]当初郊外だったドロテーアシュタットは後にベルリン市に編入され、信仰難民に市民権が与えられた（一七〇九）。

ベルリンのフランス人たちは国際的商業ネットワークを築いて活躍し、[3]貴族の女性はフランス語の能力と高い教養が買われて宮廷で教育係として活躍した。[4]フリードリヒ二世はフランス贔屓で知られ、王太子の時分に自ら隊長を務めた第一五歩兵連隊はフランス人が三分の一を占め、彼の即位後ポツダムに移り王直属の近衛歩兵連隊になった。[5]フケーの祖父が軍人として経歴を重ねるうちに王に目を掛けられたように、[6]信仰難民の子孫の貴族将校たちは宮廷で重要な地位を占めたのである。さらに付け加えると、フリードリヒ二世はフランスの知識人や文化人を招聘し、万事フランス風に進めようとした。こうした彼の方針を支えたのが宮廷のフランス人たちであったと推測される。

ベルリンはフランス人居住地を抱えるだけでなく、パリを真似た都市計画の下、フランス風の都市になっていく。一八〇〇年の地図（図23）では要塞都市の左側が拡張し、その部分に正方形や八角形、円形の広場が作られ、フランス語読みで「カレ（正方形）」、「オク

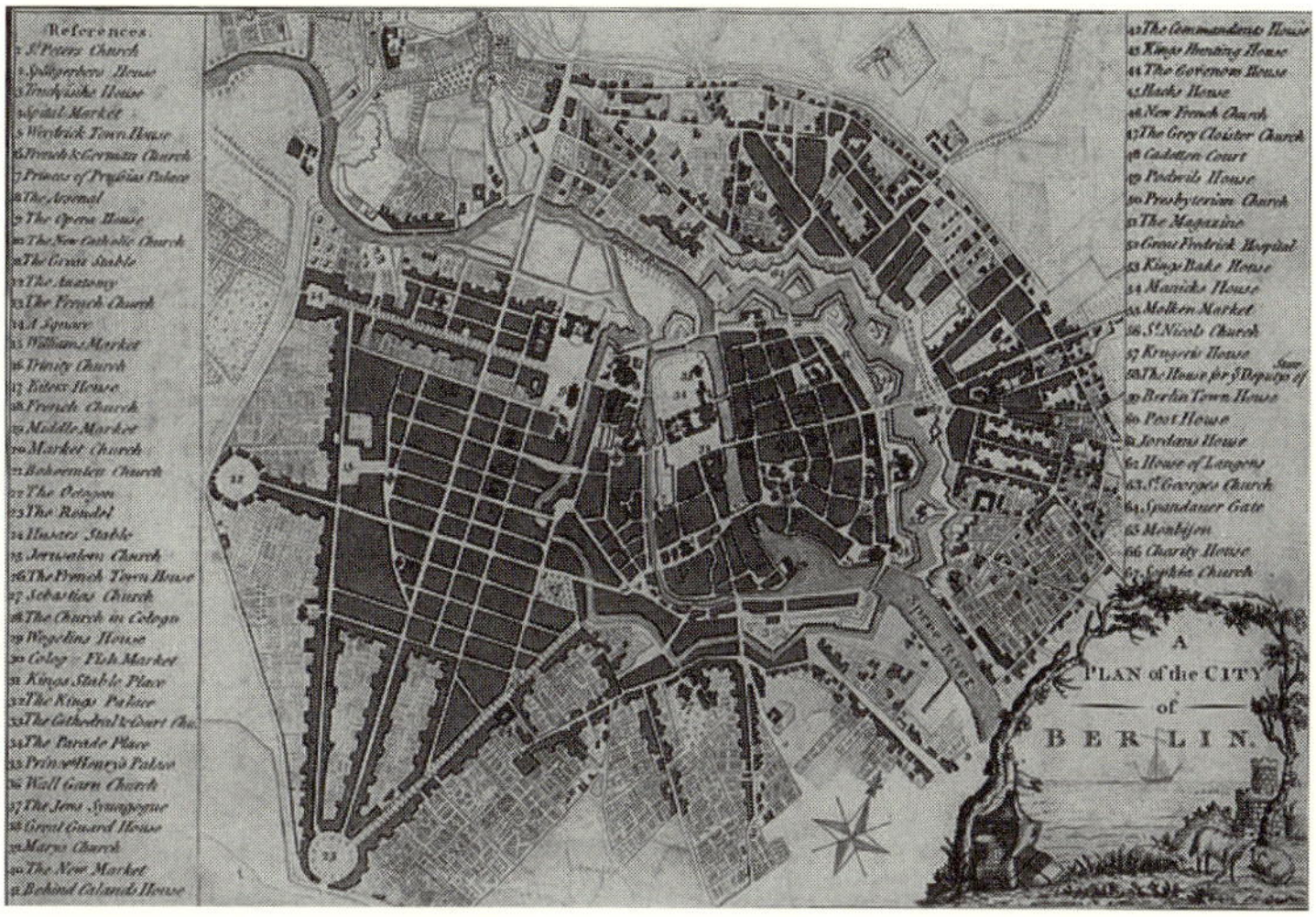

図23　1800年のベルリンの地図

トゴン（八角形）」、「ロンデール（円形）」と呼ばれた。ロンデール広場が市壁の南にあるハレ門の内側に設けられ（一七三〇頃）、その後市壁の西にカレ広場とブランデンブルク門が、市壁沿いの両広場の中間地点にオクトゴン広場とポツダム門が置かれた。[7] フリードリヒ二世は王宮の西にある城塞跡地にラテン語で「フリードリヒの広場」を意味する広場「フォルム・フリデリキアヌム」を構想した（一七四〇頃）。当初の計画通りではないが、ウンター・デン・リンデン通りに縦に接する長方形の広場の東にオペラ座、南に円形教会堂、西にバロック宮殿風の図書館、通りを越えた北に宮殿が建てられた。二つある円形教会堂の北側はフランス教会堂で、フランス人建築家ジャック・ルジェが設計した。それはフリードリヒ・シュタットの四角い広場にも面し、この南側のドイツ教会堂と双子のように建つ。一八世紀半ば、フリードリヒ・シュタットは近衛騎兵駐屯地が置かれ、「ジャンダルメン・マルクト（近衛騎兵広場）」と改名された。[8]

一七〇〇年頃にベルリンのフランス人は五五〇〇人、ベルリン人口の一八％を占め、一七八〇年のフランス人は総数に変化はないが、ベルリンの住民が増えたため、全体に占める割合は四・九％に減った。彼らはドイツ人と結婚したりドイツ語を使用して、[9]ドイツ社会に同化していった。[10]フランスで革命が起こり、カトリックのフランス人が亡命してくると、彼らは移民を受け入れたが、信仰難民の子孫かカトリックの移民かで互いを区別し、[11]両者の間には確執があったという。そうしたなかカトリックの移民であるシャミッソーがベルリンでスムーズに地歩を築いたのは珍しいケースだったようだ。その後、ナポレオンがベルリンを占領し（一八〇六）、講和後に着手されたシュタイン＝ハルデンベルク改革の中で、フランス人の特権は廃止されたが、[12]彼らはドイツ社会に同化し、故国への愛憎とプロイセンへの恩の板挟みになった経験から特権廃止に反対しなかった。その後もベルリンのフランス人はドイツの社会に溶け込んでいくが、彼らの活動の痕跡は二一世紀のベルリンの街並みに残っている。

4. アーデルベルト・フォン・シャミッソー

4－1．『ペーター・シュレミールの不思議な物語』

これまで登場した詩人たちはドイツ語を母語にするドイツ人であったが、シャミッソーはフランスに生まれ、フランス語を母語にするフランス人であり、九歳のときに故郷を追われてプロイセンに亡命した経歴を持つ。

シャミッソーは一七八一年、フランスのシャンパーニュ地方の伯爵ルイ・マリー・ド・シャミッソーとマリー・アンヌの第六子ルイ・シャルル・アデライド・ド・シャミッソー・ド・ボンクールとして誕生した。フランス革命勃発に伴い、一家はボンクール城を追われ（一七九〇）、フランスを去り（一七九二）、各地を転々とした。一七九五年末に父がベルリンのフランス人居住地の長でギムナジウムの校長ジャン・ピエール・エルマン（一七三五－一八一四）に息子たちの受け入れを願う手紙を書き、承諾の返事を得て、アーデルベルトは弟と共にベルリンにやってきた[1]（一七九六）。アーデルベルトは王立磁器製陶所の絵付け画家として働き[2]、その後王女ルイーゼ・フォン・プロイセン（一七七〇－一八三六）の小姓となってフランス人ギムナジウムに通った。彼はプロイセン軍の下士官になり（一七九八）、両親がナポレオンの許可を得てフランスに戻ったとき（一八〇二）、経済的理由によりベルリンに留まった。その後少尉に昇進し、ファルンファーゲン、ヒッツィヒ、フケー、ルートヴィヒ・ローベルト、コレフなどと「北極星同盟」を結成して文学活動を行った。軍人である彼はヘッセンへの行軍命令を受けたとき（一八〇五）、フランスと戦うことに悩み休職を申し出て認められなかったのだが、彼の所属する軍はハーメルンで戦わずしてフランスに要塞を引き渡した（一八〇六）。その後フランスへ行った彼は、両親の死を知り、遺産を受けとると軍隊を辞め（一八〇七）、しばらくフランスとプロイセンの間を往き来した。パリではヘンリエッテ・メンデルスゾーン（一七七五－一八三一）のサロンを訪ね、アレクサンダー・フォン・フンボルトやアウグスト・ヴィルヘルム・シュレーゲル、アンヌ・ルイーズ・ジェルメーヌ・ド・スタール（一七六六－一八一七）などと知り合い、[3]スタール夫人のコペの屋敷に滞在中（一八一一－一二）、夫人の息子オーギュスト・ルイ（一七八九－一八二七）と一緒に植物採取を行い、植物学や鉱物学、動物学への関心を深めた。スタール夫人がコペから亡命した（一八一二年五月）後、[4]シャミッソーはベルリンに戻り（一八一二年九月）、ベルリン大学で自然科学を学び始めた。

この頃のベルリンには反ナポレオンの風潮が吹き荒れ、フランス人シャミッソーを心配する友人たちの世話で、彼はベルリン郊外クーナースドルフにあるペーター・アレクサンダー・フォン・イッツェンプリッツ（一七六八－一八三四）の邸宅に滞在し植物を採取した（一八一三年五－一〇月）。この庭にはさまざまな植物が生え、フンボルトの植物学の師ヴィルデノウも時折訪問していたという。シャミッソーはここで『ペーター・シュレミールの不思議な物語』（『影をなくした男』の邦題で知られる）を執筆し、全一一章の最初の四章をヒッツィヒに送り（一八一三年九月）、ヒッツィヒの子供たちの反応を確かめた。ヒッツィヒはシュレミールをアウグスト・ヴィルヘルム・シュレーゲルの戯画と思って楽しんだという。[5]「シュレミール（Schlemihl）」と「シュレーゲル（Schlegel）」のスペルが似ており、彼はシャミッソーがコペでシュレーゲルと共に過ごしたことを知っていたからだろう。ヒッツィヒ家の好意的反応に励まされて、シャミッソーは物語を書き継いだ。

この作品の題名は『ペーター・シュレミールの不思議な物語。アーデルベルト・フォン・シャミッソーにより伝えられ、フリードリヒ・ド・ラ・モット・フケー男爵により編集された』であり、英語訳（一八二四）で作者をフケーと記すほどわかりにくく、作者の取り違えが起きたが、シャミッソーはそれも計算に入れて楽しんだようだ。作品は「シャミッソーからシュレミールに捧げる詩」に続いて、「シャミッソーから友人ヒッツィヒに宛てた手紙」、「フケーからヒッツィヒに宛てた手紙」、「ヒッツィヒからフケーに宛てた手紙」と全一一章の本文から成り、主人公がシャミッソーに記録を送った体裁を取り、シュレミールの実在を読者に錯覚させる仕掛けになっている。

シャミッソーが主人公の苗字をユダヤ民話で阿呆や間抜けを指す名シュレミールに設定したのは、彼の文学仲間にユダヤ人が多く、身近にユダヤの伝統を感じたためと考えられる。後年、彼は兄に宛てた手紙に「シュレミールはヘブライ語の名前で、神に愛される者を意味します。これはユダヤ人の日常語では、世渡りができない不器用な、あるいは不運な人々の呼び名です。シュレミールはチョッキのポケットで指を折り、仰向けに転び、鼻の骨を折り、いつも不適切な時に現れます」（一八二一年三月一七日）[6]と記している。阿呆や間抜けといってもシュレミールにはどこか愛嬌があり、影がないことの言い訳に、あまりの寒さに影を凍り付かせてしまい地面から影を引きはがせなかった、不作法な男が自分の影を踏み抜いて穴を空けたので修繕に出している、長患いで影が抜け落ち生え替わらなかった等、彼はその場しのぎの嘘をつき、聞き手は苦笑せざるを得ない。

シャミッソーがこの主人公を船員に設定したことに着目しよう。シュレミールが元船員であることは筋の展開にも関係し、実際に彼の下船直後に作品の幕が開く。

> 幸運であったが私には大変辛い航海の後で、私たちはようやく港に着いた。私は小舟で陸に着くとすぐに、僅かな荷物を背負って群衆をかき分け、すぐ近くの小さな建物に入った。その前に看板が掛かっているのを見たからだ。私が部屋を頼むと、下男は私をちらっと見て屋根裏部屋に案内した。新鮮な水が欲しい、トーマス・ヨーン氏の屋敷はどこか精確に教えてほしいと私は頼んだ[7]。

「私には大変辛い航海」とあるのは船上での労働を指し、港近くの宿で下男がシュレミールを一瞥して一番安い屋根裏部屋に案内することから、シュレミールは下端の船員だったと考えられる。彼は宿に部屋を取ると、旅先で入手した紹介状を手に大富豪ヨーン氏の屋敷へいそいそ出かける。ヨーン邸ではパーティーが開かれており、シュレミールは灰色の服を着た男が客の求めに応じて、絆創膏、望遠鏡、トルコ絨毯、日よけのテント、馬三頭を次々に提供する様を目にして驚嘆する。この男はシュレミールに影を譲って欲しいと申し出て、シュレミールは、金貨を無尽蔵に出す財布が対価だと聞くと承諾する。この取引から一年が経ち、シュレミールが恋人ミーナとの結婚を進めるため影を取り戻したいと考えたとき、灰色の服の男が再び現れて新たな契約を持ち出す。それは魂を売ることであり、ようやくシュレミールも相手が悪魔であると認識する。彼が大富豪ヨーン氏の近況を尋ねると、悪魔はポケットから人形の姿になったヨーン氏を取り出したため、悪魔と決別し金貨の財布を捨てる。

こうして影も金もなくしたシュレミールは日没を待って木陰で休むうちに眠り込み、夢を見る。

素敵なイメージの数々が空中を舞って絡み、一つの心地よい夢になった。ミーナが髪に花輪を飾り、軽やかに私の横を通りにこやかに微笑みかける。誠実なベンデルも花輪を持ってにこやかに挨拶をして急ぎ足で通っていく。私はたくさんの人たちも見た。シャミッソーさん、どうも君が遠くの雑踏にいるように思えたよ。明るい光が差したが、誰も影を持っていない。さらに奇妙なことに、その様子が悪くない。――椰子の森の下での花々と歌、愛と喜び。――私はしなやかですぐに吹き飛ばされる愛しい姿の数々を記録することも解釈することもできなかった。けれども、自分がそうした夢を見て、目覚めないよう用心しているのがわかった。私は実際には起きていたのに、消えゆく現象を私の魂の前にとどめておくために、両目をぎゅっとつむった[8]。

一般に影がない者は悪魔の仲間であると見なされ、世間の人々はシュレミールに影がないとわかると彼を罵ったり闇雲に怖れた。彼の恋人ミーナと忠実な召使いベンデルはそれでも彼に好意を寄せ続け、彼との別れを悲しんだが、夢の中でこの二人は「にこやかに」微笑み挨拶する。それというのも、ここでは「明るい光が差し」ているのに誰も影を持たず、シュレミールは異分子でないからである。

このときシュレミールはシャミッソーを思い浮かべる。作品内でシュレミールがシャミッソーに呼びかける箇所は複数あるが、そのうち、この夢の解釈に関わる場面を参照しよう。それは第二章で通行人に影がないことを指摘されたシュレミールがシャミッソーを夢に見たと述べる箇所である。

そのとき、私は君を夢に見た。私が君の小部屋のガラス戸の後ろに立ち、仕事机の前で骨格と植物標本の束に挟まれて座っている君を見ていた。君の前にはハラーとフンボルトとリンネが開かれ、君のソファーにはゲーテ集と『魔法の指環』が置かれていた。私は長い間君を、それから君の部屋のあらゆるものをじっくり見て、再び君を見た。だが君は動かなかった。君は息をしていなかった。君は死んでいた。

私は目を覚ました。[9]

夢の中で名前を挙げられる人物は、博物学の先達と同時代の詩人である。アルブレヒト・フォン・ハラー（一七〇八－七七）はスイスの博物学者で、詩「アルプス」（一七二九）で知られる詩人にしてゲッティンゲン大学医学教授であり、同地に植物園を設立した（一七三六）。フンボルトはアレクサンダー・フォン・フンボルトを指し、カール・フォン・リンネ（一七〇七－七八）はスウェーデンの博物学者で、生物の学名を属名と種小名の二語のラテン語で表す二名法を体系づけた。これら博物学者の業績が机上に開かれ、ゲーテの作品集とフケーの『魔法の指環』（一八一二）がソファーに置かれた書斎は、パリのフンボルトの書斎と同じ構図であり、[10]書斎の主シャミッソーが博物学者にして詩人の系譜に位置づけられることがわかる。だがこの書斎で「骨格」や「植物標本の束」に囲まれて腰掛ける彼は「死んで」いるという。世界を歩き回らず「動か」ず部屋に閉じこもる博物学者は死んだも同然なのだ。

シュレミールが博物学者シャミッソーの姿を思い描いた夢を踏まえて、影と金を失ったシュレミールの夢に戻ると、夢の舞台は「椰子の森」、かつて彼が船乗りとして寄航した南洋諸島であると考えられる。ここには「椰子の森の下での花々と歌、愛と喜び」があり、誰も「影」を持たない。また、「しなやかですぐに吹き飛ばされる愛しい姿の数々」は植物を指し、彼が植物を「つなぎ止め」て標本にしたり、「解釈」をし分類する作業をできなかったというのは「花々と歌、愛と喜び」に夢中なあまり、標本作りと分類といった室内の作業に取り組めなかったためと考えられる。シュレミールが、シャミッソーはどこか「遠くの雑踏」にいるようだと思ったのは、シャミッソーが書斎に閉じこもって作業をしているからなのである。影を持たないシュレミールは人々からもてはやされた間も光を避けて過ごしており、周囲を気にせず日の光の中で植物と触れ合うのは「悪くない」と気付く。そして彼はこの夢の世界に居続けるべく、博物学者になる決意を固める。

ところでシュレミールの人生をこれほど一変させる影とは何なのか。当初彼は影よりも金貨に価値を置き、影を持たないために周囲から差別されてはじめて影の意味に気づいた。影は何かに役立つわけでもないのに不可欠とされる。シャミッソーは後年、作品冒頭に詩「昔からの友人ペーター・シュレミールへ」（一八三四）を置き、影を過大に評価する風潮を批判する。

そもそも影とは何なのか、
私自身がよく尋ねられたように、私は問いたい。
どうして意地悪な世間は
これを熱狂的に高く評価せざるをえないのか、と。[11]

ここで一八世紀後半のシルエットの流行を思い出そう。シルエットは、フランスのルイ十五世の治世にはじめて富裕層に税金を課した財務大臣エティエンヌ・ド・シルエット（一七〇九–六七）に由来し、当初、安上がりに物事を済ます方法が「シルエット風」と揶揄された。その後、人物の横顔を黒紙に切り抜いたものがシルエットと呼ばれ、廉価版肖像画として広まった。スイスのプロテスタント神学者で、「南の魔術師」と呼ばれたヨハン・カスパー・ラファーター（一七四一–一八〇一）が『観相学』（一七七二）の中で著名人のシルエットを素材にして観相学的分析を行い、ゲーテの『若きヴェルターの悩み』（一七七四）の主人公が想い人のシルエットを飾るように、シルエットは内面を含めて人物をまるごと写しとったものと考えられた。そのためヨーロッパの「意地悪な世間」は影を「熱狂的に」「高く評価」するのだが、「椰子の森」のある南洋諸島では影は人格の写しと見なされない。シュレミールが灰色の服の男を従えて旅をする間、影を一時返却してもらったときに快適だが「心は死んでいた」[12]と感じたのは、借りものの影との間に一体感を覚えず、彼にとって影は自分の写しでなかったからである。彼はこのことに気づいて、ヨーロッパの小さな「世間（Welt）」から離れ「世界（Welt）」へ飛び出していく。

その後、シュレミールは偶然七里靴を手に入れる。それは一歩踏み出せば七マイル進む魔法の靴であり、彼はこれを履いて世界中を歩き回る。

東アジアが昼になるまで留まり、少し休んでから歩き出した。私は南北アメリカを山脈に沿って辿った。この山脈には私たちの地球の最も高いと知られた場所がある。私は気をつけて山頂から山頂へゆっくり歩を進め、燃える火山をまたいだかと思えば、雪を乗せた山頂をまたぎ、しばしば息をするのも苦労したが、イライアス山に到着し、ベーリング海峡を越えてぴょんとアジアへ飛んだ。[13]

南北アメリカを山脈に沿う道のりはフンボルトのアメリカ探検を彷彿とさせる。シャミッソーはフンボルトの旅行記をはじめ複数の旅行記を踏まえて、シュレミールを縦横無尽に歩かせる。「この山脈には私たちの地球の最も高いと知られた場所があります」という部分は、一九世紀初頭まで世界で最も高い山と見なされたエクアドルのチンボラソ山（標高六二六八メートル）を指していると考えられる。そこからカナダの北西部、アラスカ湾に面したイライアス山（標高五四八九メートル）までシュレミールは歩き、さらにカナダ側からベーリング海峡を飛び越えてアジア大陸へ渡るという。草稿段階のシュレミールはイギリスの探検家ムンゴ・パーク（一七七一－一八〇六）によるアフリカのニジェール川流域探検の旅行記『アフリカ奥地への旅』（一七九九）に記されたルートを辿り、[14]アジアやアラビアの文明発祥地域、ムハンマドの墓、ピラミッド、パルテノン神殿、アンデス山脈、アステカ帝国の都など、歴史的文化遺産を訪ね歩いたが、[15]完成稿での彼は次の目標を掲げる。

長靴の達する限り、移り変わる地球とその姿、高さ、気温、大気圏、磁力の諸現象、地球上の生き物、とくに植物界を、私は先人より徹底的に知りえた。私はできるかぎり精確に明瞭に事実を多くの書物の中で示し、私の推論と見解をいくつかの論文に書き下ろした。私はアフリカ奥地と北極圏の国々、アジア奥地とアジア東海岸の地理学を確定した。私の『両半球ノ植物ノ生成史』は『全地球ノ植物学』の大きな断片にして、私の自然体系の構成要素だ。この中で、私は既知の種の数をただ単に三分の一以上増やしただけでなく、自然体系と植物地理学にいくらか貢献したと自負している。私は現在、自分の動物誌に熱心に取り組んでいる。死ぬ前に自分の原稿をベルリン大学に保管してもらうよう取り計らうつもりだ。[16]

一八世紀後半の大航海の目標は南方大陸や北西航路の発見であった。南方大陸は一八二〇年に発見され南極大陸と呼ばれ、現在に至るが、北西航路は北極圏の氷に阻まれて開拓できず、この航路の地理上での確定が求められた。クック船長が測量と海図作成の腕を買われたことも、フンボルトが探検旅行中に測量して回ったことも、こうした事情に関係する。七里靴を履いたシュレミールは人々が何年も航海してたどり着く場所を訪ねて測量して回り、各地の動物、植物、鉱物を採取して比較検討し、測定したデータを「事実」として公表し、データを分析・考察して、自らの「自然体系」を構築する。植物学の研究成果はすでに『両半球ノ植物ノ生成史』にまとめられ、彼は既知の種の三分の一に相当する数の新種を発見して公表したという。新種の発見数はアメリカ大陸を探検したフンボルトの業績を彷彿とさせ、シュレミールはさらに内容を発展させて『全地球ノ植物学』にまとめる予定だと言う。彼は現在動物学の研究成果を執筆しており、いつか原稿をベルリン大学に寄贈したいとも述べている。彼はヨーロッパの「世間／世界」から離れて自分の活動する場を見つけ、博物学者として得た「世界」の知見を還元しようと考えている。こうして安易な金儲けを目論んだ元船員シュレミールは、幾多の苦労を経て、学問による社会への貢献を考える博物学者になった。

4-2. リューリック号の世界旅行

シャミッソーは作品内でシュレミールを世界各地へ赴かせる間も世界旅行を夢見ており、マキシミリアン・ツー・ヴィード＝ノイヴィード王子（一七八二－一八六七）のブラジル探検（一八一五－一七）計画を知ると参加を希望したが、装備を拡大できないとの返答があり、参加は叶わなかった。ある日ロシアのリューリック号の博物学者と記録画家をドイツに求める記事が新聞に載った。シャミッソーはヒッツィヒ邸でこのニュースを知って参加を申し込み、船長の父で劇作家のアウグスト・フォン・コッツェブー（一七六一－一八一九）を知るヒッツィヒの伝手も効いたのだろう、六月一二日採用通知を受け取った。

リューリック号の世界探検は、ロシアのニコライ・ペトローヴィチ・ロマンツォフ伯爵（一七五四－一八二六）の資金で企画され、一八一五年の春、ドイツ人のオットー・フォン・コッツェブー（一七八七－一八四六）を船長とする「ロマンツォフ南洋・ベーリング海峡探検隊」が編成された[17]。探検の目標は、ロシアの北に広がる海を通って大西洋と太平洋を繋ぐ海路、北東航路を発見することにあった。この時期のアラスカはロシアの植民地であり、ベーリング海はロシアの海と目され、北東航路の太平洋側の出入り口としてベーリング海の地理を調べる必要があったのだ。さらに、ベーリング海の探検には経済的動機も働いていた。それというのも、クック船長の第三回航海（一七七六－八〇）の船員たちがアメリカ沿岸で安く購入したラッコの毛皮[18]を中国で売ったところ極めて高値になったため、ロシアはアラスカ開発を目標にロシア・アメリカ会社を設立し（一七九九）、毛皮取引の面でもベーリング海の探検を重視していたからである[19]。

リューリック号はサンクトペテルブルク（ロシア）を出航後、コペンハーゲン（デンマーク）に寄港する予定だったので、シャミッソーは一八一五年七月一五日に郵便馬車でベルリンを発ち、ハンブルクを経由してキールから船に乗り、二六日にコペンハーゲンに到着した。[20] リューリック号が八月九日にコペンハーゲンに着くとすぐ彼は乗り込んだ。リューリック号は八月一七日にコペンハーゲンを出航し、九月七日プリマス（イギリス）に到着、[21] 一〇月四日に出航し、一〇月二八日テネリフェ島に到着、[22] 一一月一日に出航し、一二月一二日サンタ・カタリナ島（ブラジル）に到着した。[23] ヨーロッパから南アメリカへのルートは確立しており、シャミッソーはフンボルトがテネリフェ島に向かう途中で観察した海面の発光を目にして喜んだ。[24] そして一二月二八日にサンタ・カタリナ島を出発し、マゼラン海峡を通りコンセプシオン（チリ）に一八一六年二月一二日に到着した。

ここからリューリック号の発見旅行が始まる。私たちは一八一六年三月八日にコンセプシオン湾を出て、六月一九日にアバチャ湾に入り、三ヶ月と一一日の間、イースター島の前でたった一度ほんの短時間錨を降ろし、二度この島とロマンツォフ島で地面に足を下ろし、イースター島とペンソン島、ラタクの住民と少々交流し、上記の地点を見ただけだった。[25]

リューリック号はコンセプシオンからカムチャッカ半島のアバチャ湾まで、途中ほとんど泊まらず未踏のルートを進んだ。そして一八一六年七月一七日、リューリック号はアバチャ湾を出発して探検を開始する。探検は氷に閉ざされない夏季の二ヶ月間に行われ、博物学者シャミッソーは各地の住民との交流を記し、動物、植物、鉱物を採取して、象牙の欠片を集めた。一八一六年九月一四日、

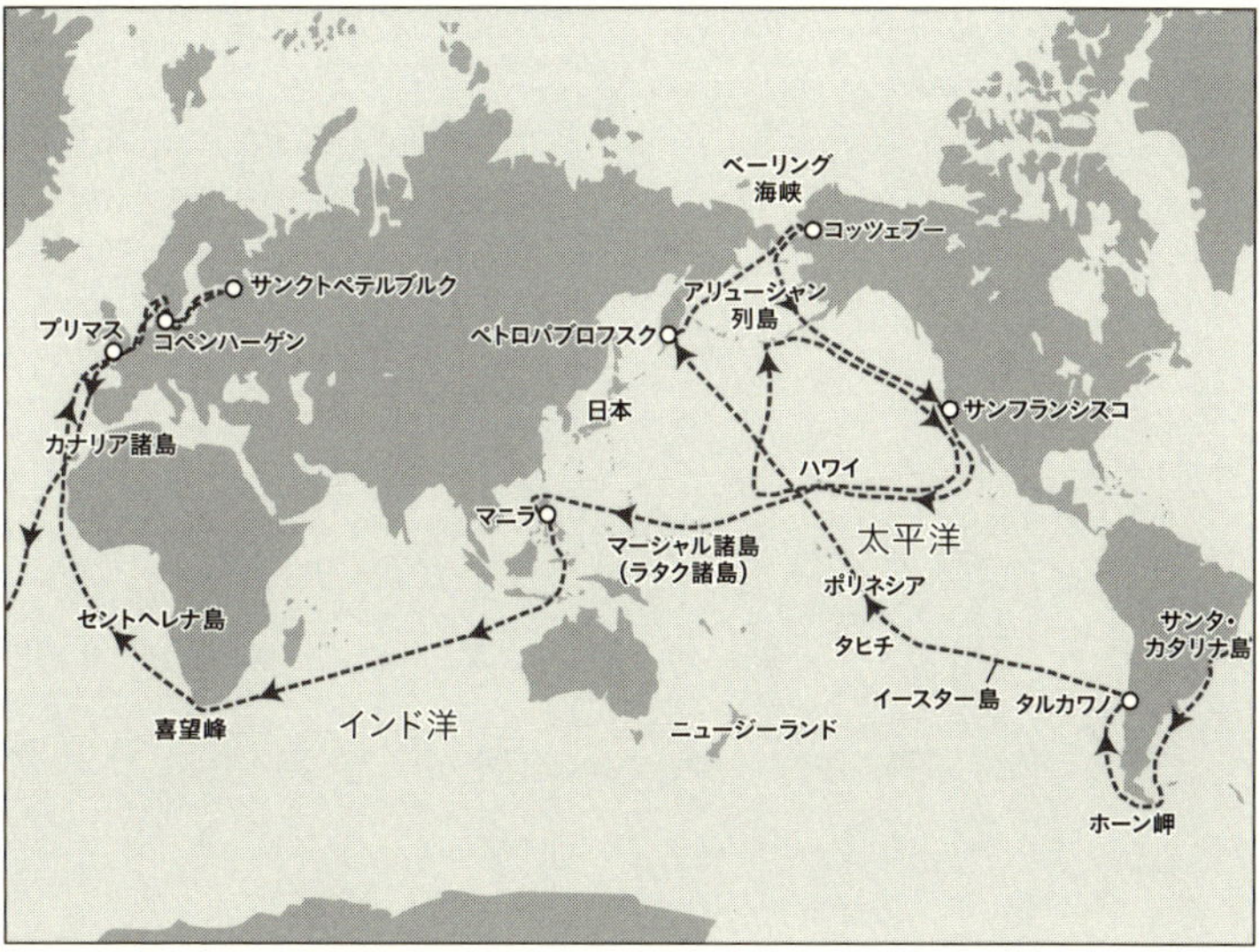

図24　シャミッソーの旅程図

リューリック号は探検を終え、ウナラスカを出発して南に向かい、一〇月二日、サンフランシスコに到着、冬の時期はサンドイッチ諸島（現在のハワイ諸島）とラタク諸島を巡った。一八一七年三月一三日、リューリック号はラタク諸島を出発して北上し、再び夏季の探検を始めるが、コッツェブー船長の体調が悪化し、寒冷地に居続けることは難しいとの判断が下され、八月一八日、リューリック号はウナラスカを出発してサンドイッチ諸島に向かった。一〇月一四日サンドイッチ諸島を出発、一一月一日ラタク諸島に到着、その後立ち寄ったグアムを一一月二九日に出発してマニラ（フィリピン）に行き、シャミッソーはここの図書館や寺院を訪ね、書物を求め人々と交流した。[26] リューリック号は一八一八年一月二九日にマニラを出発、喜望峰、セントヘレナ島を経て、一八一八年六月一七日ポーツマス（イギリス）に到着した。ここでシャミッソー

図25　ホフマンによるシャミッソーの探検旅行の戯画

は陸路ロンドンへ向かいバンクス邸を訪問した。「私は光栄なことにジョゼフ・バンクス閣下に紹介された。彼のところで他の人たちに混じってジェイムズ・バーニー船長、すなわちクック船長の第三回航海の同行者にして『南海での諸発見の年代記』の編者と会った。あの本は徹底的な博学と稀なる健全な批評の傑作だ」[27]。クック船長の航海記を愛読していたシャミッソーは[28]、第一回航海に同乗したバンクスと、第二回・第三回航海に同行したバーニー船長に会った感激を露わにする。リューリック号は七月二三日にロンドンを出航して八月三日にサンクトペテルブルクに到着し、世界旅行の幕は降りた。

リューリック号は北東航路発見という最大の目標を達成こそしなかったが、沿岸を調査しベーリング海域の地理を明確にし、アラスカ北部の地図に船長の名前に因んだコッツェブー湾、医師にして博物学者の名前に因んだエッシュショルツ湾、詩人に因んだシャミッソー島が新たに書きこまれた。図25はホフマンがシャミッソーの探検旅行をシュレミールの北極探検に擬えた戯画である（一八一六）。

文学者シャミッソーはベーリング海の自然をどのように眺めたのか。航海のときに詠んだ詩を見てみよう。

一八一六年夏　ベーリング海峡にて

私の若々しい胸を苦痛と喜びから
解放する歌の数々が
これらの歌を捧げたひとの心のなかで
心地よく余韻をひくことを、私はわかっている。
静まれ、我が心よ、喪失を抱きしめよ、
歌は響き、次第に鳴り止む。
私の愛と私の生命は鳴り止んだ
私の歌と共に、私の周りは寒い。

生命は、死は、私のものを奪った、
友人たちは倒れ、私から離れて亡くなった、
私の頭は深く、さらに深く垂れ、
私は夢を見ながら私の杖を先へ進める、
そしてよろめく、多くの人たちが思うより疲れて、
私の目的に、私の墓に向かって。
粒は少なく、籾殻ばかり多い。
私は花を摘み、干草を集めただけ。

私はいつもそうする。今日も相変わらずそうする。
私は花を摘み、干草を集める。
人々はこれを採取と呼ぶ。
そう呼ぶことに私は恥じらいを覚える。
人の子は乾かした獲物を求めて
生涯世界を彷徨《さまよ》い、後悔が
彼を急《せ》かし、彼が振り返ると、
晩が沈み、髪はすでに灰色だ。

そう、兄弟よ、道を間違え私は身震いする。
陰鬱な海をうす暗い霧が覆うとき、
凍った崖に私は愛おしげに呼びかけ、
冷たい塊は空虚に反響する。
私は話し、生きていて、そうだ、
口にする言葉すべてを間違って重く吟味する男だ。
私は故郷に帰る、出発したときのように、
すっかり年老いた子供として。

ようやく椰子の木が軽やかな梢を再び
深い青色の中でしなやかになびかせるとき
澄んだ高みから力強い太陽が
キラキラ燃えて、至福の大地を見下ろす、
すると、強ばった四肢が温められて動くようになり、
血が重くなくなって心臓へ流れ、
すると、陰鬱な夢の数々も消え去り、
そして私は嘆くことなく君に手を差し出したい。[29]

五連から成る詩の四連目までが詩人の陰鬱な心の内を吐露している。探検旅行に嬉々として参加した「私」にとって目的地のベーリング海峡はあまりにも「寒い」。ここでは「歌」も鳴り止み、死を連想させる情景が広がり、「陰鬱な海」と「凍った崖」は詩人の心を戦慄させる。二連目末と三連目に「花を摘み」「干草を集める」とあるのは博物学者が植物を採取して標本を作ることを、「乾かした獲物」は動植物の標本を指す。「摘み」「集める」作業を「採取」と呼ぶのに「私」が「恥じらいを覚える」のは、ヨーロッパの貴族や知識人の間に流行した採取を思い出すからであろう。探検中の採取は気楽な趣味の採取とは異なるのだ。標本を求めて世界を旅して回る私は年を取ったことに愕然とし、念願の目的地ベーリング海峡に到達したとき、「道を間違え」たと思い「身震いする」。そして五連目で、旅の途中で見た「椰子の木」と「太陽」の姿とを思い出し、身も心も温まって、ようやく「陰鬱な夢の数々」が消える。この詩はベーリング海峡に到達した喜びよりむしろ、

図26　アーデルベルト・フォン・シャミッソー

旅に出た後悔と寒々とした光景を前にした幻滅を歌っている。探検家が到達地で目にするのは厳しい自然であり、シャミッソーはこの詩で航海の過酷さと至福のひとときとを歌ったのだった。

ところで、シャミッソーは穏やかな人柄で文学仲間に慕われたが、リューリック号での人間関係には苦労した。船上で最年長の彼はプロイセンの元軍人であったが、ロシア海軍のしきたりに馴染めなかった。一例を挙げると、シャミッソーはある下男に長靴の手入れを頼み、下男も気持ちよく仕事を引き受けたのだが、海軍のしきたりでは下男は特定の将校に専属するため、勝手に仕事を頼んではならなかった。コッツェブー船長が「あなたは戦艦の甲板の乗員として、たとえ慣れていないにしても、いかなる要求もしてはならない」と告げると、シャミッソーは「私は自分に課せられた条件下で旅をする決意に変わりはなく、追放されない限り探検から身を引くつもりはありません」と答えて探検のためロシア式に従うと誓った。[30] 図26は親しくなった画家ルートヴィヒ・ショリスが描いたシャミッソー（一八一七）である。彼は博物学者のうちエッシュショルツ（一七九三－一八三一）と親しかったが、デンマークのヴォルムスキオルト（一七八三－一八四五）とはうまが合わず、ヴォルムスキオルトは早々に下船する意向を表明してチリで下船した。後にシャミッソーはホフマンに船上での博物学者同士のいざこざを話し、ホフマンはシャミッソーに細部を相談して、[31]『ハイマートカレ』（一八一九）を完成させた。この作品では二人の博物学者が愛らしいハイマートカレの所有を巡り決闘して落命するため、読者はハイマートカレを南洋諸島の若い娘の名前かもしれないと推測するのであるが、作品末でハイマートカレの正体がシラミであると明かされる。[32]博物学者たちは新種のシラミの発見という手柄をめぐり争っていたのだ。学者たちの情熱が狭い船内で異様に盛り上がり破滅を迎えるのは、三年間船内の密な人間関係を経験したシャミッソーならではの発想であろう。

リューリック号の帰還後、コッツェブー船長の航海記『帝国大臣ロマンツォフ伯爵閣下の資金により一八一五―一八一八年にリューリック号にて行われた、北東航路発見のための南洋とベーリング海峡への発見旅行』（一八二一）が出版され、第三巻の補遺にはシャミッソーの『覚書と観察』が付された。船長の航海記がすぐに英語、ロシア語、オランダ語に訳されたのは、ベーリング海沿岸の地理に関する新たな知識の宝庫と見なされたためと考えられる。後年シャミッソーは『一八一五―一八一八年の世界旅行』（一八三六）をあらためて出版し、こちらでコッツェブー船長が航海記に記したデータの誤りを指摘する傍ら、自らの見聞をのびやかに披露する。これは文学作品として読まれ、侍従として王の前で朗読したフンボルトが「この世界旅行は昔のものですが、あなたの叙述の個性のおかげで新しい世界劇の魅力を保っています[33]」との感想をシャミッソーに伝えている。

4―3. 探検後のシャミッソー

シャミッソーは探検旅行から、植物、鳥の剝製や哺乳類の頭蓋骨、爬虫類、珊瑚、蟹や棘皮動物、魚、軟体動物、被嚢動物、甲虫、鉱物を大量に持ち帰った。[34]彼の標本はサンクトペテルブルクのロシア学術アカデミーに収められ現在に至る。彼はベルリン植物園にも重複する標本を送ったが、こちらは第二次世界大戦中に失われた[35]。シャミッソーはベルリン大学に貴重な標本を寄贈し、同大学から名誉博士の称号を得て、植物標本所所長になり（一八一九）、ヒッツィヒの養女アントーニエ・ピアステ（一八〇〇－一八三八）と結婚する。そして彼はエッシュショルツとの共同研究の成果である被嚢動物の世代交代に関する論考[36]（一八一九）の中で被嚢動物の特殊な世代交代を指摘したのだが、この画期的な説には多くの批判が寄せられ、彼の説が認められるのは一八四〇年代である[37]。この論文に続いて、彼は珊瑚の論考、海貝・虫・ナマコ・クラゲ・ポリープ・適虫の論考、藻の論考[38]（一八二二）、クジラの木製の模型に基づくクジラ論[39]（一八二四）を書き、博物学者としての幅の広さを示した。

ベルリン植物園での仕事に目を向けると、シャミッソーはカリフォルニアから持ち帰ったハナビシソウにエッシュショルツ・カリフォルニアと友人に因んだ学名を付け（一八二〇）、植物園にこの種を蒔いて栽培を成功させ[40]、アラスカで採取し標本にした約一万二〇〇〇種の植物を、ベルリン植物園の若き学芸員ディーデリヒ・フランツ・レオンハルト・フォン・シュレヒテンダル（一七九四－一八六六）と共に分類して、シュレヒテンダルが一八二六年に発刊した植物学雑誌『リンネソウ』に研究成果を発表した[41]。また彼は専門外の人に向けた教科書『北ドイツにおける野生ないし栽培の有用植物と有害植物概論　植物学と植物圏の観察』（一八二七）を出版している。なお、彼の植物学の著作の多くはラテン語で記され、総二五〇〇頁に及ぶ。彼の詩的作品が総一三〇〇頁ほどであることを踏まえれば[42]、彼は後半生を植物学に注力したと言える。

さらにシャミッソーは一八二八年にアレクサンダー・フォン・フンボルトが主催する「第七回ドイツ自然科学者と医師会議」に招かれて、九月一八日に「いくつかの植物における光の発生について」、九月二五日に「北極圏の地温と湧水温度について」および底氷床について」と題する講演を行い、探検中の自然研究の成果を披露した。[43] 一八三〇年にハンブルクで開催された「第九回ドイツ自然科学者と医師会議」では「滴虫の世界の生命と構造に関するエーレンベルクの研究の描写について」と題する講演を行い、フンボルトのロシア探検に同行した博物学者で顕微鏡を駆使した微生物の研究で知られるクリスティアン・ゴットフリート・エーレンベルク（一七九五－一八七六）の最新の研究を追った。こうしてシャミッソーはフンボルトの知的ネットワークに加わり、フンボルトの推薦によりベルリン科学アカデミーのメンバーになった[44]（一八三五）。

シャミッソーがベルリンで植物学を学び始めた頃に『ペーター・シュレミールの不思議な物語』の中で世界旅行を描いたように、植物学と文学は彼の活動の両輪であった。彼は先人たちの世界旅行記を素材にして、主人公シュレミールに託して空想上の世界旅行を思い描いたのだが、その後実際にシャミッソーがシュレミールを追いかけるように世界周航に参加したのは興味深い。この作品はいわばシャミッソーの夢の企画書であり、ヒッツィヒやホフマンなど文学仲間がその実現を応援したと言えるからである。そして帰国後のシャミッソーの活動はシュレミール同様、世界旅行を通して得た自然に関する知見を「世間／世界」に還元しようとするものであった。

コラム4. ユリウス・エドゥアルト・ヒッツィヒ

ホフマンやシャミッソーの文学活動を追うと、折に触れ登場するのが司法官僚にして文学者のユリウス・エドゥアルト・ヒッツィヒである。彼は一七八〇年、ポツダムの皮革製造業者エリアス・ダニエル・イッツィヒ（一七五五－一八一八）とミリアムの間に生まれ、イザーク・エリアスと名付けられた。祖父ダニエル・イッツィヒ（一七二三－九九）はベルリンの宮廷ユダヤ人であった。宮廷ユダヤ人とは宮廷に資本調達と物資供給、貨幣鋳造、軍需品納入などをするユダヤ商人であり、[1]一八世紀半ばにベルリンでは貨幣鋳造所の運営を担い、国家財政に関与するユダヤ人の一族がいくつか現れ、[2]そのなかの有力な一族がイッツィヒ家であった。イッツィヒ家は経済面だけでなく文化面でもベルリンの発展に貢献し、ヒッツィヒの伯父イザーク・ダニエル・イッツィヒ（一七五〇－一八〇六）は義弟ダーフィト・フリートレンダー（一七五〇－一八三四）と一緒に、経済的余裕のないユダヤの子弟のための無料の学校「自由学校」（一七七八－一八二五）を設立した。[3]ヒッツィヒの叔母たちファニー・フォン・アルンシュタイン（一七五八－一八一八）はウィーンで、ザーラ・レーヴィ（一七六一－一八五四）はベルリンでサロンを開いていた。

　イザーク・エリアスはハレとエアランゲンの大学で法学を学び、一七九九年、キリスト教の洗礼を受け、苗字を「イッツィヒ（Itzig）」から「ヒッツィヒ（Hitzig）」に、名前もユリウス・エドゥアルトに変えた。「イッツィヒ」は「ユダヤ人」の蔑称「ユダ公」を意味し、イッツィヒ一族は「ユダ公」と呼ばれるのを逆手に取って宮廷ユダヤ人として繁栄したのだが、この名前の頭に「H」をつけたのである。彼はユダヤの伝統に従い若くして結婚する一方、改宗と改名を行い、ハイネの言うところの「ヨーロッパ文化への入場券」を買ってプロイセンの司法官僚になった。彼はまずワルシャワで司法官試補になり（一七九九）、その後ベルリン大審院に転勤し（一八〇二）、文学サークル「北極星同盟」を結成した。再びワルシャワに転勤すると（一八〇四）、ホフマンと同僚になり意気投合する。

一八〇六年一一月二八日にフランス軍がワルシャワを占領してプロイセンの役人が一斉に失職すると、ヒッツィヒはベルリンに戻り（一八〇七）、友人から出版業を営むノウハウをほんの数日で教わって、一八〇八年一〇月に自分の出版社兼書籍取次販売業を設立した。出版部門ではクライストの『ベルリン夕刊新聞』（一八一〇―一一）やフケーの『ウンディーネ』（一八一一）などを出版したことで知られる。また彼はシュッツェン通り一〇番にあった会社を大学向かいのシャルロッテン通り三二番に移転して、一八一〇年一〇月一五日に読書室を開いた。[4] 読書室は有料の会員制図書館であり、彼の読書室には医学、生物学、化学、教育学分野の図書、フランス語の図書と、大学の学事暦に合わせて講義に関連する図書が置かれた。一八〇六年以降フランスとプロイセンの間で本の取引が停止されていたため、彼は一八一〇年初頭パリに移った友人シャミッソーに、パリの出版社兼書籍取次販売業者フリードリヒ・シェル（一七六六―一八三三）への連絡を依頼し、パリのシェルからハンブルクの出版者フリードリヒ・クリストフ・ペルテス（一七七二―一八四三）を経由してフランス語の本をベルリンに輸入するなど、涙ぐましい努力を重ねた。[5] 個人で購入するには高価な学術雑誌が揃えられたことは最新の研究の動向を知りたい大学関係者にとって最大の魅力だった。読書室の会費は四半期ごとの前払いで、大学生は学割で一ターラー一二グロッシェン、教授は三ターラーであった。[6] 一八一四年に復職の機会が回ってくると、ヒッツィヒは出版業を辞め、読書室を閉めた。その後、彼の読書室で人気のあった雑誌室

図27　ヒッツィヒ夫妻

と同じ性質の雑誌室が王立図書館に開かれたのは[7]（一八二〇年一月三日）、彼のアイデアが引き継がれた証であろう。

ヒッツィヒはベルリン大審院に勤める傍ら、文学サークル「ゼラーピオン兄弟」に加わりシャミッソーやホフマンと親しく付き合った。シャミッソーがヒッツィヒの子供たちの反応を確かめつつ『ペーター・シュレミールの不思議な物語』を書き続けたこと、ヒッツィヒの後押しで世界旅行に参加したこと、帰国後にヒッツィヒの養女と結婚したことを見れば、シャミッソーが折に触れヒッツィヒを頼りにしたのは明らかだろう。また、ヒッツィヒはホフマンとも公私にわたって交際し、ホフマンが描いたヒッツィヒ夫妻の肖像画（一八〇七）を見れば、二人の親しさが伝わってくる（図27）。ホフマンはシャミッソーを真似て、鏡像を亡くした男の話『大晦日の冒険』（一八一五）やヒッツィヒの子供たちをモデルにした『くるみ割り人形とネズミの王様』（一八一六）を書いている。[8]ヒッツィヒ自身も文学作品を残しているが、ホフマンとシャミッソーの活躍を応援し、彼らの没後に伝記と手紙を纏めて出版してプロデューサー的な役割も果たしたのだった。[9]

5. 自由主義へ

探検博物学者ゲオルク・フォルスター、フンボルト、シャミッソーはいずれも植物研究から出発した。ヨーロッパでは古くから薬草が採取され、一八世紀後半にリンネやルソーの影響で植物学への理解が広がり、知識人や貴族が地元や旅先で植物を採取し乾燥させて自分の標本コレクションを拡充しており、[1]植物学は身近な学問だったからであろう。そうしたなか植物学者になるには、スケッチの技術が必須であった。スケッチは文字や対話よりも情報を素早く伝えられると考えられ、[2]この三人は植物学者として充分な画才を備えていた。三人のスケッチをいくつか見ておこう。

フォルスターが弱冠一七歳にして世界周航への参加が許されたのは、彼が父と協働して

図28　フォルスターによるスケッチ（カワセミ）

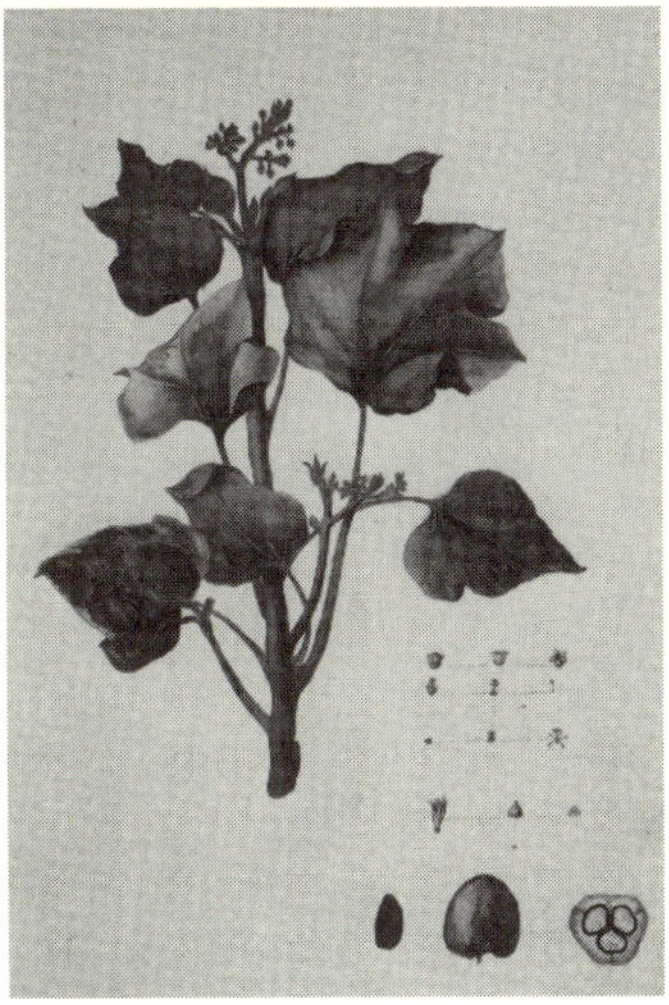

図29　フォルスターによるスケッチ（ナンヨウアブラギリ）

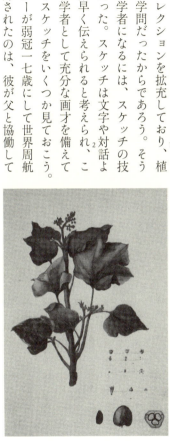

行った翻訳と、王立協会の依頼で父が執筆したハドソン湾の自然史に関する論文に載せたスケッチで才能を認められたからだった。[3] 彼が世界旅行中にスケッチした動植物の絵のうち、カワセミの図（図28）はカワセミが止まっている木の根元にカニの姿が見え、ナンヨウアブラギリの図（図29）では、古来種子が利用されたことから、種子まで細かく描かれる。時間的にも余裕があったのだろう、彼は水彩絵の具で絵に色を付け、背景も描いている。彼の絵がバンクスのコレクションに収められたことは先述した通りである。

　フンボルトは子供の頃から絵を描くのを好み、家庭教師クントの采配により、ライプツィヒの美術学校校長アダム・フリードリヒ・エーザー（一七一七－九九）から手ほどきを受け、[4] 王立美術アカデミーの事務局長を務める版画家ダニエル・ホドヴィエツキ（一七二六－一八〇一）にスケッチの基礎を学び（一七八五）、第一回ベルリン・アカデミー芸術展覧会の愛好家部門の絵画＝銅版画クラスに採択されたほどの腕前であり[5]（一七八六）、大学時代に対象を精確に写し取る技術を身につけた。[6] アメリカ探検では風景や動植物をスケッチした。彼が一八〇〇年にスケッチしたピラニアと猿を見てみると、ピラ

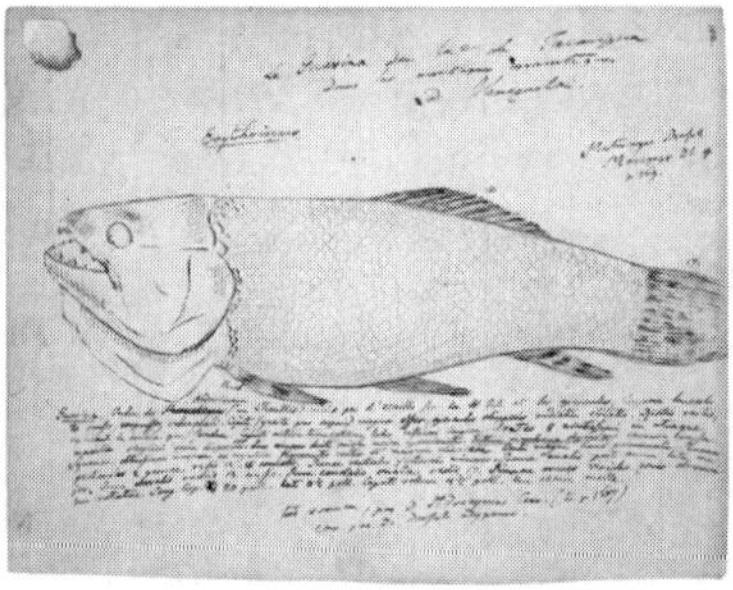

図30　フンボルトによるピラニアのスケッチ

図31　フンボルトによる猿のスケッチ

図32　フンボルトの自画像

ニアのスケッチ（図30）の上部に「Erythrinus」エリュトリヌス属、猿のスケッチ（図31）の上部に「Cacajao」ウアカリ属とあり、絵の回りに動物に関する情報をラテン語で記してある。フンボルトはこの猿を地元の人から買い取り、旅行に連れ歩いて可愛がったが、猿はオリノコ川流域で死んでしまった。そこでフンボルトは猿の死体を元にスケッチをしたのだが、学問的なデータと並べられた猿の絵からフンボルトの悲しみを感じ取ることは難しい。彼にとってスケッチは学問上必要なデータだからである。その後、旅行記の出版に際し、彼は自らのスケッチに彩色したり、画家を雇って自分のスケッチを元に絵を描かせた。猿のスケッチも彩色されて、広く知られた。フンボルトはパリで画家フランソワ・ジェラール（一七七〇－一八三七）に師事して研鑽を積み、[7]その指導下で鏡越しに描いた自画像（一八一四）はフンボルトの画才を示している（図32）。

シャミッソーもまた、その画才において卓越しており、それは彼がベルリンに亡命した当初細密画家として働いた経験からも推測可能である。その実力のほどを納得させる絵が遺稿として残されており（図33）、左端に人間の腕が描かれ、中央に人間の頭部の油絵、その回りに色彩を試した跡が残されている。図34と図35はブラジルのココ椰子の木の全体像と葉や種子を詳細に描く学術的なスケッチである。[8]

画才を生かして植物学から出発した三人は外なる自然に向き合うなか、ヨーロッパの価値観が通用しない経験を経て自由主義的な考えを抱くようになる。

フォルスターは南洋諸島の多様な社会制度を見てヨーロッパ社会について考えを深め、帰国後に

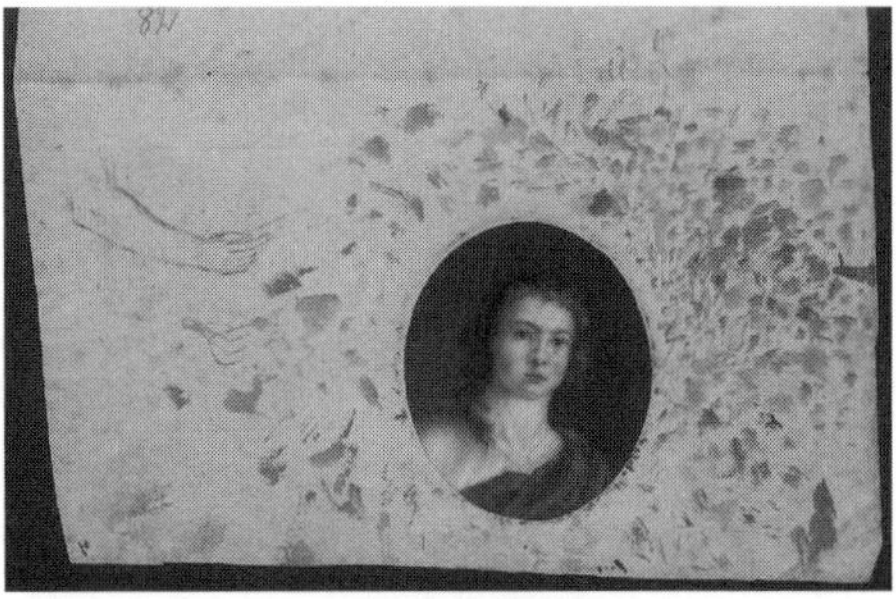

図33　シャミッソーのスケッチ

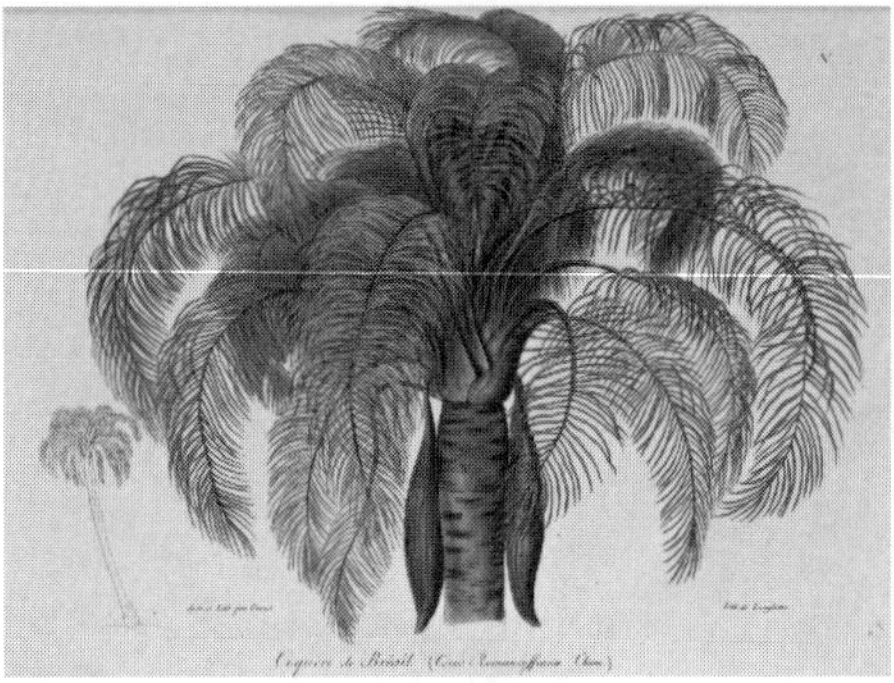

図34　シャミッソーによるスケッチ（ココ椰子の木）

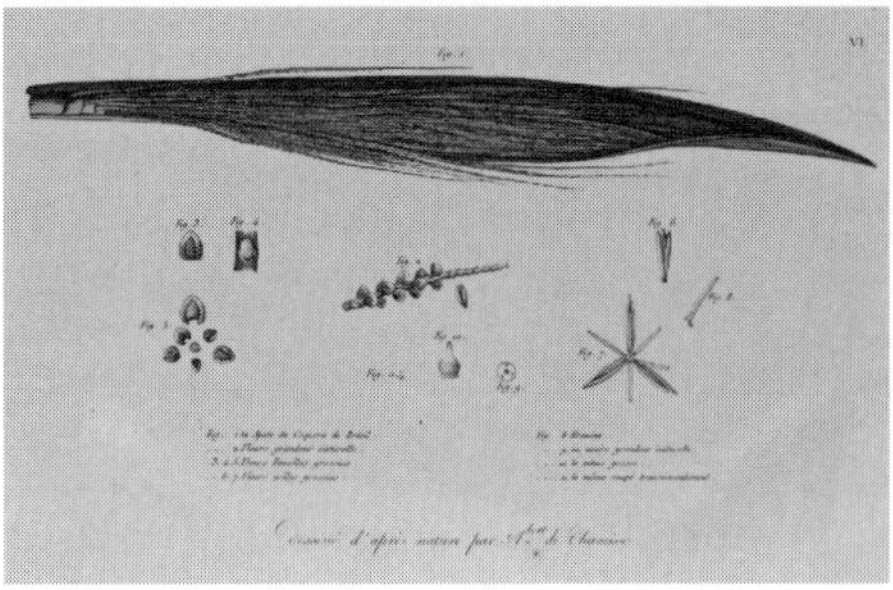

図35　シャミッソーによるスケッチ（ココ椰子の葉と種子）

有能な父が階級社会の壁に阻まれて不如意を託つことに心を痛め、父の職探しに奔走し、この件で一息つくと、フランス革命に共感して政治に参加した。そして彼はマインツを代表してパリに赴いたが、政局が変わったため帰国できず、革命が予期したのと異なる方向に進むのを見て苦悩しつつ、パリで客死したのだった。

プロイセン貴族のフンボルトは第一線で活躍する知識人たちから学び、自由、平等、寛容、教育の重要性への信念を身につけた。一七九〇年にフォルスターとパリを訪れたとき、彼は革命の最初の記念日の準備に遭遇し、「自由の寺院」を建てるための砂を運ぶ手伝いをしたという。[9] その後生涯にわたり彼は自由・平等・友愛の精神を是とし、革命に共鳴し行動に移したフォルスターへの敬意を何度も表明し、アメリカの奴隷制度に反対し、共和国の理想を掲げてスペインからの南米解放に尽力したシモン・ボリバル（一七八三－一八三〇）の終生の友人であった。

フランス貴族として生まれたシャミッソーは革命の煽りを受けてプロイセンに亡命した後、ベルリンでさまざまな人の好意と気遣いを受けた。こうした背景を持つ彼がペーター・シュレミールに影がなくても構わないと悟らせたのは、政治的状況により地位や財産が無効になる様を目撃したためと考えられる。ヨーロッパの社会や因習から離れ、自然に対峙して自由に生きるシュレミールの姿にはシャミッソーの理想が投影されている。

三人の探検博物学者は外なる自然に向き合い、ヨーロッパ社会の慣習が恣意的なものにすぎないと気づき、フランス革命の気運に連動して、人間が自由で平等であることを改めて認識した。彼ら同様、一九世紀初頭の詩人たちは当初革命に熱狂し、ルイ十六世の処刑をきっかけに態度を硬化させ、ナポレオンの占領期に反感を募らせたものの、それでも自由・平等・友愛の革命精神を一貫して讃えた。そしてウィーン会議前後に愛国的な学生運動が盛んになり、プロイセンを筆頭にドイツ語圏の各領邦は管理体制を急速に強化する。詩人にして外交官のファルンファーゲンが解任された（一八一九）のは自由主義者を排除する風潮の一例であり、こうしたなかホフマンは司法官僚として管理体制の強化に抗して奮闘した。精霊譚が語られなくなったのはまさにこの時期であり、それでも外なる自然の探求を通して人間が自由で平等であることに思い至った詩人たちは、自らの思想に忠実であろうと努めたのだった。

第3章　自然という不可思議

第2章で取り上げた三人の博物学者たちは、ヨーロッパとは異なる地域に赴き、自然に対峙して得た知見を社会に還元しようとした。現代の観点からすれば彼らは自然科学者に相当するが、彼らが活躍した時期には現代的な意味での学問の分化は始まっておらず、彼らは自然に関する知を探求し、それを詩的に表現しようとした。フォルスターは博物学者としてキャリアの地歩を築いた後、探検を通して培った経験に基づいて文芸批評を行い、政治活動に身を投じた。フンボルトは、自然の諸現象を計測して数値に置き換えデータ化することにより、自然を把握可能なものにしようと試み、自然科学的方法の基礎を築いたが、その際も、「自然画」を美的鑑賞に堪えるものとして提示し、詩的イメージを散りばめて文章を書いた。シャミッソーが植物園に勤務する傍ら詩作を続けたのも、総合的な知を探求していたからである。彼らが探究した外なる自然は自然の一面であり、人間の精神に関わる内なる自然も探究すべき対象であった。

本章では、外なる自然と内なる自然に遍く行き渡るGeistという語が「精霊」、「幽霊」、「精神」を意味することを踏まえ、一九世紀初頭の詩人たちがGeistに寄せた関心に着目する。Geistは宇宙に遍在する「宇宙霊魂」であり、人間の「身体」に宿ると「精神」に、自然物の「物体」に宿ると「精霊」になる。そして宿るべき「身体／物体」を持たないGeistは「幽霊」に相当する。

一八世紀後半には、啓蒙主義が広まったはずであるにもかかわらず、幽霊と交信できると称する人物が次々に現れて、幽霊は一種の社会現象になった。まず、一八世紀後半に語られた視霊体験に関する言説を取り上げ、偽視霊者の一人、カリオストロ伯爵が巻き起こしたスキャンダルを概観して、シラーとゲーテがいかにして伯爵の言動を文学的テーマに昇華したのか検討する。視霊者が目に見えないGeistと交信する姿は、自然科学者たちが目に見えない力の存在を仮定して発見しようと努める姿にも重なるため、視霊者の存在は必ずしも否定されなかった。事実、目に見えないもののうち、酸素、電気、磁力、重力、引力などの実在は自然科学の研究を通して認められたが、歴史の中で誤りとされ消えたものも多い。後者の一つである動物磁気に関しても、その広がりと文学的応用を見ていく。動物磁気を用いた医師メスマーによる治療はメスメリズムと呼ばれ、同時代の医師たちの反感を買い、科学者たちの検証を経て偽者と判定されるのだが、その後、催眠治療から精神分析へ至る流れを生み出す一方で、一九世紀のドイツ語圏において文学的テーマになった。メスメリズムの受容を概観したうえで、クライストの戯曲『ハイルブロンのケートヒェン』（一八一一）を分析する。詩人たちがメスメリズムと人形を結びつけて考えたことから、一九世紀初頭のヨーロッパで高まった人形への関心を、蠟人形、操り人形、自動人形の順に確認して、操り人形に関するクライストのエッセイ『マリオネット劇場について』（一八一〇）と、自動人形が登場するホフマンの『自動人形』（一八一四）と『砂男』（一八一五）を取り上げる。さらに、人間が精巧な人形を作るのは人間を作ろうとする試みと紙一重と考えられるため、ゲーテの『ファウスト』における人造人間ホムンクルスを検討する。

1. 幽霊

一八世紀後半のヨーロッパでは、スウェーデンの鉱山技師エマヌエル・スヴェーデンボリ（一六八八－一七七二）の視霊者としての才能に注目が集まった。スヴェーデンボリは自らの視霊体験を長らく隠していたが、千里眼の能力と霊界と交信する能力とが周囲に知られ、視霊者としての評判が高まると、人々は亡くなった近親や友人の様子をスヴェーデンボリから聞きたがった。彼の話が傾聴に値すると見なされたのは、彼が第一線で活躍する科学者であり、視霊者としての能力を利他的に使ったためである。こうして、生者が死後の世界を往来することは可能なのかという疑問が啓蒙主義の時代にあらためて芽生えた。哲学者カントは、スヴェーデンボリが千里眼の評判を得た出来事を確認するためスヴェーデンボリに手紙を書き、さらに友人のイギリス人商人ジョセフ・グリーン（一七二七－八六）に現地調査を頼んだ。グリーンはスヴェーデンボリに直接会い、手紙に返事をするとの約束を取り付けたが、スヴェーデンボリからカントへの返答はなかった。[1] 後にカントは『視霊者の夢』（一七六六）の中で否定的評価を下したが、スヴェーデンボリの言葉を肯定的に受け止める人や半信半疑の人は多くおり、スヴェーデンボリが一七七二年三月二九日に死ぬと予言した通りその日の午後五時に息を引き取ったため、[2] 彼の名声はさらに高まった。このようにして一八世紀後半に幽霊の信憑性が増したのである。

ドイツ語圏においても幽霊がいくつも話題に上った。ゲーテの『ファウスト』第一部「ヴァルプルギスの夜」に登場する「臀部視霊者（Proktophantasmist）」という表現を手がかりに、三つの幽霊騒動を見ていこう。「臀部視霊者」はゲーテによる造語であり、三つの部分から成る。すなわち、ギリシア語由来の Prokt が「臀部」を、Phantasma は「幻影」を意味し、語末の mist は人間を表す語尾のようでもあるが、ドイツ語の「糞（Mist）」も含意しており、ゲーテの悪意が滲む。それというのも、「臀部視霊者」のモデルとされるフリードリヒ・ニコライは、ベルリンで出版社を経営する傍ら、ゴットホルト・エフライム・レッシング（一七二九－八一）やモーゼス・メンデルスゾーン

（一七二九―八六）と共に啓蒙主義を推進し、ゲーテの『若きヴェルターの悩み』（一七七四）が引き起こした感傷主義を危惧してパロディー『若きヴェルターの喜び―成人したヴェルターの悩みと喜び』（一七七五）を発表して、[3]ゲーテの恨みを買っていたからである。この啓蒙主義者ニコライの視霊体験が、ひとつめの幽霊騒動である。彼は長男が鬱病の発作で自殺したこと（一七九〇）に衝撃を受け、心身の過労も重なって、長男の幽霊を見るようになったのだが、自分の身体に蛭を貼り、血を吸わせて、幽霊を撃退し、一七九九年五月の『新ベルリン月報』に「諸幻影の現象の例」と題してこの件を発表した。[4]ゲーテはこの記事を踏まえ、ニコライが蛭を吸い付かせたという「臀部」と「視霊者」を結びつけて「臀部視霊者」という語を作り、ニコライに仕返しをしたのだ。『ファウスト』において「臀部視霊者」は、魔女の祭りでファウストが美しい魔女と踊る傍らで、次のように愚痴をこぼす。

臀部視霊者　お前たち、まだいるのか！　いや、これはひどい。
消え失せろ！　私たちはもう啓蒙したじゃないか！
悪魔の野郎どもはルールを無視してばかりで困ったものだ。
私たちは賢くなったのに、それでもテーゲルに幽霊が出る。
こんなに長いこと私は迷信を掃きだしたというのに、
まだ綺麗にならない。なんともひどい[5]！

「臀部視霊者」は啓蒙主義を掲げるにもかかわらず、自ら魔女の祭りに参加した挙げ句、悪魔や魔女たちに「消え失せろ！」と言い、啓蒙化されない状況を嘆いて、テーゲルの幽霊に言及する。これが二つめの幽霊騒動であり、ニコライが発行する『ベルリン新聞』一七九七年一一月号に「テーゲルの夜のポルターガイスト」と題する記事が載った。[6]それによると、ベルリン郊外テーゲルにある上級林務官シュルツ氏の館で約五年前からポルターガイスト現象が始まり、新聞社はシュルツ氏の話を受けて調査団を組織し、ポルターガイスト現象を検証したのだった。記事には、シュルツ氏の供述と調査団による検証の詳細を記した手記が載り、一幽霊の仕業らしいと締めくくられる。ニコライは長男の幽霊を撃退したものの、ポルターガイスト現象に関しては幽霊の存在を認めており、ゲーテは幽霊に対するニコライの二義的態度を揶揄して「臀部視霊者」を造形したのである。

テーゲルのポルターガイスト現象が話題になった頃、テーゲルに館を構えるフンボルト兄弟の母が亡くなり、その後、兄弟が母の幽霊に悩んでいるとの噂が詩人たちの間を駆け巡った。これが三つめの幽霊騒動だ。シラーはこの件を親友のクリスティアン・ゴットフリート・ケルナー（一七五六―一八三二）から教わり、一八〇〇年九月一七日付の手紙でゲーテに伝えている。[7]遡って事実を確認すると、フンボルト兄弟の母マリー・エリーザベトは長患いの末、一七九六年一一月一九日に亡くなった。兄ヴィルヘルムは一七九五年の夏から一七九六年一〇月下旬まで、途中一七九六年八月から一ヶ月ほど北ドイツに旅行して留守にしたものの、病床の母のためテーゲルに滞在し、鉱山技師として働くアレクサンダーは一七九六年二月から四月にテーゲルに戻っている。したがって一七九六年九月に『ベルリン新聞』の調査団がテーゲルの林務官の館に入ったことを考え合わせると、フンボルト兄弟が地元で話題のポルターガイスト現象を知らないはずはないと推測される。兄弟が母の臨終に居合わせないばかりか、異父兄フェルディナント・フォン・ホルヴェーデが取り仕切る一二月三日の葬儀にも欠席したのは、彼らがポルターガイスト現象により恐怖を倍増させたからとも考えられる。しかも彼らは遺産を受け取るとすぐ、ヴィルヘルムは家族でパリへ移住し、アレクサンダーは探検旅行に出るべく仕事を辞めた。彼らがこう振る舞ったのは母の抑圧から解放されたためであるが、だからこそ彼らは罪悪感を覚え、母の幽霊にうなされたのだろう。ヴィルヘルムは幽霊に関心を持っていたとシラーは言い、大都市パリでこの傾向が助長されたと予想する。ちょうどこの時期にパリでエティエンヌ＝ガスパール・ロベール（一七六三－一八三七）が幻燈機を使った幽霊ショー、ファンタスマゴリーを上演しており、フンボルト兄弟がこの種のショーを観てもおかしくない。シラーはまた知人からパリでアレクサンダーが母親のことで降霊会に参加していると聞いて、合理性を重んじるアレクサンダーが母の幽霊に悩むのを訝しがった。もちろんフンボルト兄弟が母の幽霊に悩んだ件とポルターガイスト現象には直接の関係はないが、彼らがパリで幽霊ショーを見て、母の幽霊に怯えても不思議はない。

図36　エティエンヌ＝ガスパール・ロベールによるファンタスマゴリー

　一八世紀後半のドイツ語圏を代表する啓蒙主義者ニコライが幽霊に対して二義的態度を見せたことと、一九世紀初頭のドイツ語圏を代表する知性の持ち主フンボルト兄弟が幽霊に怯えた逸話とは、合理的思考でもって把握不可能な「幽霊／精霊／精神（Geist）」への態度の一例を伝える。啓蒙の時代における「幽霊／精霊／精神」に対する止むことのない関心を見ていこう。

2. カリオストロ伯爵

スヴェーデンボリの活躍を真似て、偽の視霊者が陸続と登場するなか、ヨーロッパを股に掛けて活躍したのがカリオストロ伯爵である。彼は魔術師、千里眼、霊的サークルやフリーメイソンのロッジの創立者として知られ、ヨーロッパ各地の宮廷やサロンに顔を出してスキャンダルを起こし、シラーとゲーテそれぞれの作品のモデルになった。

カリオストロ伯爵はバスチーユ牢獄で記した回想録（一七八六）の中で、自分は生まれ故郷を知らない孤児であり、アラビアのメディナの宮殿で幼年期を過ごし、傅育官から科学の手ほどきを受けたと経歴を詐称したが[1]、実際にはシチリア島のパレルモにジュゼッペ・バルサモ（一七四三－九五）として生を受けた。彼は幼い頃に父を亡くし、一三歳で修道院に預けられた。修道院は一般に薬草を育て、滋養強壮のためのビールやワインを製造して地域の薬局の役割を担っており、また写本を製造する学問の場でもあった。ジュゼッペはここで薬草や医学の知識と写字の技術を身につけ、宗教儀式の手順を覚えており、後に彼が薬を処方し、文書を偽造し、フリーメイソンの儀式を執り行う基礎は修道院で受けた教育にあると言える。彼は修道院を出ると早速パレルモで詐欺を働き、故郷にいられなくなってローマへ赴き、ここで優美な女中ロレンツァ・セラフィーナと結婚した。彼は妻に色仕掛けを教え、彼女もその腕を鍛えて贅沢三昧を楽しみ、途中仲違いもしたが、彼女がローマで夫を告発するまで二〇年あまりを共に過ごすことになる。

夫妻は当初巡礼を装って寸借詐欺を働き、イタリア、フランス、スペインを回り糊口を凌いでいたが、一七七七年四月にロンドンでフリーメイソンに関わって変貌を遂げる。ジュゼッペがロンドンで入会したフリーメイソンのエスペランス・ロッジはテンプル騎士団の後継を称し、未知の上位者を頂点とする位階制度から成る。[2] 会員の位階は精霊の階層制度に対応し、会員の美徳が高まれば、その分だけ上位の精霊と交わることができるとされた。ジュゼッペはロッジで待望される人物像に自らを作り上げ、フリーメイソンの起源がエジプトにあると主張する文書を読むと、エジプトの予言者を演じ始め、アジアやアフリカで魔法を身につけたと称して、カリオストロ伯爵として、各地のロッジで儀式や錬金術を実演した。夫妻は一七七七年一二月にロンドンを離れ、一七七八年夏にヴェネツィアに姿を見せた後、ドイツ北部を通り、一七七九年二月末にクルランド公国（現ラトヴィア）のミタウに現れた。ここでの彼の所業を、後年エリーザ・フォン・デア・レッケ（一七五四―一八三三）が『悪名高きカリオストロの一七七九年のミタウ滞在、並びに同地における魔術的作業についての報告』（一七八七）において告発する。その後、カリオストロ伯爵は同年六月にサンクトペテルブルクに到着したが、エカチェリーナ二世に疎まれ、一七八〇年四月にワルシャワに向かい、[3] ポーランドとドイツ各地を回って、同年九月にストラスブールに現れた。彼はここで知り合ったロアン枢機卿から絶大な信頼を勝ち取り、フランス各地を回った後パリに現れ（一七八五）、「首飾り事件」に巻き込まれた。[4] この事件で彼は無罪判決を受けるが、追放され、ロンドン、次いでスイスに行った。そして一七八九年末に彼はローマで異端審問法廷により逮捕され、九一年に有罪判決を受け、九五年に獄中で亡くなった。

カリオストロ伯爵の詐欺の手順は以下の通りである。彼は到着した土地で貧しい人たちに無料で医療行為を施し、金品を与える。噂を聞きつけた裕福な人たちが診療を求めるが、彼は彼らからも謝礼を受け取らない。そこで彼らがお礼に彼を自宅へ招待すると、彼は招待を受けず、逆に相手を自宅に招く。カリオストロ伯爵邸で応対する二〇歳代の妻が五〇歳と年齢を偽るため、訪問客は伯爵が不老不死の薬を作っていると思い込んで、その薬を購入し服用する。これは不老不死の薬ではなく、もちろん当時の一般的な薬だったが、伯爵が効能を誇張したため、患者は治ると思い込んで治癒したようだ。[5]伯爵のサロンでは怪しい降霊術に加え、「魔法の鏡」と「鳩の儀式」と呼ばれる儀式が行われた。「魔法の鏡」では透視能力のある人が鏡を凝視して、隠されたものを言い当てたり遠方の出来事を告げる。「鳩の儀式」では、幻燈や特殊な照明を使った怪しげな雰囲気の室内で、宝石を散りばめた東洋風の服装をした伯爵が、「鳩」と呼ばれる孤児にテーブル上のガラス瓶を凝視させ、瓶の中の水に浮かび上がるヴィジョンを語らせる。参加者の多くは知人の安否や恋人の心など身近な出来事を知りたがり、「鳩の儀式」は占いの一種だった。[6]こうして彼の評判が高まり大金が寄付されると、嫉妬に駆られた医師たちが伯爵の医療行為に疑いの目を向け、宮廷人からも金を巻き上げられたとの声が上がり、伯爵はその町を出ていく。そして次の土地に移り、同じ手順を繰り返したのである。

カリオストロ伯爵は宮廷人を手玉に取り、彼らから得た金を貧しい人々に与えて無料で医療を施しており、彼が人々を騙したといっても、占いで人々の不安を鎮め、降霊術を披露して楽しませたのは事実であり、彼の振る舞いを全面的に悪いとは言い切れない。シラーやゲーテがカリオストロ伯爵に関心を寄せたのは、その義賊的振る舞いに魅力を感じたためと考えられる。

2-1. シラー『視霊者』

一八世紀後半のドイツ語圏を代表する二人の詩人シラーとゲーテが、それぞれカリオストロ伯爵に熱い視線を送ったのは興味深い。シラーはカリオストロ伯爵に着想を得て『視霊者』を執筆したのだが、執筆時に彼の故郷ヴュルテンベルク公国で起きた事件もこの作品に組み込んだため、シラーの経歴を辿っておく。

フリードリヒ・シラー（一七五九-一八〇五）は一七五九年ヴュルテンベルク公国のマールバッハに軍医カスパー・シラー（一七二三-九六）とエリーザベト・ドロテーア（一七三二-一八〇二）の間に生まれた。彼が生まれる前に旅籠《はたご》を営む母方の祖父が事業に失敗し、カスパーはその余波を受けて財産を失い軍務に就いた。ところが、ヴュルテンベルク公カール・オイゲン（一七二八-九三）は宮廷都市ルートヴィヒスブルクを豪華に整備し、複数の城を築いて散財する一方、配下の軍人たちを長年無給で働かせたため、収入のないシラー家は経済的に困窮した。一家はルートヴィヒスブルクに引越し（一七六六）、翌年からフリードリヒはラテン語学校に通った。彼の父は宮廷劇場に無料で入場できる権利と創設まもない軍人養成学校のカール学校（一七七〇）への子弟の入学といった士官の特権を活用し、息子を劇

図37　フリードリヒ・シラー

場に連れて行き、カール学校に入学させた[7]（一七七二）。ここでシラーは法学と医学を学び、戯曲や詩を書き始め、博士論文が受理されて、軍医になる（一七八〇）。そして一七八二年一月、マンハイムでシラーの処女作『群盗』が初演された。これは大評判になったのだが、シラーは五月に無断でマンハイムへ旅行し、そのため六月に逮捕され、八月にカール・オイゲン公により医学論文以外の執筆を禁じられた。そして彼は九月にヴュルテンベルクから脱走し、亡命生活の中で戯曲の執筆を続け、いくつか上演されたものの、経済的に立ちゆかず苦しい日々が続いた。そうしたなか彼は美学者ケルナーと出会い生涯の友になり、ゲーテの推薦でイエナ大学の歴史学教授になった（一七八九）。

ところで、シラーは早い段階からカリオストロ伯爵に関心を抱き、雑誌『役に立ち楽しみにもなるニュース』にストラスブールでカリオストロ伯爵がアラビア人、ガスコーニュ人、脱走したフランシスコ会修道士を自称し、夜はベッドに寝ず、椅子で数時間まどろむだけ、食事は一日一食、古代エジプトの化学と医学を習得しており、年齢は二〇〇歳を超えるという怪しい情報をそのまま載せた（一七八二）。その後彼はカリオストロ伯爵をモデルにした視霊者が陰謀を巡らす小説『視霊者』を雑誌『タリーア』に断続的に発表し（一七八六–八九）、修正して出版した（一七八九）。この作品は商業的成功を収めた彼のベストセラーである。

『視霊者　O伯爵の手記より』は「私が×××の王子をヴェネツィアに訪ねたのは一七××年のカーニバルの時期、クルランドに戻る途中だった[8]」という一文で始まり、手記形式とクルランドの国名によりデア・レッケの手記を連想させる。作品の主人公、とある国の第三王子は王位継承の当てもなくヴェネツィアで楽しく過ごしていたところ、初対面のアルメニア人から遠方の親戚が亡くなったと知らされる。その後王子は親戚の亡くなった時刻にアルメニア人から報せを聞いたことに気づいて、理性への信仰を揺るがす。王子が非合理的なものへの関心を深めてシチリア人の降霊術に参加すると、ロシア将校に扮したアルメニア人が現れてシチリア人の詐欺を暴いたため、王子は超常現象に幻滅し、今度は自分の理性を盲信してプロテスタント信仰を捨てるに至る。その後、王子はアルメニア人のエージェントである美貌のギリシア女性に恋をし、彼女が殺されるのを見て正気を失い、カトリックに改宗する。

この王子は理性を疑ったり信じ込んだりした挙げ句にカトリックに改宗するのだが、その背後でアルメニア人の一味が陰謀を企んでいるならば、彼らの狙いは何なのか。王子の信仰という側面に目を向けると、アウクスブルクの宗教和議（一五五五）以降、ヨーロッパでは領邦君主が国家の宗教を決めるため、カトリックに改宗した王子が王位に就けば、プロテスタントの公国はカトリックになり、カトリック人口が増える。ちょうどシラーが執筆していた時期に、ヴュルテンベルク公国第三王子オイゲン・フリードリヒ・ハインリヒ・フォン・ヴュルテンベルク（一七五八－一八二二）が霊との交流をよしとする論文を発表した後カトリックに改宗して（一七八六）、世間を騒がせていた。シラーはこの事件を踏まえ、啓蒙主義者の王子が非合理的存在である霊を認め、奇跡信仰をよしとするカトリックに改宗する流れを作品に組み込んだ。そのため、アルメニア人一行の狙いはカトリック勢力の拡大にあると考えて差し支えなく、当時の読者は彼らをイエズス会に重ねたと推測される。[9]

この作品において視霊者の役割を演じるのはアルメニア人とシチリア人である。シラーはカリオストロ伯爵の「魔法の鏡」と「鳩の儀式」のうち、王子が会ったばかりのアルメニア人から遠方の親戚の死を教わる件に「魔法の鏡」を、シチリア人が死者を呼び出す儀式に「鳩の儀式」を重ねて、二人に視霊者の役割を分担させる。シラーの描く降霊の儀式を見てみよう。

広間に戻ると、私たち全員の足をゆったり囲うくらいの大きな円が白墨で描かれていた。部屋の四壁の床板が取り外され、私たちは島に立っているようだった。黒い布で覆われた祭壇が円の真ん中に設えられ、その下には赤い繻子の絨毯が敷かれていた。カルデア人聖書が祭壇の上、髑髏の横に開かれ、髑髏の上に銀の十字架が据えられた。蠟燭ではなくアルコールが銀の蒸留皿で燃えていた。乳香の濃い煙が広間を曇らせ、そのせいで光が消えそうだった。祈禱師は私たち同様、上着を脱ぎ、裸足で、人間の髪を鎖代わりにした護符を裸の首に下げ、秘密の記号や象徴的図形を記した白い前掛けを腰に付けていた。彼は私たちに手を繋いで深い静寂をじっと見るよう命じ、幽霊に質問をしないよう勧告した。〔…〕顔を朝の方角に向け、魔術師は絨毯の上に立ち、聖水を東西南北に撒き、三度あの聖書に向かってお辞儀をした。私たちには理解できない呪文が七、八分続いた。それが終わると彼は自分の後ろに立つ人たちに、彼の髪をしっかり摑むよう合図を出した。彼は激しく痙攣しながら死者の名を三度大声で呼び、三度目に彼は手を十字架に伸ばした――

突然私たち全員は稲妻に打たれたかのような衝撃を受け、繋いでいた手がほどけ、突然の雷が建物を揺さぶり、すべての錠が音を立て、すべてのドアが閉まり、蒸留皿の蓋がバタンと閉じて、光が消え、向かいの壁の暖炉の上に、血まみれのシャツを着て、青白く、瀕死の顔の人間の姿が現れた。[10]

ここで「祈禱師」や「魔術師」と呼ばれるのはシチリア人である。怪しげな空間に変えられた広間では、銀の十字架を頭上に載せた髑髏と「カルデア人聖書」が魔術の雰囲気を醸し出す。後者は紀元前七世紀に新バビロニアを建国した、天文学と占星術に優れた民族「カルデア人」に関係し、その祭祀階級が呪術師と見なされたため、「カルデア人聖書」は黒魔術の小道具とされた。儀式の参加者たちは円陣を組んで手を繋ぎ、黒と赤の色彩、一筋の光、乳香の匂いと煙の中、摩訶不思議な身なりのシチリア人の動きを目で追う。そしてシチリア人が死者の名前を三度目に口に出して十字架に手を伸ばしたとき、建物が揺れ、錠やドアが閉じ、光が消え、幽霊が死んだときの姿で現れる。こうして王子は願い通り死者と会話を交わすのだが、そこにロシア将校に扮したアルメニア人が登場して降霊術を偽物と告発し、その直後に現れた執達吏たちがシチリア人を窃盗の罪で捕らえ、詐欺の仕掛けが明かされる。

祭壇を退かして広間の床板を外すと、一人の人間がゆったり座れる広さの空間があり、ここに付いているドアから狭い階段を伝って地下室に繋がる。この空間に静電発電機、時計、小さな銀製の鐘があり、この鐘は、静電発電機と同様、祭壇とその上に据えられた十字架に繋がっていた。暖炉に面した窓の鎧戸には穴が開き、引き戸が取り付けてあった。後でわかったことに、それは、幻燈をその開口部に合わせて、暖炉上部の壁に望みの姿を映し出すためだった。屋根裏と地下室から様々な太鼓が運び出された。これには大きな鉛の球が紐に結びつけられており、おそらく私たちが耳にした雷の轟きを出すためであった。[11]

シチリア人は部屋にさまざまな仕掛けを施し、幽霊との交信を幽霊の姿と声に分けて準備していた。幽霊の姿は窓の鎧戸の後ろに隠された幻燈から向かいの壁に映し出され、幽霊の声はシチリア人に金で雇われた人間が煙突の中から発しており、雷の轟きは床下から響く太鼓の音だった。シラーは友人ケルナーからヨハン・ゲオルク・シュレプファー（一七三八‐七四）がライプツィヒで行った幻燈を使う降霊ショーの詳細を聞いており[12]、それをシチリア人の降霊術に応用したのだ。こうしてアルメニア人はシチリア人の詐術を暴いて王子への影響力を拡大する。それというのも、シチリア人の詐術が偽物であっても、その親分格のアルメニア人は本物の視霊者かもしれないとの期待を王子が抱いたからである。シラーは、啓蒙主義者の王子がアルメニア人の策略にかかって、王位簒奪を試みて破滅する未来を仄めかした。

2‐2．ゲーテ『大コフタ』

ゲーテもまたカリオストロ伯爵をモデルにする戯曲『大コフタ』を書いた。この戯曲はゲーテ研究において滅多に取り上げられないが、彼がカリオストロ伯爵に関心を寄せた記念碑である。ゲーテがカリオストロ伯爵に抱いた関心を時系列に沿って確かめよう。

ヨハン・ヴォルフガング・ゲーテ（一七四九‐一八三二）は、フランクフルト・アム・マインでヨハン・カスパー・ゲーテ（一七一〇‐八二）と帝国自由都市フランクフルトの市長の娘カタリーナ・エリーザベト（一七三一‐一八〇二）の間に生まれた。父方の祖父が一代で莫大な財産を築いたため、法学士の父は枢密顧問官の称号を買った後、職に就かず、文物の蒐集を行い、子供の教育に熱意を傾けた。ゲーテは家庭教師から教育を受け、ライプツィヒ大学で学ぶが（一七六五－六八）病気療養のため実家に戻り、今度はフランス領ストラスブールで大学に通い（一七七〇－七一）、故郷に戻って弁護士になった。その後父の指図により彼は最高裁判所のあるヴェッツラーへ行き（一七七二）、婚約者のいる娘に恋をして、この体験を素材に『若きヴェルターの悩み』（一七七四）を執筆・発表して大当たりを取る。そして、この作品に熱狂した若者の一人であるヴァイマル公国のアウグスト公（一七五七－一八二八）からゲーテは公国参事として招聘され、その後ヴァイマルを拠点に暮らした。

一七八六年、ゲーテはヴァイマルでの仕事を擲ってイタリアへ向かった。彼は後年執筆した『イタリア紀行』（一八一六／一七）の中で、一七八七年四月一三、一四日にカリオストロ伯爵の実家（バルサモ家）を訪問したと記している。当時カリオストロ伯爵は首飾り事件に関して無罪判決を受け、イギリスに渡り、一七八七年四月一四日にバーゼル（スイス）に到着していた。シチリア島に着いたゲーテはジュゼッペ（カリオストロ伯爵）の消息を伝えるイギリス人に扮してバルサモ家を訪問し、老母と妹を安心させ、翌日、兄に貸した金の返却を望む妹の手紙まで預かった。[13] それにしても彼が生家を訪ねるほどカリオストロ伯爵に関心を寄せたのはなぜだろうか。彼はストラスブールでヘルダーの妻やラファーター、ゲーテの遠縁や知人が伯爵に夢中になっている様を眺めて不

図38　ヨハン・ヴォルフガング・ゲーテ

安になる一方、[14]伯爵を告発するエリーザ・フォン・デア・レッケとの交流（一七八七）から学ぼうとしており、カリオストロ伯爵という存在を考えるため伯爵が生まれ育った場所を確かめたかったのではないだろうか。イタリアから帰国した後、ゲーテはヴァイマルの宮廷オペラの総監督になると（一七九一）、首飾り事件を題材にしたオペラを作ろうとし、これがうまくいかなかったため喜劇に変え、総監督一作目として『大コフタ』を上演した。初演の評判は芳しくなく、この作品はゲーテ研究史においても失敗作と見なされる。

全五幕の喜劇『大コフタ』の登場人物のモデルは、ロストロ伯爵がカリオストロ伯爵、聖堂参事がロアン枢機卿、侯爵夫人がジャンヌ・ド・ラ・モットとされる。作品名にもなる大コフタとは、カリオストロ伯爵によれば、エジプトのもっとも強力な守護霊の一つであり、伯爵はこの霊に超越的存在への取りなしを頼み、至高善の原理からこの霊が自分に授けられたという。[15]つまり、大コフタは超越的存在とカリオストロ伯爵の間をつなぐ存在なのだ。伯爵は自ら創ったエジプト・ロッジの頂点に大コフタを置き、降霊術で大コフタを呼び出し、当初大コフタの手先と自称したが、ストラスブールに現れた頃から自分が大コフタであると言うようになっていた。[16]ではゲーテの喜劇においてロストロ伯爵は大コフタをどう説明しているのか。

この度はそなたの想像力は的外れでなかったようだ。そう、偉大で壮麗で、こう申し上げてよろしければ、この不死のご老人は、私がそなたたちに語ってきた方であり、いつか目通りさせよう。あの方は数百年も永遠の若さを保ってこの地上を彷徨《さまよ》っておられる。インドとエジプトはあの方のお気に入りの滞在場所だ。あの方はリビアの砂漠に裸で入られ、心配一つなく自然の秘密の数々を研究された。あの方が有無を言わせず腕を伸ばすと、空腹のライオンは身を投げ出す。獰猛なトラもあの方に叱責されると逃げ出す。賢者の手は静かに効能豊かな植物の根を探し出し、その秘密の諸力ゆえに金やダイヤモンドよりも価値のある石を選り分けられる。[17]

ロストロ伯爵は大コフタを「不死のご老人」と言い、不老不死の霊薬の存在を仄めかす。これはカリオストロ伯爵邸の訪問客が、伯爵夫人が若く見えるのは不老不死の霊薬を使っているためと思い込んだ件に通じる。ロストロ伯爵によれば、大コフタが研究したという「自然の秘密の数々」は「効能豊かな植物の根」であるアルラウンや、「秘密の諸力ゆえに」「価値のある石」すなわち錬金術における賢者の石を指し、アジアとアフリカで秘術を身につけた大コフタは野生動物をも従える摩訶不思議な存在である。

ロストロ伯爵は大コフタの存在をちらつかせて、ロッジでの昇級を望む人々の気持ちをうまく操る。彼によると、第一の位階にいる者は夜に省察を行い、北極星を重視して、「人々にしてもらいたいと望むことを、汝も人々にすべきである」[18]をモットーにする。これはマタイによる福音書に基づき、キリスト教徒にとってごく自然な教えである。次に、第二の位階にいる者は朝に省察を行い、南の方角を重視し、「自分のためにしてもらいたいと望むことを、人々のためにするな」[19]をモットーにする。伯爵によると、世界の中心は自分の心にあり、最高の法規は自分の利益、最も賢い者は出会うものすべてに自分の利益を見出す者となる。この話を聞いた若い騎士は怒り出し、ロッジと縁を切ると言うが、伯爵は怒ることでこの試験に合格したと騎士に言い、大コフタに会わせると約束する。そしてエジプト風の広間で金襴《きんらん》の衣装を着た大コフタが登場し、そのヴェールが上がると、ロストロ伯爵の姿が現れ、人々は驚きと共に怒りを覚えるのである。

ゲーテのロストロ伯爵は大コフタごっこをするだけであり、彼の取り巻きが首飾り事件を起こし、伯爵は主役のようでいて首飾り事件における端役にすぎない。ここにおかしさがあるのだが、あまり笑えないのも事実で、大コフタを演じたため魔術師として異端審問法廷に逮捕され、死刑を宣告された後、恩赦により終身刑に減刑されて獄中にいるカリオストロ伯爵を、ゲーテは笑いの対象にしきれなかったのだ。首飾り事件をきっかけに王妃の威厳が民衆の間で失墜し、カリオストロ伯爵が失脚したことに、彼はフランス革命の兆しを読み取り[20]、カリオストロ伯爵への同情を禁じ得なかったのだろう。彼は後年、『大コフタ』で得た報酬をカリオストロの実家に匿名で送っている。

3. メスメリズム

カリオストロ伯爵が大コフタと交信する姿は独り芝居さながらであり、伯爵は自分だけが大コフタを見ることができると言ったが、一八世紀後半のヨーロッパでは目に見えない力の存在が期待されていた。伯爵と前後して革命前のパリで活躍した医師メスマーは、動物磁気の存在を確信し、これを用いた治療を行った。彼が考案したメスメリズムとは何なのか、それがどれほど影響力を持ったのか見ていこう。

フランツ・アントン・メスマーは一七三四年スイスとドイツの境にあるボーデン湖畔のドイツの村イッナングに生まれ、ウィーンで医学の学位を取得して診療所を開いた。あるとき彼は、一人の貴婦人に磁石を患部に当てて痛みを取り除く施術をするようイエズス会士の天文学者マキシミリアン・ヘル[1]（一七二〇―九二）に頼まれ（一七七三）、その効果に驚いた。そして他の患者に施術を続けるうちに、磁石なしでも同じ効果が得られると気づいた。彼によると人間の身体内には流動体があり、痛みを訴える患者の身体では流動体が淀んでおり、流動体を活性化させて淀みを解消するのに磁石が役立つ。当初彼は患部に磁石を当てていたが、次第に手をかざすだけでよいと思うようになった。

ところで、手をかざして患部を治すというのは荒唐無稽に見えるが、これには先例がある。中世以来フランスとイギリスの王には、結核菌によるリンパ腺の炎症、瘰癧《るいれき》に手をかざして治す能力があるとされ、王による瘰癧さわりはロイヤル・タッチと呼ばれて、王権神授説を支える儀礼になった。[2]もちろん王の奇跡は政治的に利用された迷信であるが、類似の迷信として瘰癧治療に効験あらたかな聖マルクール信仰と「七番目の息子」の治療もあり、手かざし治療の人気のほどが窺える。後者は七人兄弟の末っ子が手かざしで病気を治すという迷信で、治療可能な病気は地域により異なるが、フランスとイギリスでは瘰癧だった。[3]ロイヤル・タッチの儀式では、患者たちは厳粛な儀式に臨み、普段接することのない王に対面するという緊張感溢れる非日常の経験をし、何よりもこれをきっかけにして健康を回復したいと願ったため、ロイヤル・タッチが効果を上げたと考えられる。メスマーがパリに登場する少し前、ルイ十六世がランスでの戴冠式の翌日一七七五年六月一一日にロイヤル・タッチを行い、瘰癧患者二四〇〇人に触れていた状況に鑑みると[4]、メスマーの手かざし治療は当時それほど奇異に映らなかったのかもしれない。

メスマーの診療には二通り、医師が患者を触診する個別療法と、磁気を瓶詰めした「桶」に患者たちが触れる集団療法があった。個別療法では療法士が患者を座らせ、患者の閉じた膝を自分の膝の間に固定し、磁極を探すためと称して患者の全身に指を走らせて、ラポール（繫がり）を築く[5]。その際、療法士の人格が患者に及ぼす影響は大きく[6]、女性患者と男性の療法士の間でラポールが恋愛に発展することもあり、これは後に不道徳と非難される原因にもなった。他方、集団療法では桶が用いられる。桶には鉄の鑢屑《やすりくず》と瓶詰めされた水が車輪の軸状に並べられる。ちなみにこの水はメスマー方式で磁気化されたものと言われ、患者たちはこの桶の周りに座り、ロープや架空の鎖を通して流動体を伝達し合った。集団治療中には管楽器やピアノ、グラス・ハーモニカなどが演奏され、独特の雰囲気が醸し出され[7]、患者が治療中に発作を起こすとマット張りの「発作室」に運び込まれたという。

メスマーはウィーンの学会に磁気療法を認めてもらおうとしたがうまくいかず、盲目の少女ピアニスト、マリア・テレジア・フォン・パラディス（一七五九–一八二四）の治療に失敗して、彼女の両親から訴えられた。彼が集団治療に用いた楽器のうち、グラス・ハーモニカはその玄妙な音色ゆえ人気があったのだが、この演奏を聞いて神経障害を訴える人が続出したため、使用が禁止されていた。それにもかかわらずメスマーがグラス・ハーモニカを治療に使用していた事実がここで発覚し、女帝マリア・テレジアは彼を追放した。するとメスマーは一七七八年二月、パリのヴァンドーム広場に診療所を開設した。メスメリズムはここでも医師の反感を買ったが、素人の間で人気を博し、彼は「自然の調和を追究し、身体的・道徳的に快適に人間に働きかけること」[8]を治療の目標に掲げた「普遍的調和協会」という磁気療法の秘密結社を結成して（一七八四）、パリに本部を、ヴェルサイユとリヨン、ボルドー、マルセイユ、グルノーブル、メッス、ナンシー、ストラスブールに支部を作った。メスマーはパリの学会に磁気療法を認めてもらうよう働きかけ、一七八四年三月一二日、ルイ十六世の勅令により、パリの科学アカデミーとパリ大学医学部、パリの医師会から選出された学者たちが検証し、その結果、メスメリズムは偽物と判定された。

なぜメスマーが無謀な主張をしたのかという疑念も生じるが、彼の著書『メスメリズムあるいは交互作用のシステム』（一八一四）を紐解くと、伝統的な自然観から動物磁気という考えに至った彼が自分の理論を信じていたことがわかる。彼は「絶えず患者たちを診察した結果、私は大きな天体とりわけ太陽と月の側が動物の身体、我らの地球のあらゆる構成部分に影響を及ぼすことを確信するに至った[9]」という。天体と被造物の間の交互作用は大宇宙と小宇宙の照応を指し、彼はそれを「自然磁気[10]」や「全磁気（宇宙あるいは世界磁気）[11]」と呼び流動体のイメージで捉えた。この自然観に基づき、療法士が万人の身体を貫き身体の周りを取り囲む流動体を活性化させたり制御できるとメスマーは考えたのだ。ちょうどこの時期、燃素[12]や電気、磁気、引力、重力といった目に見えないけれども目に見える作用をもたらす様々な力の存在が検証されたが、これら諸力はメスマーの流動体のイメージに近く、メスメリズムも科学革命の産物だったと言える。その後、彼はパリを去り、ドイツとオーストリアを経由してスイス・トゥルガウの村ヴァーゲンハウゼンに落ち着く（一七九二）。しばらく経つと再びフランスに戻りパリやヴェルサイユで暮らしたが（一七九八―一八〇二）、ボーデン湖北側の村リーデツヴァイラーに戻り（一八〇二）、ボーデン湖南側の村フラウエンフェルドや湖畔の都市コンスタンツで暮らした。ベルリン・アカデミーのメンバーが磁気療法を検討する際に（一八一二）、メスマーが存命する事実に驚いたと言うほど、彼は表舞台から完全に姿を消していた。

3-1．ドイツ語圏のメスメリズム

メスマーがパリで活躍する間に、メスメリズムは大きく三つに分かれた。一つ目はパリを本拠地にした集団で、メスマーの指導を受け、ラポールを築く治療を主とする。二つ目はリヨンを中心として騎士シュヴァリエ・ド・バルバランを指導者に戴く集団である。この流派の療法士は患者に手を触れずに患部を探り当て、催眠無痛抜歯法と催眠無痛切断手術への道を拓いた。[13] 三つ目はストラスブールでアマン・マリー・ジャック・ド・シャストネ・ド・ピュイセギュール侯爵（一七五一－一八二五）が率いる集団で、パリとリヨン二つの流派を合わせる立場を取り、磁気療法士の主導的役割を重視しつつ、患者の催眠状態こそ治療的価値があると見なした。侯爵は弟のシャストネ伯爵と共に、領地内の羊飼いの少年が動物磁気催眠術にかかって不思議な催眠状態に陥り、命令に従って立ち上がったり歩いたり話をするのを発見した後、メスメリズムを用いて異常な効果を生み出す方法を習得して、バイヨンヌで大規模な動物磁気催眠術の実演を行った[14]（一七八四）。するとストックホルムのスヴェーデンボリ注釈・博愛協会がストラスブールのメスマー主義者たちに長文の書簡と学説の小冊子を送ってきて（一七八七）、両協会は互いの小冊子を配布し合い協力関係を結んだ。[15] それぞれの信奉者にとってスヴェーデンボリの教えとメスメリズムには相通ずるものがあるようだ。

ドイツ語圏でも医師たちはメスメリズムをいかがわしいものと見なし、初めて療法を実践したのは素人のラファーターだった。彼はストラスブールでカリオストロ伯爵に接触を図るなど不可思議に熱狂する性分であり、病気の妻にメスメリズムの治療を施して（一七八五）、その効果に驚喜し、知人たちに手紙を送った。[16] その影響は三ヶ所、カールスルーエとブレーメン、ベルリンに現れた。

カールスルーエはバーデン辺境伯カール・フリードリヒ（一七二八－一八一一）の宮廷都市であり、

故辺境伯妃カロリーネ・ルイーゼ（一七二三‐八三）が語学と芸術の才能に恵まれ自然科学への造詣が深かったため、宮廷は学問と芸術の中心になっていた。辺境伯はメスメリズムの効果を検証するべくストラスブールに数名の学者を派遣し、そのうちの一人ヨハン・ローレンツ・ベックマン（一七四一‐一八〇二）はメスメリズムに感銘を受け、メスマーの二度のカールスルーエ訪問（一七八七／八八）を経てメスマーの方法に則った治療を行うようになった。その後五人の医師がメスメリズムを批判する報告を辺境伯に提出しても（一七八八）、辺境伯は息子と共にメスメリズムを支持し続けた。[17]

ラファーターはブレーメンに滞在中（一七八六年六‐七月）、一八歳になる商人の娘にメスメリズムの治療を施し、この娘の主治医アーノルト・ヴィーンホルト（一七四九‐一八〇四）と仲間の医師ハインリヒ・ヴィルヘルム・オルベルス（一七五八‐一八四〇）とゲオルク・ヴィッカー（一七五四‐一八二三）がメスメリズムを信奉するようになった。彼らは『低地ドイツのための磁気療法雑誌』（一七八七‐九〇）を発行し、[18]ヴィーンホルトは亡くなるまでメスメリズムの治療に従事した。

他方、ベルリンでは『ベルリン月報』がラファーターのメスメリズム礼賛を非難するキャンペーンを開始したのだが（一七八五‐八八）、一七八九年に突如メスメリズム支持へ転向する。それは不可思議に強い関心を持つフリードリヒ・ヴィルヘルム二世が即位したためであった。その後、フリードリヒ・ヴィルヘルム三世付きの医師クリスティアン・ヴィルヘルム・フーフェラント（一七六二‐一八三六）がメスメリズムを支持し、フランスとの闘いに敗れたプロイセンの宮廷がケーニヒスベルクへ逃れたとき（一八〇六）、メーメルに随行したフーフェラントは、ケーニヒスベルク大学でメスメリズムの講義を行っている。宮廷がベルリンに戻ると（一八〇九）、王は新設のベルリン大学にメスメリズムの講座を開講するよう命じたのである[19]（一八一二）。

メスメリズムの影響に関してラファーターとは別のルートもあった。ハイルブロンの医師エバーハルト・グメリン（一七五一－一八〇九）はテュービンゲンの医師クリスティアン・フリードリヒ・ロイス（一七四五－一八一三）が執筆したヘルとメスマーの磁石治療に関する本（一七七八）を読んでメスメリズムを知り、一七八七－九〇年にこれを実践して、その成果を四冊本にまとめた。その影響は、たとえばシラーが一七九三年八月、故郷を訪問する旅の途中でグメリンを訪ねたことに見て取れる。シラーはケルナーに宛てた八月二七日付の手紙の中で次のように述べる。「グメリンは非常に陽気で悟性的な医師だと思います。彼はまだ磁気療法に強く惹きつけられていますが、もうほとんど、いやまったく磁気療法を行っていません。私がこの件に関して彼と話した僅かな会話から判断しますと、私の関心は増すというより減ります。グメリンは少なくとも自己欺瞞を超越するような人間ではありません。彼の磁気療法の宣伝は不可思議への傾向が強すぎるように思われます。ここハイルブロンでは非常に多くの理性的な人々がグメリンの友人でありながら疑念を抱いています。ですが私はこの件に関してまだ判断できませんし、するつもりもありません[20]」。元軍医のシラーはグメリンの人柄を評価したが、メスメリズムを認めなかった。

その後、自然哲学者ゴットヒルフ・ハインリヒ・フォン・シューベルト（一七八〇－一八六〇）がドレスデンで行った連続講演（一八〇七／〇八）の中でグメリンの症例を紹介し、医師にして文学者のダーフィト・フェルディナント・コレフ（一七八三－一八五一）が医学と文学の両分野でメスメリズムを広めた。二人の経歴を踏まえてメスメリズムが広まる経緯を確かめよう。

シューベルトはザクセン公国のホーンシュタインの牧師の家に生まれ、ヴァイマルのギムナジウムに通った後、ライプツィヒで神学と医学を（一七九九）、イエナで医学を学び（一八〇一）、医師として開業した（一八〇三）。彼は文学活動に勤しみ、医師の仕事を辞めて（一八〇五）、フライベルクの鉱山学校でヴェルナーに学び（一八〇五／〇六）、ドレスデンに拠点を移し、画家フリードリヒやアウグスト・ヴィルヘルム・シュレーゲル、クライストと知りあった（一八〇六）。彼は一八〇七／〇八年の冬に行った連続講演を『自然科学の夜の側面の観察』[21]（一八〇八）に纏めた。それは、人間と自然に対する関係（第二講演）、文化の興亡（第三－五講演）、惑星（第六講演）、無機物（第七講演）、有機物（第八講演）、植物（第九講演）、動物（第一〇講演）、哺乳類（第一一講演）を扱った後、第一二講演「現段階の存在内でまどろむ未来の存在の諸力について」、メスメリズムを扱う第一三講演「動物磁気とそれに類するいくつかの現象について」があり、第一四講演で締めくくられる。彼は一一回までの講演で「自然」の昼の側面を、一二・一三回で「自然の夜の側面」を扱い、「未来の存在の諸力」や「動物磁気」は、目に見える自然の事物と連続性を持ち、現段階で認知されていないがいずれ顕在化すると考えていた。惑星から無機物にいたる森羅万象が調和するという彼の考えは、万物照応の伝統的な自然観を受け継いでいる。

コレフはブレスラウ（現ポーランドのヴロツワフ）のユダヤ人医師である父ヨアヒム・サロモン・コレフ（一七三二－一八〇五）からメスメリズムについて聞いており、ハレ大学で医学を学んだ後、ベルリンで医師として開業する傍ら、文学サークル「北極星同盟」に加わった（一八〇三）。仲間の一人ヒッツィヒとは遠縁にあたる。その後、ハレ大学で博士号を取得して（一八〇四）、パリに移住し医師として開業した（一八〇五）。コレフはイタリアとスイスを旅行した際に（一八一一－一三）、旧知のスタール夫人をコペに訪ね、ここでアウグスト・ヴィルヘルム・シュレーゲルに磁気治療を施した。スタール夫人は『ドイツ論』（一八一〇）の中で「偉大な才能を持つ若い医師コレフの、生の原理、死の働き、狂気の原因についてのまったく新しい考えは、聞いた人皆の注目を集めている」[22]と褒めている。コレフはベルリンのアカデミーが行ったメスメリズムを検証するメンバーの一人であり（一八一二）、一八一三年末にウィーンに移るとヴィルヘルム・フォン・フンボルトの妻の信頼を得てフンボルト家の主治医になり、フンボルトの紹介によりウィーン会議（一八一四－一五）の折にプロイセン宰相ハルデンベルクに治療を施した。[23]この治療を成功させハルデンベルクの信頼を得た彼は、ベルリン大学の生理学正教授のポストと、国家顧問官、新設のボン大学の創立委員の地位を得た。ベルリンでは「ゼラーピオン兄弟」サークルに加わり、ホフマンにメスメリズムを教え、[24]パリに移った後（一八二三）、ホフマンの作品をフランスに紹介し、ノディエ、ユゴー、バルザック、スタンダール、ドラクロワ、シャトーブリヤンなどに幻想の素材を提供し、ハイネをパリの文壇に紹介した。[25]彼はアレクサンドル・デュマ・フィスの『椿姫』（一八四八）のモデル、マリー・デュプレシ（一八二四－四七）の主治医でもあった。

メスメリズムは科学的に証明されないが、患者の心理に効果を及ぼし、身体の回復に繋がることもあった。この不思議議な効果が医学の範疇を超えて人間の精神領域に波及するとき、メスメリズムは文学的テーマとなる。詩人のなかでもホフマンとクライストがメスメリズムに強い関心を持ち、第1章第5節で考察したホフマンの歌姫と父親との関係にもメスメリズムの影響が見られる。ホフマンにおけるメスメリズムは第4節の人形に関連づけて考察することにして、ここではクライストの場合を見ておこう。

3－2．クライスト『ハイルブロンのケートヒェン』

クライストはドレスデンでシューベルトと知り合い、マインツ在住の友人からもグメリンの著書について聞いており、[26] 戯曲『ハイルブロンのケートヒェン』にメスメリズム患者の症例を複数応用した。彼はメスメリズムのどのような面に関心を持ったのだろうか。

ハインリヒ・フォン・クライスト（一七七七－一八一一）はフランクフルト・アン・デア・オーダーにヨアヒム・フリードリヒ・フォン・クライストとユリアーネ・ウルリケの長男として生まれた。クライスト家は軍人を輩出するプロイセンの貴族で、一家の習わしに従い、ハインリヒは従兄弟と共にベルリンのフランス人ギムナジウムで教育を受けた。その後軍隊に七年ほど在籍し（一七九二－九九）、フランクフルト大学に三学期通い（一七九九－一八〇〇）、フランスやスイス、ドイツを行き来した。彼はパリでヴィルヘルム・フォン・フンボルトと知り合い（一八〇一）、スイス滞在中に処女作の戯曲『シュロッフェンシュタイン家』を匿名で出版し（一八〇二）、一八〇三年の前半はドイツ、一〇月から半年ほどパリに滞在した後ドイツに戻り、コーエン家のサロンでファルンファーゲンやシャミッソーと知り合い（一八〇四）、ケーニヒスベルクで官僚になるための職業訓練を受ける間も（一八〇五）戯曲を執筆した。友人たちとドレスデンに向かった彼はベルリンでスパイ容疑で逮捕され（一八〇七年一月）、抑留中の三月、喜劇『アンフィトリオン』を出版した。釈放後の八月末に彼はドレスデンに到着し、アダム・ミュラーやシューベ

図39　ハインリヒ・フォン・クライスト

ルトと知り合い、一八〇八年一月にミュラーと共に月刊誌『フェーブス』を刊行し、ここに自分の短編小説や戯曲を載せたが、この雑誌は一八〇九年三月に廃刊となった。そして一八一〇年四月にラーエル・レヴィン（後のファルンファーゲン）と知り合い、同年一〇月『ベルリン夕刊新聞』をヒッツィヒの出版社から刊行する。この新聞は日曜を除く毎日四頁程度の分量で、娯楽や警察発表などの記事とクライストの文学エッセイとを載せた（一八一〇年一〇月一日－一八一一年三月三〇日）。経済的事情によりヒッツィヒの出版社が刊行できなくなると、クライストはアウグスト・クーンの出版社に出版元を移し、検閲の煽りを受けると、自ら宰相ハルデンベルクや枢密顧問官ラウマーに公的援助を掛け合ったが、一八一一年三月三〇日の最終号でこの新聞は廃刊となった。同年八月に短篇集を出版したが、余命宣告を受けていた癌患者と知り合って、一八一一年一一月二一日、クライストは彼女と心中した。[27]

クライストの戯曲『ハイルブロンのケートヒェン、あるいは炎の試練　歴史的騎士大劇』（一八一〇年三月一七日ウィーン初演）は全五幕から成り、ケートヒェン誘拐の疑いにより秘密裁判《フェーメ》[28]に召喚されたシュタール・フォン・ヴェッター伯爵が、釈明を行い放免される場面で幕が開く。第二幕で伯爵は所領を巡る戦いに巻き込まれ、宿敵クニグンデ姫と出会い、二人は婚約する。第三幕でクニグンデの城が敵に奇襲されるが、ケートヒェンがその計画を予め知らせたため撃退に成功する。第四幕で一行は伯爵の城に移り、伯爵はケートヒェンから夢の話を聞き、ケートヒェンは入浴中のクニグンデの姿を見て驚愕し、クニグンデはケートヒェン暗殺を企む。そして第五幕で伯爵とケートヒェンが結婚して幕が下りる。作品内で描かれる出来事にはどこか奇妙で、一つ一つの出来事は合理的に説明がつかず、ハッピーエンドは唐突である。作品に底流する奇妙さは物語が始まる前の出来事に端を発する。一年半前の大晦日の晩、シュタール・フォン・ヴェッター伯爵とケートヒェンは同じ夢を見た。病床の伯爵は天使から大晦日の晩に未来の花嫁に会わせると約束されており、当日、彼は仮死状態から正気に返ると、花嫁のところへ行ってきたと周囲に語る。同じ晩ケートヒェンは花婿となる騎士が天使に連れられてくる夢を見ていた。その後しばらく経って伯爵が偶然にケートヒェンの父の鍛冶屋に立ち寄り、ケートヒェンは伯爵の後ろ姿を見送りながら窓から落ちた。そして彼女は病床から起き上がると伯爵を追い回した。面識のない二人が同じ夢を見た後知り合う図式を、メスメリズムに関連づけて読み解こう。クライストはグメリンの患者の特徴を織り込んでケートヒェンを造形し[29]、伯爵の名前ヴェッター・フォン・シュトラール（Wetter von Strahl）に「稲妻（Wetterstrahl）」の意味を含ませている。シューベルトが磁気と光とを同類視したことを考慮すると、伯爵が失神という仮死を経て磁気を発する存在へ生まれ変わったと考えられる。すなわち、ケートヒェンは大晦日の夢の中で伯爵と時空間を共有し、彼の磁気を浴びた結果、磁気催眠の状態に陥り、後日鍛冶屋に立ち寄った伯爵が彼女の額に別れの挨拶のキスをしたときに、二人の間にラポール（繋がり）が確立し、彼女は立ち去る伯爵に引き摺られて窓から落ちたということになる。その後彼女が高熱を出して床についたのは一種の仮死状態であり、伯爵を追い回す彼女は伯爵の磁気に操られるようであり、ケートヒェンは伯爵によって遠隔操作されていると考えられる。彼女は伯爵に付いて回る理由を尋ねられても、「用事がありますので」[30]、「何をお尋ねですか？　ご存じのくせに！」[31]と答えるだけで、自分が伯爵を追いかける理由を知らず、伯爵に操られているとは思わない。伯爵もまた自分が彼女を操っていることに気づかず、磁気療法士の立場に無自覚だ。だが彼は城の庭園で昼寝中のケートヒェンを腕に抱きかかえて話しかけるとき、磁気療法士さながらの振る舞いを見せる。

フォン・シュトラール伯爵　お前は私に本当によくしてくれる。

ケートヒェン　もちろんです！　心から。

フォン・シュトラール伯爵　だが私は——お前はどう考える？
　私は違う。

ケートヒェン　（微笑んで）まあ、いたずらっこ！

フォン・シュトラール伯爵　何、いたずらっこだって！　私の望みは？

ケートヒェン　おっしゃって！
　そう、甲虫《かぶとむし》のようにあなたは私に恋い焦がれています。

フォン・シュトラール伯爵　甲虫だって！　なに！　私が思うに、お前は？

ケートヒェン　何をおっしゃるの？

フォン・シュトラール伯爵　（溜息をつく）
　お前の信念は塔のように堅固だ！
　まあよい！　私は従おう。だがケートヒェン、
　もしお前が私に言う通りだとしたら……

ケートヒェン　そうしたら？　何がお望みですか？

フォン・シュトラール伯爵　話しておくれ、これから何が起きるのか？

ケートヒェン　これから何が起きるのかですか？

フォン・シュトラール伯爵　そう！　お前はもう考えてあるだろう？
ケートヒェン　これまでもこれからも。
フォン・シュトラール伯爵　それはどういうことか？
ケートヒェン　年明けの復活祭にあなたは私を娶ります。[32]

シュトラール伯爵がケートヒェンの献身の理由を探ると、普段無口な彼女は伯爵を「いたずらっこ」と呼び、「あなたは私に恋い焦がれています」と饒舌に言ってのける。しかも彼女は伯爵を「甲虫《かぶとむし》」に喩えて、雄が本能的に雌を求める様子と伯爵の自分への態度を同一視し、伯爵との結婚を宣言する。ここで伯爵がケートヒェンの意識しないことまで聞き出したのは、彼が両手で彼女の身体に触れラポールを築いて問答を行ったからである。そのため彼女は続けて大晦日の夕方に行った鉛占いとその晩の夢について語り、伯爵は彼女の夢と自分の夢が符合することに気づく。そして伯爵が彼女の身体を放すと、彼女は目を覚まし、問答は終了する。もしも二人が夢の中でメスメリズム的関係を結び、ケートヒェンの奇怪な振る舞いが磁気療法によるならば、二人の結婚をハッピーエンドと見なしてよいだろうか。二人の恋路を邪魔するクニグンデの姿にクライストの批判的なまなざしを読み取って、ケートヒェンの言動を検討しよう。

クニグンデはシュトラール家の隣国トゥルネックの領主であり、絶世の美女との誉れが高い。だが彼女は、ケートヒェンが入浴中の彼女を見て震え上がり、伯爵が化粧前の彼女を見て彼女とはわからなかったという容姿を持つ。水浴中の美女が異形の姿を覗き見られることと、狙いを定めた相手との結婚に邁進することを考え合わせると、クニグンデは一種の水の精とも言え、ケートヒェンが彼女を「怪物[33]」と見なすのも無理はない[34]。事実「彼女の歯はミュンヒェン娘のもの、彼女の髪はフランス製、彼女の頬の健康さはハンガリーの鉱山に由来し、君たちが彼女を見て感嘆するあの体つきは、鍛冶屋がスウェーデンの鉄で製作した肌着のおかげ[35]」と記され、彼女は複数の身体を組み合わせ、化粧という技を駆使して美を作り上げている。一六世紀には化粧品に含まれる有毒な鉛のせいで、遊女も王族の女性も化粧をしすぎて、息が臭く、歯が黒ずんだあげくに抜けて、肌はしわしわになり乾燥して黒ずんだとの記録があり[36]、元軍人のクライストは外科手術の縫合を念頭に置いてクニグンデをモザイク的容貌の美女としたのだろう。領地経営に尽力し、化粧により外見を作り上げて男性たちを誘惑する術に長けたクニグンデを「技巧／技術」の人とすれば、「優美」とのみ表現されるケートヒェンは「自然」な人となる。

クニグンデとケートヒェンは、隣地の男性と婚約したこと[37]、伯爵を秘密裁判や戦場に引き出した末に婚約すること、毒殺の疑いを掛けられることなど共通点を持っているが、作品名にもなる炎の試練において対照的な立場にある。二人はクニグンデのトゥルネック城で始めて顔を合わせ、クニグンデが伯爵の肖像画を収めた箱を炎上する城から持ってきたいと言うと、ケートヒェンは炎の中に飛び込んで、肖像画のみを持ち帰る。危険を顧みず炎の中に飛び込むケートヒェンの姿は磁気療法士に操られる患者そのものである。だが不可解なことに、クニグンデはケートヒェンを叱り飛ばした。というのも、クニグンデは箱の中に土地の書類を保管しており、自分の所望した「文字」の代わりにケートヒェンが「絵」を持ってきたからである[38]。技術や文字を用いるクニグンデが合理性を代表するのに対し、ケートヒェンは夢うつつの状態で「絵／イメージ」の世界に微睡んでいる[39]。二人をそれぞれ合理性と非合理性の体現者と捉えると、この試練では「絵／イメージ」が救い出され、[40] 非合理性が優先された。その後クニグンデはケートヒェンに正体を見られたことを知り毒殺を企てるが、伯爵とケートヒェンの結婚式の場で彼女は罰せられない。それはクニグンデとケートヒェンが合理性と非合理性として補完し合うためと考えられる。さらに作品末でケートヒェンが皇帝の証言により皇帝の落胤と判明して伯爵の花嫁になるのは、[41] 非合理性が合理性に補われることでもある。つまり合理性と非合理性は互いを排除して存続できず、敵役クニグンデも必要悪なのだ。だが主人公の結婚という大団円を締めくくる最後の台詞が奇妙である。

（鐘の音）

クニグンデ　ペスト、死、復讐！　お前たちは私が受けた辱めの報いを受けるだろう。

（随員とともに退場）

フォン・シュトラール伯爵　毒殺女め！[42]

花嫁の座を奪われたクニグンデは捨て台詞を吐いて退場する。伯爵は彼女の呪詛の言葉を「毒殺女」の戯言と見なすが、彼女の台詞は伯爵の幸福に暗雲が立ちこめることを示す。これまで彼はケートヒェンを邪険に扱う一方で、無意識のうちに彼女を遠隔操作してきたのだが、神に花嫁を選んでもらい、選ばれた者と自認した今、その支配をケートヒェンのみならず領民に広げると予測される。そもそも伯爵は作品冒頭でケートヒェンを拐かした廉で秘密裁判に掛けられており、民衆から死を宣告される危機的な状況にあった。だが作品末で彼が領民を完全に掌握する未来が仄めかされ、期せずして彼は立場を逆転させ、今度はケートヒェンと領民たちが「報いを受ける」ことになる。

『ハイルブロンのケートヒェン』は初演以来、「一九世紀の人気劇の一つ」[43]になった。劇団はこの戯曲を自由に演出でき、[44]恋する相手に献身的に尽くすケートヒェンは男性の理想を投影した女性像として看板女優の当たり役になり、中世を舞台としたメルヒェン風の舞台は観客に受容されやすかったからである。クライストの作品の主人公の多くは激情に駆られた行動に出て、読者や観客に直接的な恐怖を与えるが、この作品は主人公の結婚という大団円で締めくくられる。だがクニグンデの呪詛の言葉は、シュトラール伯爵が今後無制限にその力を発揮し、ケートヒェンや領民たちが彼の無意識の願望を叶える駒と化す未来図を仄めかす。クライストはメスメリズムにヒントを得て、人間が意識せずに別の人間を操る関係を描いた。伯爵とケートヒェンは幸福を叶えたように見えるが、ここには他者を操って自分の欲望を叶える傾向が底流しており、伯爵が無自覚なために、支配構造は留まることなく広がっていく。クライストは無自覚の支配という恐怖を陰画的に浮かび上がらせて、読者や観客に不可思議な印象を抱かせたのである。

無自覚の磁気療法士＝シュトラール伯爵の支配において、磁気療法士に操られる人間は、自分の意思を持たない点で人形と変わらない。シャミッソーの『ペーター・シュレミールの不思議な物語』のヨーン氏、すなわち悪魔に魂を売って人形と化したあの大富豪を思い起こせば、悪魔に操られる人間は人形と変わらないという考えがシャミッソーにも共通することに気付く。それでは、人間が人間たる理由はどこにあるのか。一八世紀後半は人間そっくりな人形に関心が寄せられた時期でもあった。この時期に流行した蠟人形、操り人形、自動人形を概観して、クライストとホフマンの人形観を見ていこう。

4. 人形

4―1. 蠟人形

大きさと見た目が人間にそっくりな人形として最初に思い浮かぶのは蠟人形である。中世以降、カトリック文化圏には信仰の証として蠟人形を教会に奉納する習わしがあり[1]、等身大の蠟人形だけでなく、人間の身体部位を蠟で象ったものも奉納された。蠟で人間を象る技術が受け継がれ、蠟人形は宗教の領域を越えて医学の分野にも導入される。すなわち、一七世紀に大学に解剖学劇場が設置され、人間の身体への関心が増すなか、解剖学の分野で蠟製の身体模型が用いられたのである。こうした人間の身体部位の模型はフランス語の動詞「鋳造する／型を取る（mouler）」に基づき「ムラージュ（Moulage）」と呼ばれる。

フィリップ・ヴィルヘルム・マティアス・クルティウス（一七三七―九四）はムラージュ制作の腕で名を上げ、蠟人形を見世物にした立役者である。彼はドイツのボーデン湖近くの村シュトックアハに生まれ、ライン川沿いのビンゲンで商人としての修行を積み、ストラスブールへ移住し、グロースホルツ夫妻と知り合った。娘マリー誕生の経緯を巡ってトラブルになったらしく、彼はスイスのベルンへ移ってムラージュを制作し、一七六〇年に展示室を開いた。彼は後に医師と称したが、ベルン大学に学籍登録した形跡はなく、ムラージュを医師に売っていただけと考えられる。当時ムラージュはポルノグラフィーとしても流通・愛好されており、おそらくこの方面からクルティウスの評判を聞きつけたのだろう、フランスのコンティ公（一七一七–七六）が工房を訪れ、一七六六年、クルティウスをパリに招聘した。[2]コンティ公はルイ十五世のいとこで、芸術・学問のパトロンとして名を馳せており、パリ中心地にあるサントノレ通りの館をクルティウスに提供した。ここは蠟人形を制作する工房と展示場にしてクルティウスの住居を兼ね、コンティ公に関係の深い芸術家や思想家たちが晩餐に集い、マダム・タッソー言うところの「フランスで最も才能ある男たちのリゾート地」[3]になった。訪問客にはヴォルテール、ルソー、ベンジャミン・フランクリン、ラ・ファイエットがいたという。クルティウスは蠟の配合を工夫し、ガラス製の目玉と人工の歯、毛髪（人毛か馬の毛）を用いて等身大の蠟人形を制作し、[4]彼の作品は従来の蠟人形とは一線を画す出来映えであった。特に「眠れる美女」と銘打つ、ルイ一五世の寵姫デュ・バリー夫人をモデルにした蠟人形（一七六五）は評判を呼んだ。彼はクレオパトラやソクラテスといった歴史上の人物から同時代の貴族たちまで数多くの蠟人形を制作・展示し、パレ・ロワイヤルの近くで「蠟人形サロン」を開き（一七七〇）、次いでタンプル通りにも展示場を開いて、こちらには犯罪者の蠟人形を展示した（一七八二）。彼の展示場には評判を聞きつけたヨーロッパの王族たちも多数訪問した。[5]革命が始まり、パリで民衆が蜂起した際にクルティウスの工房から財務総監ネッケルとオルレアン公の胸像が持ち出されて練り歩きの先頭に掲げられ（一七八九）、蠟人形は政治的機能を担うものになった。タンプル通りの展示場には、革命の一場面の再現や時の人になった政治家たちの蠟人形が飾られた。クルティウスは当初貴族と強い繋がりを持っていたが、ジャコバン派に入り、彼の晩餐にはロベスピエールやマラーも顔を出したという。「ドイツ人」クルティウスはキュスティーヌ将軍の愛国心を評価する役割を担ったドイツ語通訳としてマインツへ赴き、マインツ共和国の成立と瓦解を経験する[6]（一七九三―九四）。ここで病を得た彼はパリに戻ったが、まもなくして死去した。

クルティウスの跡を継いだのは娘のマリー・グロースホルツ（一七六一―一八五〇）である。[7] マリーの戸籍上の父はヨハン・ヨーゼフ・グロースホルツといい、七年戦争に出兵して、マリーが生まれる二ヶ月前に戦死しており、マリーはクルティウスを伯父と呼んだが、クルティウスはストラスブールにいるマリーとその母をパリに呼び寄せて一緒に暮らし、マリーに全財産を残しており、こうした事情を考慮すると、実の父親であったと推測されるのである。彼女の回想録（一八三八）によれば、彼女はクルティウスから蠟細工の技を学び、ルイ十六世の妹エリーザベト王女（一七六四―九四）の蠟細工の師匠としてヴェルサイユ宮殿で暮らしたという。当時、花や果物の蠟細工作りが流行し、エリーザベト王女も蠟細工を趣味にしていた。[8] 革命の気運が高まるなか、マリーはパリに戻ったが、クルティウスがマインツにいる間、隣人の讒言により王党派として牢に入れられ、ここでジョゼフィーヌ・ボアルネ、後のナポレオン夫人に出会ったという。[9] まもなく釈放された彼女は結婚

図40　クルティウスの蠟人形サロン

して（一七九五）、パリの展示場を夫タッソーに任せ（一八〇二）、イギリスで蠟人形の興行を行った。英仏間の戦争ゆえパリに戻れなくなった彼女はイギリスで巡回興行を続け、後年ロンドンにマダム・タッソー館を開いた（一八三五）。

革命下のパリで蠟人形が政治的に利用されたのは、蠟人形が人間の肖像としての機能を担ったためである。蠟で等身大の人間を形作って色づけを施し、モデルと同じ髪や服装を付ければ、人形は人間の生き写しになる。蠟人形は存在そのものが驚異であり、クルティウスとタッソーによりフランスで政治的機能を得た後、イギリスで歴史的場面を再現する役割を担った。ドイツ語圏ではベルリン（一八六九–一九二二）、次いでハンブルク（一八七九）に蠟人形館が建てられる。蠟人形興行の立役者がドイツ人であった事実は、ドイツ語圏で人形に高い関心が寄せられた一端を示している。

4–2．操り人形

一八世紀後半のドイツ語圏の子供達にとって最高のスペクタクルは人形劇だった。後年ゲーテやティークが子供時代に夢中になったと回顧するのは、操り人形、すなわち頭や手足に取り付けられた糸で操られて動く人形である。一般に人形劇は子供向けと考えられ、それゆえクライストが一八一〇年一二月一二日から一五日の『ベルリン夕刊新聞』に載せたエッセイ『マリオネット劇場について』において、バレエのプリンシパルC氏がマリオネット劇場に足繁く通うのは奇妙に見える。語り手がその理由を尋ねると、C氏は「優美さ」を宿すマリオネットの動きを学ぶためと答える。

彼は言った。どの動きも重心を一つ持ちます。人形内部の重心を制御すれば、それで充分でしょう。手足は振り子に他なりませんし、何らの助けもなく機械的に自ずと動きます。[10]

C氏はマリオネットの動きを優美と見なし、最も優美に見える手足は重心の作用を受けて「振り子」のように「機械的に」動いただけだと言う。マリオネットの重心を制御するのは操り手である。

重心の描く線はもちろん非常に単純で、多くの場合、私が思うところ、真っ直ぐでしょう。線が曲がる場合も、曲線は少なくとも放物線あるいはせいぜい二次曲線のようです。後者の場合、動きの形が人間の身体の先端にとって自然な形になるのは楕円のみであり、（関節のせいです）操り手が敢えて歪めることはありません。

この線に戻って別の側から見ると、何か非常に秘密めいています。この線が踊り手の魂の軌跡に他ならないからでしょう。愚考しますに、操り手がマリオネットの重心に身を置き、つまり踊ることにより、この線は見いだされうるのではありませんか。[11]

C氏曰く、踊り手の身体の「重心の描く線」は大抵「真っ直ぐ」であり、曲がる場合も一般的な楕円軌道を描く程度であって、操り手の意思は働かない。もちろん人形は操られているだけだが、「重心の描く線」は「踊り手の魂の軌跡」と言われる。マリオネットの「魂」は身体の「重心」にあり、操り手はマリオネットの「重心」すなわち「魂」に「身を置き」「踊る」。この操作はメスメリズムの療法士の遠隔操作と同じである。C氏は操作を受けて機械的に動く手足が「優美」に見えると言い、自分の所作を意識しすぎて優美さを失った若者の話やフェンシングの技を駆使しても熊に適わなかった自分の話を続けて、こう締めくくる。

有機的世界において反省が暗く弱くなればそれだけ、優美さはますます輝き支配的になるようです。——けれども、二本の線が片側の一点で交わり無限を通り抜けてもう一方の側に突如現れるように、無限へと離れていった凹面鏡の像が突然はっきりと私たちの前に現れるように、認識がいわば無限を通って到達したときに優美さが再び現れます。こうして優美さが、意識を全く持たないか無限の意識を持つ人間の身体構造に同時に、すなわちマリオネットあるいは神の中に最も純粋に現れます。[12]

ここでは「反省」と「優美さ」とが対概念になる。C氏に褒められて優美さを意識しすぎた若者、フェンシングで相手を倒そうと気負うC氏は「反省」ないしは熟考の側にあり、「優美さ」は人間が気負わないときに現れ、「反省」よりも優勢である。「反省」の線と「優美さ」の線とが交差して「無限」を通り抜け、「反省」が「優美さ」に、「優美さ」が「反省」に変わるとは、また凹面鏡で「無限へと離れていった」はずの像が突然目の前に現れるとは、対のものの反転を意味する。鏡の比喩を引き出すべく用いられた語「反省」すなわち反射（Reflexion）はさらに「認識」と言い換えられ、「認識」が「無限」を経て「優美さ」に至るという具合に、C氏は繰り返し反転のメカニズムを説明する。反転を可能にするのは「無限」であり、三度用いられるこの語は「有機的世界」と対比して理解すべきであろう。C氏は「意識を全く持たない」身体をマリオネット、「無限の意識を持つ」身体を神と表現し、「優美さ」が最も純粋に現象するのはこの二つであると言う。人間が

「優美さ」を確認できるのはマリオネットの身体であり、そのため彼はマリオネット劇場に通うのだ。

マリオネットと操り手の関係は、メスメリズムにおける患者と磁気療法士の関係に相当し、クライストはこれを被造物である人間と超越的存在との関係に敷衍した。『ハイルブロンのケートヒェン』と『マリオネット劇場について』はクライスト晩年の作品であり、彼はそれ以上この関係を追究しなかった。クライストの知人でもあったホフマンは『ハイルブロンのケートヒェン』を気に入り、またヒッツィヒ宛ての一八一二年七月一日付の手紙で『マリオネット劇場について』を高く評価し[13]、自らの作品『劇場監督の奇妙な悩み』(一八一八)の中で俳優、台本、観客、批評に纏わる悩みを解消するものとしてマリオネット劇の箱を指し示した[14]。そして彼自身は自動人形に即して人形のテーマを追っていく。

4-3. 自動人形

ホフマンは人形をテーマにして短篇小説『自動人形』と『砂男』(一八一五)を執筆した。その背景には一八世紀のヨーロッパで人間そっくりの外観をして内部の機械装置で動く精巧な自動人形が制作・展示されたことがある。具体例を見ておこう。

フランスのジャック・ド・ヴォーカンソン(一七〇九-八二)は一二のレパートリーを持つフルート弾き(一七三七)、タンバリン弾き、飲食・消化・排泄をするアヒルの自動人形(一七三八)を作った(図41)。アヒルは実物大で本物同様のあらゆる動作をこなし、骨や翼も解剖学的に精確に作られていた[15]。フリードリヒ二世はヴォルテールからこの話を聞きヴォーカンソンをプロイセンの宮廷に招聘したが断られたという（一七四〇）。ヴォーカンソンが三体の自動人形を売った（一七四三）後、これらの自動人形はヨーロッパを巡回展示され、持ち主によりニュルンベルクで質に入れられ（一七五五）、表舞台から消えた。その後三体の自動人形はフリードリヒ・ニコライによって発見され（一七八〇）、ヘルムシュテット大学の学者ゴットフリート・クリストフ・バイライス（一七三〇－一八〇九）により買い取られ展示された。ゲーテ（一八〇五）とアルニム（一八〇六）がそれぞれこれらを見物している。[16] その後同地を占領したフランス政府に三体の自動人形は売り渡された（一八〇八）。

図41　ヴォーカンソンの自動人形

図42　ジャケ・ドローの自動人形

スイスの時計職人ピエール・ジャケ・ドロー(一七二一－九〇)はオルガンを演奏する娘、書記の少年、画家の少年の自動人形を制作した(図42)(一七七〇)。これらはどれも七〇センチメートルほどの大きさであり、パリやロンドンで展示され、リヒテンベルクが『ゲッティンゲン・カレンダー』にジャケ・ドロー家の自動人形に関する記事を載せたことによりドイツ語圏に知れ渡った。[17]

また、ドイツの時計職人ペーター・キンツィング(一七四五－一八一六)が機械装置を、家具職人ダーフィト・レントゲン(一七四三－一八〇七)が外観を手がけた合作の自動人形ティンパロン弾き(図43)(一七八四)はフランス王妃マリー・アントワネットに献上された(一七八五)。女性演奏家の人形は高さ四五センチメートル、王妃に似た容姿で、王妃お気に入りの作曲家グルックのアリアを奏でたという。オルガンやティンパロンを弾く人形たちは目や頭を動かし、自分の指使いを確認し、うなずき、呼吸やお辞儀もして、[18]人間そっくりに振る舞い、見物人を驚嘆させた。

図43　ペーター・キンツィングおよびダーフィト・レントゲンによる自動人形

さて、自動人形が人気を博すと偽物も登場する。最も有名な偽の自動人形がチェスを指す自動人形「トルコ人」であり、ヴォルフガング・フォン・ケンペレン[19](一七三四－一八〇四)によりウィーンで制作された(図44)(一七六九)。これは長さ一・二メートル、幅六〇センチメートル、高さ九〇センチメートルのチェス盤の中に人間が入り、この人間が駒の底に貼り付けられた磁石により駒の置かれた場所を把握してゲームをする仕掛け

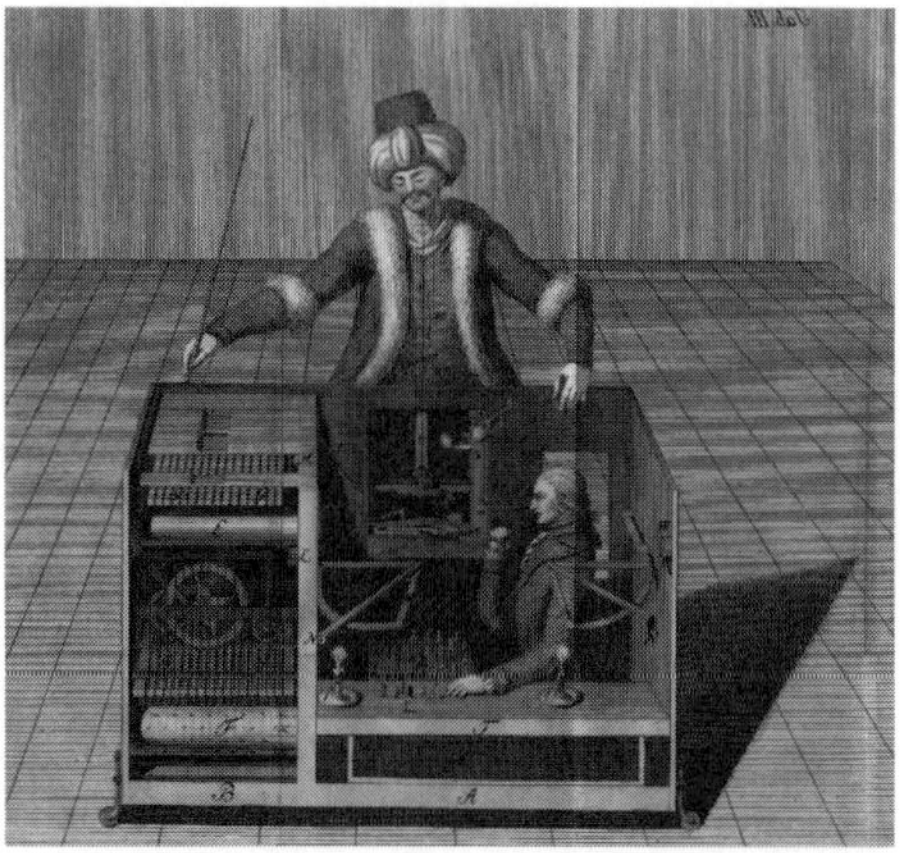

図44　ヴォルフガング・フォン・ケンペレンの「トルコ人」

で、インチキだった。[20]「トルコ人」は一七八〇年代前半にウィーン、パリ、ロンドンを回り、ベルリンでフリードリヒ二世の前で上演された（一七八五）後、ポツダム宮殿に保管された。そしてヨハン・ネポムク・メルツェル（一七七二－一八三八）がケンペレンの息子から「トルコ人」を買い取り（一八〇四）修理・展示して、ナポレオンの義息ウジェーヌ・ド・ボアルネ（一七八一－一八二四）に一旦売却して買い戻した（一八一二－一五）後、パリ、ロンドン、アメリカで興行を行った。アメリカの詩人エドガー・アラン・ポー（一八〇九－四九）はリッチモンドでメルツェルに会い（一八三五）、『メルツェルの将棋差し』（一八三六）の中で自動人形の仕掛けの解明を試みた。「トルコ人」はメルツェルの死後、フィラデルフィアのピール美術館に所蔵されたが、美術館が火災に遭い焼失した（一八五四）。

フランスの軍医ジュリアン・オフレ・ド・ラ・メトリ（一七〇九－五一）が『人間機械論』（一七四七）を著したのは、自動人形が人気を博す時期だった。彼は「人体は自らゼンマイを巻く機械であり、永久運動の生きた見本である。熱が消耗させるものを食物が補って行く。食物がなければ、魂は衰え、かっとなり、力が尽きて死ぬ[21]」と述べ、ヴォーカンソンを「新しいプロメテウス」になぞらえている。彼の見解はカトリックの教義と相容れず、ラ・メトリは亡命先のライデンで『人間機械論』を出版した後、ベルリン科学アカデミー会長モーペルテュイの斡旋によりプロイセンに亡命し（一七四八）、フリードリヒ二世に仕えた。このように一八世紀半ばのヨーロッパで自動人形は驚異として受容され、人間も人形同様に機械仕掛けかもしれないとする考えすら芽生えかけていた。

　さて、ホフマンはダンツィヒの武器庫の展示場で自動人形を初めて見物し[22]（一八〇二）、本を参考に自ら自動人形を作ろうとしたらしい[23]（一八〇三）。彼はその後ドレスデンでフリードリヒ・カウフマン（一七八五－一八六六）の自動人形、トランペット吹き（一八一〇）（図45）を見ている（一八一三）。この自動人形はスペイン風の衣装を纏った身長一六九・五センチの男性の姿で、人間とほぼ同じ技量でトランペットを演奏したという。[24]ホフマンは言葉を話す人形を雑誌で見ていたらしく、メスメリズムに絡めて独自の自動人形を造形する。

図45　フリードリヒ・カウフマンの自動人形

　メスメリズムをテーマとしたホフマンの小説『自動人形』を見よう。ここには二種類の自動人形、トルコ風の衣装を着た自動人形と、楽器を演奏する人形たちが登場する。

　このトルコ人形は、外観からケンペレンの偽自動人形を彷彿とさせ、質問を受けると、質問者だけにわかる謎めいた答えを告げることで耳目を集めていた。主人公のフェルディナントはトルコ人形から自分の質問に対する回答をもらい、自分の秘密が言い当てられたと思う。すると彼の友人ルートヴィヒはカラクリをこう説明する。

回答者が我々の知らない方法で我々に心的影響を与えられるならば、それどころか、我々の気持ちを、我々の内的存在そのものを包み込む精神的ラポールを我々と結びうるならば、たとえ我々の内に存する秘密をはっきりと口に出せなくても、まさにラポールが見知らぬ精神的原理と協働して作り出す脱自の状態で、精神の目に光輝いて明らかなように、我々自身の胸の内にあるものすべてがほのめかされる。[25]

彼によると、トルコ人形が磁気療法士、フェルディナントが患者の立場でラポール（繋がり）を築いていれば、療法士は患者の秘密を言い当てられる。フェルディナントはこのとき初めてトルコ人形を見ており、療法士に相当するのはX教授である。教授はK町で娘を通してフェルディナントとの間にラポールを築いており、教授に操られたトルコ人形が「ほのめかす」だけでフェルディナントの秘密が暴かれたからである。さらにフェルディナントがルートヴィヒに「トルコ人形があの宿命的な言葉を口にしたとき、私には深く響く旋律を耳にしたように思えた」[26]と述べたのは、X教授の娘が夢現のフェルディナントに向かって自分の歌う「音」が彼の胸の中に入り、彼女が彼を見るときにその「音」が「鳴り始める」と言ったことに関連し、彼女の歌声は磁気療法におけるグラス・ハーモニカと同じ役割を果たしていた。つまりX教授はトルコ人形と娘という二つの媒体を介してフェルディナントとラポールを結び彼を操ろうとしたのであった。

その後フェルディナントとルートヴィヒはX教授の家を訪問して、ここに陳列された等身大の自動人形たち、フルートを吹く男とピアノに似た楽器を弾く女、大太鼓とトライアングルを持つ二人の少年を目にするが、自動人形たちの合奏を聴かされると這々の体で逃げ出す。これら自動人形の演奏は、ホフマンが重視する音楽の本質、「遠くの精霊界や我々の高次の存在の予感」[27]とは無縁で聞くに堪えないからである。自動人形はその外観や動作が人間にそっくりであろうとも、音楽演奏を通して自らが機械にすぎないことを露呈したのだ。

ホフマンは『砂男』においても自動人形をテーマにする。主人公ナターナエルの子供時代のトラウマ体験と大学町での出来事、さらに彼の最期を、人形制作という観点から見ていこう。ナターナエルの父は老弁護士コッペリウスと実験を行っており、コッペリウスが来る晩、両親は砂男が来ると言って子供達を寝室に追いやった。北ドイツの民間伝承において砂男は眠りの精を意味し、就寝前の子供の目に砂を撒き、まぶたをくっつけて眠らせるという[28]。だがナターナエルは、砂男が寝ようとしない子供の目玉に砂を投げつけ、飛び出した目玉を奪取し半月の巣で待つ子供の餌にするという話を子守から聞いて恐怖を募らせる。砂男は子供を眠りへ誘う優しい存在から虎視眈々と子供の目玉を狙う怪物へ変貌し、子供の目玉が血まみれで飛び出すイメージはナターナエルの恐怖の源泉になった。

図46　ホフマンの手による『砂男』挿絵

その後、一〇歳になったナターナエルは砂男の正体を突き止めようと、父の書斎に隠れて砂男の到着を待った。

この人〔コッペリウス〕は真っ赤に熱したやっとこを振り上げ、これでピカッと輝く塊を濃煙から取り出し熱心に叩いた。周囲に人間の顔どもが見えたように思われた。ただし目玉がなく、代わりに恐ろしい深い暗い穴があった。「目玉よ、こちらへ、目玉よ、こちらへ」。コッペリウスはくぐもった響く声で叫んだ。私は激しい恐怖に捕らわれて叫び声を上げ、床に倒れて隠れ場所から出てしまった。するとコッペリウスは私を摑み、チビの獣め！　チビの獣め！——と歯ぎしりしてブツブツ言った！——彼は私を引き起こすと、かまどに投げ込もうとし、私の髪は炎で焼け始めた。「さあ、目玉が手に入る。——目玉が。一対の綺麗な子供の目玉」。そうコッペリウスが囁き、両手で炎から赤く燃える粒を摑み、私の目玉に撒こうとした。そのとき私の父が両手を挙げて嘆願して言った。師匠！　師匠！　私のナターナエルの目玉はどうかそのままに。——どうかそのままにしてください！　コッペリウスは甲高い声で笑い、大声で言った。「この子に目玉を残してやろう、こいつの教材は一生泣きわめくがいい。今は両手両足のメカニズムをしっかり観察しようじゃないか」。こう言うと、彼は関節が軋むほど私を乱暴に摑み、私の両手、両足を外し、あちこちに付けてから元の位置に戻した。「やはりどうも全体的によくない！　元通りがよい！——あの親爺はよくわかっていたんだな！」コッペリウスはシューシュー言った。私の周りは真っ暗になり、激しい痙攣が神経と四肢に走った。私はもう何も感じなかった。[29]

ナターナエルの父とコッペリウスが暖炉で何かを熱する様子は錬金術の実験を連想させる。「目玉よ、こちらへ」という言葉から推測すると、二人は熱した金属の塊から目玉を製造しているようだ。クローゼットに身を潜めるナターナエルは恐怖のあまり声を上げて倒れ、二人に見つかった。するとコッペリウスは子供の目玉が手に入ると言い、暖炉の炎から「赤く燃える粒」を取り出してナターナエルの目に撒こうとし、彼の父が止めに入ると、コッペリウスはナターナエルの目玉をそのままにしてやろうと言う。ここで、コッペリウスが口にした「こいつの教材（sein Pensum）」という表現に着目しよう。Pensum は「一日の仕事、割り当てられた仕事・任務」を意味するラテン語の pensum に由来し、一八世紀にドイツ語に取り込まれた。[30] これはナターナエルの目玉を指し、従来二通りに解釈されてきた。「いずれ泣きべそをかくだろうがな」[31] や「その目でたんと涙を流すがいいさ」[32] という訳は自動詞「flennen（泣きわめく）」の意味を強調し、もう一つは「それであとになって、罰に宿題もらってうんとべそかくがいいさ」[33] や「罰として、生涯、めそめそと世の中をわたっていけばいいのだ」[34] と訳して、語源に遡って Pensum を「罰として与えられる課題」と解釈する。こうした解釈を踏まえ、この語がナターナエルが後々まで恐怖に囚われて涙を流すことを示し、目玉こそナターナエルが取り組むべき課題、学ぶべき教材であると捉えよう。コッペリウスが「両手両足のメカニズムを観察しよう」と言って、彼の手足を胴体から外し別の箇所に付けたというのはナターナエルの妄想である。彼は禁忌を破って覗き見をした結果、砂男の正体がコッペリウスだと知り、コッペリウスに脅されて失神し、大人たちは彼の四肢を動かして意識の有無を確かめたのだろう。だが彼はそれを自分の手足が取り外されたと思ったのだ。磁気療法士が診療中に患者の四肢を動かして説明を加えたことと、[35] 磁気療法の事例に身体が分離し再びつけられる感覚があることとを踏まえると、[36] コッペリウスが磁気療法士、ナターナエルが患者に相当し、このときナターナエルは自らを人形に見立て、人形遣い兼療法士コッペリウスとの間にラポールを築いたと考えられる。
　成長したナターナエルは故郷を離れて大学に通うが、彼の下宿を訪ねてきたレンズ売りコッポラがコッペリウスを彷彿とさせるため、忌まわしい過去を思い出す。彼は帰省中に下宿が火災に遭い引っ越すのだが、新しい部屋の窓越しに見える物理学教授スパランツァーニの娘オリンピアこそ自動人形なのである。ナターナエルはコッポラの望遠鏡を通して彼女を見て恋に落ちる。教授の名が実験を通して数多くの新事実を発見したイタリアの生物学者ラザロ・スパランツァーニ（一七二九－九九）を連想させるように、教授の作った自動人形の精度は高く、オリンピアのお披露目パーティーに招待された客は誰も彼女の正体に気づかない。

オリンピアは豪華に飾り立てた服装で現れた。彼女の美しい顔立ちと彼女の体つきは賛嘆の的だったに違いない。どこか奇妙に曲がった背中と身体のスズメバチ風の細さは強く締めすぎたためのようだ。彼女の歩き方や姿勢はどこか精確でぎこちなく、多くの人は嫌な気持ちになったが、パーティーのために彼女が緊張しているためだろうと考えた。コンサートが始まった。オリンピアはグランドピアノを巧みに弾き、同じく技巧を要するアリアを一曲、つんざくと言ってよいほど高いガラスの鐘の声で歌った。ナターナエルはうっとりした。彼は最後尾の列にいて、まばゆい蠟燭の光のせいでオリンピアの表情をきちんと見分けられなかった。それゆえ彼はさりげなくコッポラの望遠鏡を取り出し、美しいオリンピアの方を見た。ああ！――彼女が憧れにあふれ自分の方を見ているのを、音の一つ一つが愛の眼差しの中ではっきりして、彼の内に火を灯しながら押し入るのを彼は感じた。[37]

オリンピアは身を飾り立て、ピアノを弾き、アリアを歌う。教授は細い腰をよしとする傾向を強調しすぎたのだろう、彼女の腰は「スズメバチ」に喩えられるほど細いのだが、それでも「賛嘆の的だったに違いない」と記される。彼女の振る舞いは「精確」すぎるあまり奇妙な印象を与え、ピアノ演奏に文句は付けられないが、「つんざくと言ってよいほど高いガラスの鐘の声」はナターナエルを魅了する反面、他の客たちを「嫌な気持ち」にさせる。だがナターナエルは「コッポラの望遠鏡」を覗いて彼女の表情に自分への「愛の眼差し」を読み取り、彼女にダンスを申し込み、彼女の手の冷たさに一瞬戦慄を覚えるものの、夢中になって踊ったのだった。ナターナエルは彼女のぎこちない動きに気づいたはずだが、かえってそれを優美と見なしたのである。[38]

ところで、ホフマンは人形に恋する若者というモティーフを作者不詳の挿話集『アンティヒポコンドリアクス、もしくは横隔膜振動と消化促進のためのもの』(一七九二)に収められたコントから借用した。そのコントではパリの若者たちが木製の自動人形を生きているものと思って恋い慕い、人形の持ち主はこの事態を利用して財産をこしらえ逐電する。[39] これを念頭に置くと、ナターナエルを含む大学生たちがオリンピアのお披露目パーティーに招待されたのは、長年の人形制作の成果を見せたいという物理学者スパランツァーニの願望と人形を使って金儲けしたいという商人コッポラの企みがあったためと推測される。後日ナターナエルが二人の諍いを目撃するのは、彼らの利害が一致しなかったからだ。

教授は女性人形の肩を、イタリア人コッポラは人形の足を掴み、人形を自分のものにしようと激昂して、彼らは押したり引っぱったりした。ナターナエルはその人形がオリンピアだとわかり、驚きのあまり後ろに飛び退いた。彼は猛烈な怒りに駆られ、激昂した者たちから恋人を引き離そうとしたが、その瞬間、コッポラが怪力で人形を捻って教授の手から奪い取り、人形を使って強烈な一発を教授にお見舞いした。教授はよろけて、フラスコやレトルト、瓶、ガラス製シリンダーが載っている机の上に仰向けに倒れ込んだ。すべての器具が音を立てて粉々になった。コッポラは人形を肩に担ぐと、恐ろしいつんざく笑い声を立て急いで階段を駆け下り、人形の醜く垂れ下がった両足が階段に当たり虚ろな音が響いた。――ナターナエルは硬直して立っていた。――彼はオリンピアの死んだように青白い蠟の顔に目がなく、その代わりに黒い穴があるのをはっきり見た。彼女は生命のない人形だった。スパランツァーニは地団駄を踏み、ガラスの破片で彼の頭と胸、腕に出来た切り傷から、血が噴水のように溢れた。だが彼はあらん限りの力を振り絞った。「奴を追え、奴を追え、何を躊躇《ためら》っている？――コッペリウスを――コッペリウスを、奴は私の最良の自動人形を奪った――二〇年これを作ってきたのに――肉体と生命を与え――あのカラクリ装置――言葉――歩き――私の――目玉――君から盗んだ目玉。――忌々しい奴め――呪われた奴め――奴を追え――私にオリンピアを連れ戻してくれ――ほら目玉を持って！――」。今、ナターナエルは一対の青い目玉が床に転がって自分をじっと見ているのを見た。[40]スパランツァーニは怪我をしていない手で目玉を掴み彼に投げつけ、目玉が彼の胸に当たった。

スパランツァーニとコッポラはオリンピアの所有権を巡って争い、オリンピアを引っ張り、コッポラが怪力で勝利を収めて、教授を人形で殴り倒し、人形を抱えて逃げ去った。取り残された教授はコッポラを「コッペリウス」と、オリンピアの目玉を「君から盗んだ目玉」と言って、オリンピアの身体を取り戻し目玉を嵌める役割を委ねるべく、ナターナエルに向かって青い目玉を投げつけた。教授の血まみれの姿に砂男を重ねたのだろう、ナターナエルは正気を失う。

この事件の後、ナターナエルは故郷で静養する。しばらく経って彼の一家が郊外に引っ越すことになり、最後に家族で街を散歩した際に、ナターナエルとクララは街を俯瞰するため塔に登った。塔の上で彼はポケットに入っていた望遠鏡を取り出して、望遠鏡越しにクララを見て、「木のお人形さん、回れ——木のお人形さん、回れ」[41]、「火の輪、回れ」[42]という台詞を繰り返して彼女を塔から落とそうとし、塔の下で待っていたロタールがいち早く異変に気づいて妹を救い出した。人々がナターナエルの狂乱に慌てふためくなか、コッペリウスが久方ぶりに登場して、「彼は自分で降りてきますって」[43]と落ち着き払って言う。するとナターナエルは塔の下にコッペリウスの姿を認めて、コッポラ特有のイタリア語訛りの言葉「綺麗なおめめ——綺麗なおめめ」を叫び、塔の上から身を投げた。

ナターナエルの生涯の出来事を人形制作の観点から整理しよう。かつてコッペリウスはナターナエルの父と共に目玉の製造に取り組み、その様子を覗き見たナターナエルは二人に見つかると人形と化した。このとき父の取りなしにより、ナターナエルの目玉は「教材」として残されたのだが、後日父が爆発事故で亡くなり、コッペリウスは姿を消した。もしかすると、目玉製造が成功し、コッペリウスは目玉を独り占めするため、爆発を起こして父を葬ったのかもしれない。その後、大学生になったナターナエルはイタリア人のガラス売りコッポラから望遠鏡を買う。彼にとってコッポラとコッペリウスは同一人物である。コッポラがガラス製品を「おめめ」と呼ぶことを踏まえて、望遠鏡を疑似目玉と見なそう。自動人形オリンピアは、コッポラの目玉とスパランツァーニによる機械仕掛けの身体から成立するのだが、教授がナターナエルに向かって「君から盗んだ目玉」と述べたことから、オリンピアは、ナターナエルの目玉を嵌めているのかもしれない。おそらくこれはナターナエルの妄想なのだが、自分の妄想にとらわれた彼にとって事実と化している。そのため彼がはじめてコッポラの望遠鏡でオリンピアを見たとき、目玉の持ち主である彼が疑似目玉を通してオリンピアの目玉に結びつき共鳴したとも考えられるのである。そして故郷の町の塔の上で望遠鏡、すなわち疑似目玉をのぞき込んだときナターナエルは錯乱する。このときの彼は人形と化しており、人形の世界に異質なクララを排除しようとして失敗した後、塔の下にコッペリウスを認めて目玉を返却した。それはとりもなおさず彼が塔の上から身を投げることであった。かつてコッペリウスがナターナエルの目玉を「教材」と呼んだのは、ナターナエルがコッペリウス／コッポラとのラポールの中で目玉を通して人形の役割を学ぶことを示していた。そして人形と化したナターナエルは長い猶予期間を経て目玉を返却し、役割を終えたのである。コッペリウス／コッポラはスパランツァーニ教授からオリンピアの身体を奪い取っていったのであるから、彼女の身体とナターナエルの目玉とを合わせて、再び自動人形を完成させるだろう。ナターナエルの目玉とオリンピアの身体とが一体化した人形は、今度は人間と自動人形が合わさった人造人間になる。

5．人間を造る夢

5－1．人造人間

人間に似た外観を持ちカラクリ仕掛けで動く自動人形は人間を造る試みの一つである。ヨーロッパにおける神話や伝承に目を向けると、人間の成立に関する神話は各地にあり、神が塵を捏ねたものに息を吹き込んでアダムを作り（創世記二－七）、プロメテウスが粘土と水で人間の男女を作ったという。[1] 人間が技術を駆使して人間を造る試みも語られ、ギリシア神話ではピュグマリオンが自作の彫像の乙女に恋をし、乙女は女神ヴィーナスの計らいにより人間になり、二人は子供も設けたという。[2] またユダヤの伝統に伝わるゴーレム伝説では一六－一七世紀にプラハに実在したラビ・レーヴが粘土と言葉からゴーレムを造り、ゴーレムが制御不能になると、ラビはゴーレムの額に記された「真理（emèth あるいは Emmês）」という語の最初の「e」を消し、「死（mèth あるいは mês）」を宣告して粘土の塊に戻したという。[3] これら土に由来する人間に加えて、一三世紀のスコラ学者たち、アルベルトゥス・マグヌス（一二〇〇頃－一二八〇）やロジャー・ベーコン（一二一九－九二）が機械仕掛けで動く人形を作り、[4] 自動人形の系譜は一八世紀へ続いていく。これとは別に有機物を材料にする人造人間の系譜があり、精子の小人ホムンクルスはこちらに連なる。

「ホムンクルス（Homunculus）」はラテン語「人間（Homo）」の縮小語で「小さな人間」を意味する。

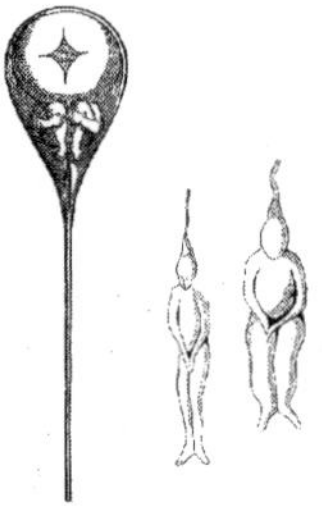

図47　ニコラス・ハルトゼーガーによるホムンクルスのスケッチ

この語は発生学において精子とほぼ同じものとして用いられた。さて、生物の発生を巡っては前成説と後成説とがあるが、成体の原型が卵子、精子あるいは受精卵の中に予め出来ているとする前成説のなかでも卵子に原型を見るものを卵原説、精子に原型を見るものを精原説という。一七世紀に顕微鏡による観察が始まり、オランダのニコラス・ハルトゼーガー（一六五六－一七二五）が顕微鏡を通して精子の頭部にいる小人を発見したと考えた。彼は大人のミニチュアのような小人が精子の頭部に座る図を描き、成体の原型が精子にあるという精原説を主張して、前成説は一七－一九世紀に隆盛を誇った。その後、一九世紀に入りヒドラの再生や奇形などの比較研究が行われ、発生過程が進むにつれて諸器官が形成されて成体が出来上がるとする後成説が前成説に取って替わり、前成説を誤謬と見なす立場から精子の小人はホムンクルスと揶揄的に呼ばれて現代に至る。[5]

　ところで、精子の小人というイメージは、ハルトゼーガーが顕微鏡越しに発見したと考える以前から流布しており、彼はそうしたイメージを知っていたからこそ、小人を見つけたのだろう。そこで、精子の小人に関する有力な言説としてパラケルススの『事物の自然について』（一五七二）第一巻を見ておく。パラケルススは人間の製造に成功したとも伝えられるが、[6]著書の中で、自然物の誕生を自然による場合と技術による場合に分けて、「一人の人間は経験豊かな錬金術師の技術と巧みのおかげで育ち生まれる」[7]と断言し、その方法を明瞭に記した。

男性の精液を密閉した瓶に入れて、馬の腹の最高度の腐敗によって四〇日間あるいはそれと同程度の期間腐らせると、それは活き活きとして、動き、活動を始め、簡単に見分けられるようになる。この時期の後、それは少々人間に似てくるが、まだ透明で、身体を持たない。これが日々人間の血という秘薬を注意深く与えられ、そして四〇週目まで馬の腹と同じ温かさに保たれると、女性から生まれる他の子供と違わず、正真正銘の活き活きした人間の子供が五体満足で生まれるが、それは遙かに小さい。私たちはこれをホムンクルスと名付け、その後、別の子供と違わず、心を込めて熱心に養育すると、成年に達して悟性を持つようになる。これこそ神が死すべき罪深き人間に知らしめた最高にして最大の秘密の一つである。[8]

パラケルススによると、精子は子宮内で生育しなくとも、密閉した瓶の中で適度な状況に適切な期間置かれれば人間になる。「馬の腹の最高度の腐敗」は腐りかけた馬糞を指し、中世の錬金術師たちが発酵中の馬糞を利用して六五度の温度を長期間維持したことから、[9] パラケルススが瓶の中の精子を六五度の温度に保とうとしていたとわかる。また彼がこの著書の冒頭で「地上のあらゆる事物は腐敗の助けを得て自然から生まれる。すなわち腐敗は誕生の最高度にして始まりである」[10] と述べたことを踏まえれば、「腐敗」は「誕生の始まり」を意味し、事物は湿った温かいところで変化し誕生に至ることになる。引用に戻ってパラケルススの記述を読み進めると、精子は四〇日間六五度に保たれてホムンクルスの原型になり、その後は人間の胎児と同じ経過を辿るという。人間の胎児が四〇週間母胎から栄養を受け取って身体を作るのと同様、ホムンクルスの原型は人間の血を栄養にし、同じ期間内で身体を形成して誕生する。誕生後も養育が必要なことと、成長して悟性を備えることは通常の人間と変わらない。人間とホムンクルスとの違いは大きさにあり、それは誕生に至る場が子宮内か密閉瓶内かに拠る。つまり、胎児の成長に伴い子宮は大きくなるが、瓶の大きさは変わらないため、ホムンクルスは小さいままなのである。

ゲーテはこうした伝統的な精子の小人のイメージを受け継ぎ、『ファウスト』においてホムンクルスに一九世紀特有の性質を持たせる。

5−2．ゲーテのホムンクルス

ゲーテの『ファウスト』は二部構成で、第一部で老学者ファウストが悪魔メフィストフェレスと契約を交わして若返り、青春を満喫した後、第二部で時空間を飛び越えて様々なところへ赴き、数々の願望を叶えていく。ファウストのモデルは実在した学者ヨハン・ゲオルク・ファウスト（一四八〇?−一五四〇?）であり、ゲーテはファウスト博士の伝説として民衆本で流布した諸逸話、すなわち悪魔メフィストフェレスとの契約、町娘への恋、ギリシアの美女ヘレナの呼び出しを用いたのに対し、第二部第二幕に描かれるホムンクルスの逸話はゲーテの独創である。

ゲーテがホムンクルスの着想を得たのは一八一六年から二六年の間であり[11]、一八二六年一一月一〇日付の草稿に「化学的小人」と記し[12]、一八二九年一二月一六日に彼は「ホムンクルス」の名で呼んでいた[13]。ここで彼が「化学的小人」を「ホムンクルス」に変更した間に、尿素の人工合成という科学的大発見があったことに着目しよう。

化学者フリードリヒ・ヴェーラーはシアン酸を研究中に、シアン酸銀を塩化アンモニウムと反応させたところ、偶然尿素の結晶を得た（一八二八）。一八二八年二月二二日に彼は師匠ベルツェリウスに宛てた手紙に「尿素の人工合成は、無機物から有機物を合成する一例として観察できないでしょうか?」と記した。この発見は有機物を無機物から作り出す、つまり生殖行為なしに新しい生命を作り出す可能性を示し、ベルツェリウスは三月七日付の返信の中で、ヴェーラーの発見から錬金術におけるホムンクルスの製造を連想すると答えて[14]、この発見の本質を突いた。有機化合物は生きている動植物の体内だけに存在する生命力の助けによって作られるという生気説が広く行き渡るなか、有機物である尿素を無機物から合成することに成功したヴェーラーの発見は画期的であり、これ以降生気説は支持を失った。そしてイエナの化学者デーベライナーがゲーテに尿素の人工合成の成功について報告し、一八二八年八月にベルツェリウスを伴って三度ゲーテを訪問した[15]。ゲーテはベルツェリウスとの対話を通して、有機物が無機物から合成されることの意味を理解し、ホムンクルスを無機物から合成される有機物の結晶にした。

では『ファウスト』でホムンクルスが誕生する場面を見よう。ホムンクルスの造り手になるヴァーグナーは、第一部の冒頭「夜」にファウストの助手として登場し、今は教授になって実験に精を出している。彼はかつて「勇敢な人間は自分に任された技術を良心的に精確に使いこなせば充分ではありませんか?」(一〇五七−五八行)と述べた通り、与えられた条件の中で最善を尽くして研究を進めた結果を手に入れようとしている。

ヴァーグナー (これまでと同様じっとフラスコを見て)

昇った、光った、嵩が増す。

一瞬にして出来あがった。

偉大な意図は初め馬鹿げて見えるが、
今後私たちは偶然を笑い飛ばそう。
卓越した思考をする脳みそを
今後も思想家が作るだろう。
（フラスコをうっとり観察して）
ガラスは愛らしい激しさで鳴り始め、
濁り、澄む。こんな風に生成するに違いない。
華奢な姿で
かわいい小人の生まれるのが見える。
私たちは何を、世界は今以上に何を望もうか？
秘密が白日の下にさらされたからだ。
この音に耳を傾けてごらん。
音は声になり、言葉になる。

ホムンクルス　（フラスコ内でヴァーグナーに向かって）
さあて、お父さん！　元気？　戯れではありません。
いらっしゃい、お父さんの心臓に私を優しく押し当てて、
でもあまりきつくしては駄目、ガラスが飛び散らないように。
それが事物の特性というもの。
宇宙は自然なものをほとんど満足させず

人工のものは閉じた空間を欲求します。
（メフィストフェレスに向かって）
それにしても、ならずもののいとこ殿、来てくださったのですね？
ちょうどよい瞬間に。感謝申し上げます。
よき巡り合わせで私たちのところに来てくれました。
私は存在する以上、活動しなくてはなりません。
すぐにでも仕事に掛かりたいです。
あなたは腕利きですから、手短にお願いします。[16]

ヴァーグナーはフラスコ内の物質が結晶化して「かわいい小人」になる様子を観察し、ホムンクルスの生成により人間の成立という「秘密」が明らかになったと喜ぶ。彼によると、生殖行為による人間の成立は「偶然」に左右されるが、今後は自分のような「思想家」が技術を用いて人間を作り出すことができる。これは尿素の結晶が人工的に作り出された事実を反映し、ヴァーグナーは無機物から「卓越した思考をする脳みそ」を作り出した。このホムンクルスは、パラケルススにおける養育されるべき未熟な存在とは異なり、誕生と同時に言葉を使い、ヴァーグナーを父親と認めて挨拶する。彼はヴァーグナーが自分の誕生を喜んでいることを理解して、フラスコごと自分を抱きしめるよう言い、その際に感激のあまりきつく抱きしめないよう戒める。彼は自らを「人工のもの」とわきまえ、自分にとって必須の「閉じた空間」フラスコを大切にし、ガラスが割れないよう注意しているからである。一八二六年の草稿段階のホムンクルスは「自然なもの」の性質を帯び、誕生と同時にフラスコから飛び出したが、[17]完成稿のホムンクルスは完全に「人工的なもの」としてフラスコを自分の居場所と自覚する。そしてホムンクルスはヴァーグナーを労るとすぐにメフィストフェレスの方を向いて「いとこ殿」と呼ぶ。初対面の悪魔を「いとこ」と呼ぶ理由は二つ、両者が似ていることと、[18]名付け親の意味で「いとこ」という語を使うことが考えられる。[19]名付け親は名付け子の誕生に立ち会い、名前をつけ、その子の教育に配慮するため、ホムンクルスがメフィストフェレスに助力を求めるのは不自然ではない。

ホムンクルスは「卓越した思考をする脳みそ」、いわば純粋知性にして、「霊的な存在」、「デーモン」であり、親子間の情愛や養育期間を必要とせず、すぐに仕事に取りかかりたいと言う。実際メフィストフェレスがここに来たのは、ヘレナを探したいと言うファウストの願いを叶えるべく、ホムンクルスに案内を頼むつもりだったからである。ホムンクルスは隣室で眠るファウストの夢――レダが白鳥に変身したゼウスと契ってヘレナを受胎する場面――を見て賛嘆するのだが、この透視能力は千里眼と呼ばれるものである。「ホムンクルスはあらゆる人間にとって普段は知る術もない秘密の隠されたことをすべて知って」[20]おり、「歴史的なものを無時間的見地から見渡し、法則を察知し、それに従って過去を、同じ情勢のまま、魔術的に呼び覚まして」[21]、どの時空間にも自在に往き来できる。

ホムンクルスは特殊能力を使って、ファウスト一行を古典的ヴァルプルギスの夜へ連れて行く。それは紀元前四八年八月八日のファルサロスであり、この地で翌日、古代ローマが共和制から帝政へ変わる転換点になる、カエサルがポンペイウスに勝利する戦いが行われる。ファウスト一行がホムンクルスに導かれてたどり着いたのは、八月八日の夜という毎年巡ってくる時間でありながら、紀元前四八年の決戦前夜という一回限りの特別な時間でもある。[22] この時空間にはローマという一国家の政治的変革に加えてファウストやホムンクルスといった個的存在も変革する予感に満ちている。ホムンクルスはここでアナクサゴラス（紀元前五〇〇頃－紀元前四二八頃）とタレス（紀元前五八〇頃活躍）との論争に耳を傾ける。二人の哲学者は活躍した時代が異なり論争するはずもないのだが、特別な時空間となったこの夜、アナクサゴラスが「この岩崖は火によって生じる」（七八五五行）と言い、タレスは「湿り気の中で生き物は誕生する」（七八五六行）と言い返し、二人の議論は終わらない。自然哲学者たちの議論は、一九世紀初頭における火成説と水成説の論争を背景に持ち、水成説の主唱者ヴェルナーに私淑するゲーテは水成説を捨てがたかったのだろう、ホムンクルスはタレスに軍配を挙げる。彼はタレスに付いて海神プロテウスのところに行く。

プロテウス　（驚歎して）
　輝く小人！　未だかつて見たことがない！
タレス　小人は助言を求め、誕生したがっています。
　本人から私が聞いたところ、彼は
　誠に奇妙にも半分しかこの世に出ていません。
　精神的特性が足りないのではなく、
　むしろ有能さは有り余るほどです。
　今までガラスだけが彼に重みを与えています。
　だが彼はすぐにでも身体を持ちたいのです。

プロテウス　おぬしは真に処女の息子。
おぬしは存在する前に既に存在している！
タレス　（小声で）
別の側から批判的に見えますことに
彼は両性具有と思われます。
プロテウス　では、その方がずっとよい。
彼に関して上手くいくだろう。
だがここではそれほど思案しなくてよい。
広い海でおぬしは始めねばならない！
そこでまず小さいものの中で始め、
喜んで最小のものを飲み込む。
そのようにして次第に大きくなり
高次の完成に至るのだ。[23]

プロテウスが「輝く小人」と表現するように、ホムンクルスは発光性の結晶であり、タレス曰く、まだ「半分しかこの世に出てい」ない。フラスコのガラスが「身体」代わりとなって、彼の「精神的特性」や「有能さ」といった純粋知性が雲散霧消しないよう、ある種の制限を、「重み」を与えているのだが、彼は「存在する前に既に存在している」という中途半端な状態を解消すべく、身体の獲得を望む。ホムンクルスの光は、身体を獲得したいという「高次の姿への憧れ[24]」の現れであり、彼が「存在する前に既に存在し」「両性具有」であるのは境界的存在であることを示す。ヨーロッパの伝承における原初の人間たち、すなわち創世記におけるアダムとエーファに分かれる前のアダムや、プラトンの『饗宴』における二つの頭部に四本の手足を持つ球体人間は両性具有であり、ホムンクルスはこの伝統を受け継ぎ、両性に分裂する前の段階にある。プロテウスが両性具有をよしとするのは、境界的存在は原初の状態に戻りやすいと考えるためである。また、ホムンクルスは純粋知性として時間を超えた存在であるが、「身体／物体」は時間の枠内に存在する。「身体／物体」を獲得するには時間の範疇に入る必要があり、自分を取り囲むガラスを砕き、現行の発光する結晶を解体し、新たな物質と組み合わさって「身体／物体」を作り上げなくてはならない。タレスが「あそこでお前は永遠の規範に従って動き、幾千もの形を取って、たっぷり時間をかけて人間になる」（八三二四―八三二六行）と言い、プロテウスも「広い海でおぬしは始めねばならない！」と言うのは、水において「身体／物体」が生成するという水成論を背景に持つからであり、ホムンクルスは助言に従って海に入る。

ホムンクルス　この優美な湿り気の中で
　私がここで照らすものは
　すべて魅力的で美しい。
プロテウス　この生命の湿り気の中で
　おぬしの光が初めて
　壮麗な音をたてて輝く。

ネレウス　群れの真ん中で何という新しい秘密が
私たちの目に明らかにされるのか？
ガラテアの足下の貝の回りで何が燃えるのか？
力強いかと思えば愛らしく甘美に燃えあがる、
あたかも愛の脈拍を打つかのようではないか？
タレス　あれはホムンクルス。プロテウスに誘われて……
素晴らしい憧れの徴候だ。
私には不安に響《どよ》めく痛みが感じられる。
彼は光輝く王冠にぶつかって砕けようとしている。
ほら燃える、きらっと光る、ああ流れ出した。
シレーネ　何という炎の奇跡が、火花を出して互いに砕ける私たちの波を、
明るくするのか？
そのように輝き、揺らめき、照らし出す。
身体は、それらは夜の間赤々と燃え、
まわりのすべては炎に取り囲まれる。
すべてを始めるエロスよ、このように支配してください！
海万歳！　大波万歳！
聖なる炎に取り囲まれて。
水万歳！　炎万歳！

たぐいまれなる冒険万歳[25]！

ホムンクルスは身体の獲得を夢見て輝きを増していき、自分の光が照らし出すものが「すべて魅力的で美しい」と認識した後、自らフラスコのガラスを割り、輝きながら海へ流れ出す。その様子は、「燃える」、「きらっと光る」、「火花を出し」、「明るくする」、「輝き」、「赤々と燃え」、「炎に取り囲まれる」と火に関する語で彩られる。初稿のホムンクルスがガラスを割った後小人として現れたのはパラケルススの伝統に従っていたが、完成稿で炎となって流れ出るのはゲーテの独創であり、ゲーテが度々造形する「導き手の少年」が手にする炎に共通する。[26]その炎は、完全な形で誕生したいという憧れを燃料にした炬火であり、生命の誕生という秘密を周囲に知らしめる。ホムンクルスは、いとこメフィストフェレス同様火の精であり、ガラスを割って自らの炎を水に合一させ、水の中における火として、水と火を総合する生成の原理を示す。それはパラケルススが生命誕生の場を湿った温かいところと述べたことを思い起こさせる。そうして湧き起こる「水万歳！　炎万歳！」の合唱の中、ホムンクルスの「たぐいまれなる冒険」が始まる。

ホムンクルスは身体を獲得できるだろうか。プロテウスの教えによると、彼は何千年もの歳月を水の中で過ごして、様々な「身体／物体」と結びつき離れて、自らを形成し、身体を持つだろう。ホムンクルスの冒険が紀元前四八年八月八日のファルサロスに始まることを踏まえると、それは悠久の時間の中で進行すると同時に、毎年八月八日が来る度に新たに始まり、その都度、彼は生命誕生の秘密を仄めかす。実際、自然の不可思議は、日々発展する科学技術の成果によって少しずつ明らかにされている。しかしながら、ホムンクルスが火の精で、悪魔メフィストフェレスのいとこであるように、科学技術の進展を手ばなしで賛美することはできない。どこかに悪魔の企みが巡らされているかもしれないと用心する必要があるだろう。

終章

ヨーロッパの都市は、中世以来、外敵や猛獣の襲撃に備えて壁に囲まれており、一九世紀半ばに壁が撤去されるまで、建物がところ狭しと並ぶ人工的な空間であった。そのため一九世紀初頭の都市生活者は、交通網としての水や暖房・調理のための火を身近に見るものの、自然物を感じる機会は少なかった。逆に、山や畑、川や海といった自然に対峙する鉱夫や農民、漁師たちにとって、自然は生活の糧を得る場であり、鑑賞の対象ではない。外なる自然を探求した博物学者のうち、チンボラソ山を登ったフンボルトが山頂で寂寥感を覚え、ベーリング海に辿り着いたシャミッソーが漠然とした悲しみを歌ったように、自然の真っただ中にいる者は自然を賛美しない。むしろ人工的な空間に暮らす都市生活者が、小説や探検家の旅行記や講演を通して間接的に地・水・火・風の自然を満喫したのである。たとえば四大精霊を主役にした作品を数多く書いたホフマンは、昼間は司法官僚として職務に励み、夜は居酒屋でどんちゃん騒ぎをする都市生活者であり、山や川、海といった自然にまったく関心を持たなかったとの証言も残されている。外なる自然に向き合った探検博物学者たちも探検後には大都市で暮らしており、本書で考察した自然観は都市生活者のものの見方や生活態度の現れと言える。

一九世紀初頭の詩人たちは都市生活者にして啓蒙主義の時代の申し子であり、それにもかかわらず四大精霊や霊界、メスメリズムといった非合理的なものを迷信や誤謬として退けず、「精神・精霊・幽霊（Geist）」を巡って想像力を羽ばたかせた。むしろ彼らは合理的な世界にいるからこそ、価値観を反転させ、非合理的なものを大切にしたのであり、科学の最新の動向を追う彼らの想像の広がりは科学の進歩と軌を一にしていた。精子の小人を例にとると、パラケルススの語る中世的な小人像が顕微鏡での観察に影響を与え、尿素の人工合成という化学的発見がゲーテのホムンクルスの造形に一役買ったように、科学の進展と詩的なイメージは絡み合って展開してきた。そして一九世紀初頭に紡がれたホムンクルスや自動人形といった人間創造の夢はその後も展開し、二〇世紀前半のナチズムの時代には優性思想と相俟って、人体実験が行われ、負の側面をあらわにしたが、クローン動物の作成や再生医療、ロボット製作等の試みへと続いている。二〇〇〇年以上にわたり持続・発展するイメージを一九世紀初頭の詩人たちが懐胎し、独自のアレンジを加えて、同時代の人々と共有し、後世に伝えることのできた理由を、彼らが複数の言語を身につけていた点と仲間と密に交流した点に探って本書を締めたい。

世界一周をしたフォルスターとシャミッソー、南北アメリカを踏破したフンボルトをはじめとする詩人たちは、ドイツ語圏を越えてフランス、スペイン、イタリア、イギリス、ロシアなどに出かけていった。ヨーロッパの知識人たちはラテン語を共通言語にして複数の言語を使いこなしたため、言語の壁を感じなかったことも、彼らのフットワークの軽さの一因と考えられる。アレクサンダー・フォン・フンボルトはフランス語とドイツ語のバイリンガルとして育ち、兄とともに子供時代からギリシア語とラテン語で授業を受けた。彼が一七八九年に初めて書いた論文はフランス語、一七九〇年に書いた論文はドイツ語とラテン語、最初の著書（一七九〇）はドイツ語で出版されており、掲載雑誌や出版場所、論文の題材に合わせて柔軟に言語を使い分けた。彼はアメリカ旅行記をフランス語で出版したが、パリ滞在中に執筆した著書はフランス語よりもドイツ語の方が多い。プロイセンから給料を貰う身として成果をアピールする必要があったのだろうか、人気を博した著書『自然の観察』（一八〇八）をドイツ語で出版した。[1]フンボルトの主著は生前、英語、フランス語、スペイン語、イタリア語、デンマーク語、スウェーデン語、オランダ語、ポーランド語、ロシア語、ハンガリー語に訳され、[2]ヨーロッパやアメリカに彼の名を轟かせた。彼は、公的活動から退いて言語学研究に専念した兄ヴィルヘルムにアメリカ諸部族の言語に関する情報を提供したことで知られるが、自らも各部族の言語に関心を持ち、アメリカ探検の旅行記においてカナリア諸島のグアンチェ族とアフリカのベルベル人の単語を比較したり、[3]チャイマ族とタマナク族の単語の類似性を列挙したり、[4]オリノコ川の探検中に出会った若者の言葉を書き留めた。[5]一九世紀初頭の言語学は単語間の比較を主要な方法とし、文法構造の比較が行われるのは後年であり、フンボルトは単語の類似性から部族間の関係性に遡及しようと考えていたようだ。また、フランス語を母語にするシャミッソーはドイツ語を日常語に選択し、コペのスタール夫人の館に滞在中、英語とスペイン語を学んだが、世界旅行の船上ではロシア語の習得をすぐに諦めたという。[6]キリル文字の壁は高かったであろうし、船長のコッツェブーはドイツ人、学者仲間も国際色豊かであり、ロシア語を身につける必要はなかったのだろう。とはいえ彼はハワイの言葉に強い関心を抱き、後年ハワイ語の文法と辞書を編集した。[7]彼は文学作品をドイツ語で、植物学の教科書や本をラテン語で執筆しており、言語を使い分けていたことは明らかである。

　中世以来、大学進学や聖職者を目指す子供の基礎教育機関としてドイツ語圏の各地にラテン語学校があったが、一九世紀になるとラテン語の優位は崩れた。シャミッソーが植物学の論文をラテン語で執筆したことから判断すると、植物学ではかろうじてラテン語が用いられたようだが、他の分野では学術論文も各地域言語で執筆されるようになった。こうした時期に詩人たちは他言語からドイツ語へ翻訳する作業を通して表現力を磨いた。ゲオルク・フォルスターは子供時代にロシア語の本を英語に翻訳し、『世界旅行記』（一七七七）を英語で出版した。彼の文体の格調高さは英語のみならずドイツ語にも現れ、フリードリヒ・シュレーゲルが『ゲオルク・フォルスター』（一七九七）の中でこの美文家への敬意を示したほどである。またティークはセルバンテスの『ドン・キホーテ』（一六〇五／一五）をスペイン語からドイツ語に訳し（一七九九－一八〇一）、アウグスト・ヴィルヘルム・シュレーゲルがシェイクスピアの翻訳に取り組み（一七九七－一八一〇）、その企画をティークが引き継ぐ（一八二五－四四）といったように、彼らは他言語と格闘するなかでドイツ語の表現力を鍛えた。一九世紀半ばにはラテン語学校がギムナジウムに取って替わられ、ギムナジウムでは外国語としてフランス語や英語が学ばれた。こうした事情を勘案すると、一九世紀初頭の詩人たちの多言語運用能力は後世の人々より遙かに高く、彼らは複数の言語を使うことにより思考力を鍛え上げていたと考えられる。

また個々の詩人たちの活動を追う過程に、イギリスの博物学者バンクス、物理学者リヒテンベルク、地質学者ヴェルナー、牧師ラファーター、フリードリヒ・ニコライ、アウグスト・ヴィルヘルム・シュレーゲル、ブレンターノ、ファルンファーゲン、ヒッツィヒなどが何度も登場したことを思い返せば、詩人たちの交友関係が重なっているのは明らかだ。ヴァイマルで大臣の地位にいるゲーテの元に学者や詩人が訪れて最新の情報をもたらしたことはよく知られるが、ゲーテ周辺に限らずさまざまな交流があったことは本書で確認した通りである。詩人たちが同世代の仲間と交流するだけでなく、上の世代から受けた恩を下の世代に受け渡したことを踏まえ、詩人ハインリヒ・ハイネがラーエル・ファルンファーゲンから受けた励ましを一世代下の芸術家や社会主義者に伝えた様を確認しよう。ハイネは本書に登場した詩人のうち最も若く、彼が下の世代に与えた影響は一九世紀後半に花開くからである。

ハイネが大学時代を送ったのは「カールスバートの決議」（一八一九）以降プロイセン当局による自由主義への弾圧が激しくなる時期であり、彼はボン（一八一九－二〇）、ゲッティンゲン（一八二〇－二一）、ベルリン（一八二一－二三）で大学に通った。彼はベルリン時代にラーエル・ファルンファーゲンのサロンに通って創作活動を行い、詩人として名を上げた後、各地を周り民衆の困窮した姿を報告して社会批判を繰り広げたため、当局に目をつけられて、パリに亡命した（一八三一）。一八二八年にミュンヒェンでハイネに会った若き音楽家ローベルト・シューマン（一八一〇－五六）が後年ハイネの詩に基づく『リーダークライス』と『詩人の恋』（一八四〇）を作曲したのは、憧れの詩人からの励ましが原動力になったからと推測される。また、ハイネはドイツ在住時から、産業階級である資本家と労働者が協力して産業による社会の発展に尽力することを目指す、サン＝シモン主義者の雑誌『地球』を読んでおり、パリに亡命後サン・シモン主義者たちと交流して社会主義への理解を深めた。彼はカール・マルクス（一八一八－八三）とアーノルト・ルーゲ（一八〇二－八〇）がパリで発行した雑誌『独仏年誌』創刊号（一八四四年二月）に、自由主義から転向したバイエルン王を揶揄する詩「ルートヴィヒ王賛歌」を寄せ、マルクスの運動を応援した。そして一八四四年七月一〇日、彼はマルクスが発行する新聞『前進』に「貧しい織工」という詩を載せた。それは六月四日から六日にプロイセンのシュレージエン州で起きた織工による大規模な暴動に触発された詩である。シュレージエンは古くから麻の産地であり、一八三〇–四〇年代にイギリスから入ってくる安い繊維商品に対抗するために織工の賃金が極限まで切り下げられ、織工たちは生活を維持できなくなった。そして約三〇〇〇人の織工たちが工場や問屋の邸宅を襲撃し、機械を破壊して帳簿を焼き払った。この暴動は軍隊の出動により鎮圧されたが、ドイツ最初の労働者蜂起として反響を呼び[8]、その後ヨーロッパ各地で再び革命が起きる嚆矢になった（一八四八）。ハイネは一年後に詩の題名を「シュレージエンの織工」に変え、修正を施したが、詩人の憤りが迸る初出の詩を読もう。

貧しい織工

陰鬱な眼に涙はなく
彼らは織機に座って歯を剥き出す。
「老ドイツよ、俺達はお前の経帷子《きょうかたびら》を織る、
俺達は三重の呪いを織り込むぞ！
俺達は織る！　俺達は織る！」

「呪いを神に、目の見えない神、耳の聞こえない神に。
俺達は子供じみた信仰心でこいつに祈った。
俺達は期待し待ちわびたが無駄だった、
やつは俺達を欺きからかい馬鹿にした。

俺達は織る！　俺達は織る！」

「呪いを王に、金持ちたちの王に。
俺達の悲惨さを見てもやつは心を和らげない、
やつは俺達から最後のグロッシェンまで搾り取る、
そして俺達を犬のように射殺させる！
俺達は織る！　俺達は織る！」

「呪いを偽の祖国に。
嘘と恥だけが栄えるところに。
腐敗と死臭だけがあるところに—
老ドイツよ、俺達はお前の経帷子を織る！
俺達は織る！　俺達は織る！」　H. H.[9]

ハイネが労働者の辛い立場を代弁して歌ったのは、抑圧される側に共感を寄せたからであり、その態度は民間伝承における精霊や異教の神々に向ける彼の温かいまなざしに通じる。「俺達は織る（Wir《ヴィア》 weben《ヴェーヴェン》）」という言葉の繰り返しが印象的なこの詩は、労働者集会で声を合わせて歌われ、労働者のマルセイエーズとも言われた。一八四五年一一月末に若き社会主義者フェルディナント・ラサール（一八二五－六四）がパリのハイネを訪ねたのは、『歌の本』を愛好していたのに加えて、こうした革命的な詩に共鳴したからだった。[10] ハイネは恋愛の詩で多くの人の共感を呼び起こし、時に慰め、時に励ます一方、革命的な詩で社会主義運動者たちを鼓舞していたのだ。

もちろん詩人たちは時期や状況によって仲違いすることもあり、手紙や日記には辛辣な言葉が散見される。しかしながら彼らは自由・平等・友愛の理念を共有することにより、損得を度外視した絆を結んでいたと考えられる。彼らが初期ロマン派や「ゼラーピオン兄弟」といった文学サークルを通して切磋琢磨した成果はさまざまな作品で鑑賞することができ、フォルスターからフンボルトへ、フンボルトから若き研究者たちへ、ファルンファーゲン夫妻からハイネへ、ハイネからシューマン、マルクス、ラサールへといった具合に年長者が年少者を励ます場合には、時間をおいて成果が現れる。詩人たちが励まし合って創り出した作品は、時空を超えて勇気と希望を与えてくれる。

あとがき

一九世紀初頭の詩人たちの作品は時代を超えて読み継がれ、旋律を付けられた詩は現在も口ずさまれる。これらの作品が二〇世紀前半のドイツ語圏でどのように受容されていたのかに目を向けて、本書の幕を引きたい。それというのも、この時期のドイツの人びとは二度も世界大戦を引き起こしたが、この動乱の時代に、一世紀前の文学作品に精神的拠り所を求めていたと考えられるからである。第一次世界大戦後にドイツ語圏の二つの帝国、ドイツとオーストリア＝ハンガリーが共和国に変わったため、人びとは政治体制の変革に伴う価値観の転換に不安を覚え、さらにハイパーインフレで財産を失い経済的苦境に喘いだ。こうした社会不安とは裏腹に、誰もが映画やラジオ、演劇、ダンス、旅行などを楽しめるようになり、「黄金の二〇年代」と呼ばれるほど文化が繁栄した。この頃、一九世紀初頭の文学作品は、ナチスの文化政策においてドイツ文化の模範とされるだけでなく、ナチス政権下で亡命せざるをえなかった芸術家たちにも受容されていたのである。

後者の例を挙げると、ローベルト・ムージル（一八八〇－一九四二）は短篇小説『トンカ』（一九二四）の主人公にノヴァーリスの日記を読ませる。主人公は化学を専攻する大学生で、合理的に物事を判断するのを常とするが、恋人トンカの存在を通して、合理性が成り立たない世界に気付く。彼はまた母の精神的恋人を気取るヒュアツィントに長らく悩まされてきたのだが、ただ一人トンカへの配慮を忘れないこの人物をありがたく思い、どう理解すべきか悩ましく思う。ヒュアツィントの名前がノヴァーリスの『サイスの弟子たち』の青年ヒヤシンスを連想させることに、ムージルの屈折したノヴァーリス受容が現れていると考えられる。

ムージル文学の研究に取り組んでいた大学院生のとき、浅井健二郎先生の授業でヴァルター・ベンヤミン（一八九二－一九四〇）の『ドイツ・ロマン主義における芸術批評の概念』（一九二〇）を、中井章子先生の授業でノヴァーリスの『一般草稿集』（一七九八－九九）を精読して、ムージルはノヴァーリス文学のどのような面に関心を抱いたのだろうと疑問に思った。そして、機械工学と心理学を専攻したムージルが鉱山技師ノヴァーリスの自然観に共感したのではないかと漠然と考えるようになり、これが四半世紀の時を経て本書の核になった。二〇一五年度から成城大学文芸学部ヨーロッパ文化学科でドイツ語圏文学を担当するようになり、講義や演習、学生の卒業論文指導に際して、一九世紀初頭の文学作品を扱う機会が増えた。なかでもヨーロッパ文化学科の総合科目「ヨーロッパの文化」では毎年様々なテーマを設定して講義を行うため、同僚の先生方が提案するテーマ（「都市」、「女性」、「夢」、「人と人ならざるもの」、「海」など）に合わせて勉強するうちに本書の構想が固まり、二〇二〇－二〇二三年度科学研究費基盤研究(C)「ドイツ近代文学における自然観」（20K00505）の助成を受けて、研究を進めた。そして二〇二三年度の研修期間に執筆に取り組み、二〇二四年度の文芸学部出版助成を受けて、本書は出版の運びとなった。出版社を探すのにあたり、学生時代から親しんできた『ドイツ・ロマン派全集』や『ドイツ民衆本の世界』の出版社、国書刊行会にお願いしたいと考え、編集長の永島成郎さんのお力添えで希望が叶い、光栄に思っている。編集者の河野咲子さんの的確な助言と本書の完成に向けた伴走は頼もしく、大変ありがたかった。出版助成の審査をしてくださった高名康文先生と明星聖子先生、吉田直希先生をはじめ、文芸学部およびヨーロッパ文化学科の先生方と、これまで一緒に勉強してきた学生たちに、心から感謝申しあげる。

人名索引

タ

ナ

ハ

マ

ラ

作品名索引（作家別）

ハ

マ

その他

図版出典

図1 Ludwig Tieck.

図2 Franz Gareis: Novalis. 1799. Forschungsstätte für Frühromantik und Novalis-Museum.

図3 Friedrich de la Motte-Fouqué in Husarenuniform. 1815.

図4 E. T. A. Hoffmann: Karikierende Ereignis-Darstellung. 1817. Staatsbibliothek zu Berlin.

図5 Moritz Daniel Oppenheim: Der Dichter Heinrich Heine. 1831. Hamburger Kunsthalle.

図6 William Hogarth: A Midnight Modern Conversation. 1733. The Metropolitan Museum of Art.

図7 Anton Graff: Porträt Johann Gottfried Herder. 1785. Gleimhaus Museum der deutschen Aufklärung.

図8 1re expérience aerostatique a Annonay（1783）. 1890–1900. Library of Congress Prints and Photographs Division.

図9 Anna Dorothea Therbusch: Porträt der Henriette Herz. 1778. Staatliche Museen zu Berlin, Nationalgalerie.

図10 Moritz Daffinger: Rahel Varnhagens Porträt aus einem NS-Bildarchiv. 1818. Staatsbibliothek zu Berlin.

図11 以下文献をもとに著者作成． Johannes Görbert: Die Vertextung der Welt. Forschungsreisen als Literatur bei Georg Forster, Alexander von Humboldt und Adelbert von Chamisso. Berlin / München / Boston 2014, S. 38.

図12 Jean Francois Rigaud: Portrait of Dr Johann Reinhold Forster and his son George Forster. c.1780. Canberra, National Portrait Gallery.

図13 Johann Heinrich Wilhelm Tischbein: Georg Forster. c.1785. Weltkulturen Museum, Frankfurt am Main.

図14 Joshua Reynolds: Sir Joseph Banks, Bt. 1771–1773. London, National Portrait Gallery.

図15 以下文献をもとに著者作成． Görbert: a.a.O., S. 63.

図16 Alexander von Humboldt und Aime Bonpland: Le Dragonnier de l'Orotava. F. Schoell 1810.

図17 Alessandro Volta: Straw electrometer, Volta type. Museo Galileo — Institute and Museum of the History of Science.

図18 Alexander von Humboldt: Dedication to Goethe (Ideen zu einer Geographie der Pflanze. Bey F. G. Cotta 1807). Stiftung Stadtmuseum.

図19 Alexander von Humboldt: Géographie des plantes équinoxiales — Tableau physique des Andes et pays voisins. 1805. Peter H. Raven Library, Missouri Botanical Garden.

図20 Friedrich Georg Weitsch: Bildnis Alexander von Humboldt. 1806. Staatliche Museen zu Berlin, Nationalgalerie.

図21 Gabriel Bodenehr: Berlin und Cölln an der Spree sampt Fridrichswerder und Dorotheenstatt. s. a. c.1720. Bayerische Staatsbibliothek.

図22 Die Churfürstliche Residenzstadt Berlin beim Tode Friedrich Wilhelms des Grossen im Jahre 1688 (Johann Marius Friedrich Schmidt: Historischer Atlas von Berlin. Schropp 1835). Zentral- und Landesbibliothek Berlin.

図23 J. Stockdale: A plan of the city of Berlin. 1800. Bibliothèque nationale de France.

図24 以下文献をもとに著者作成. Görbert: a.a.O., S. 101.

図25 E. T. A. Hoffmann: Schlemihl segelt zum Nordpol (Expedition des Grafen Rumjanzow). Staatliche Museen zu Berlin, Kupferstichkabinett.

図26 Ludwig Choris: Adelbert von Chamisso in der Südsee. 1817. Stadtmuseum Berlin.

図27 E. T. A. Hoffmann: Doppelporträt Julius Eduard Hitzig und seine Frau Eugenie. 1807. Reproduktion (Original nicht erhalten) Staatsbibliothek Bamberg.

図28 Georg Forster: Halcyon leucocephala acteon (the drawing collection of Johann Georg Adam Forster). 1772. The Library and Archives, Natural History Museum, London.

図29 Georg Forster: Jatropha curcas.

図30 Alexander von Humboldt: ein Blatt, Tagebücher der Amerikanischen Reise III. 1799. Staatsbibliothek zu Berlin.

図31 Alexander von Humboldt: Singe Cacajao. 1800. Digitalisierte Sammlungen der Staatsbibliothek zu Berlin.

図32 Alexander von Humboldt: Selbstportrait in Paris. 1814.

図33 Adelbert von Chamisso: Bild eines menschlichen Gesichtes in Ölfarbe, zahlreiche Farbproben und Skizze eines Unterarms. Digitalisierte Sammlungen der Staatsbibliothek zu Berlin.

図34 Adelbert von Chamisso: Coqueiro du Brésil (Louis Choris: Voyage pittoresque aut-

our de monde. Firmin Didot 1822).

図35 Adelbert von Chamisso: Spate de Coqueiro (Louis Choris: a.a.O.).

図36 Lejeune: Fantasmagorie de Robertson dans la Cour des Capucines en 1797 (Etienne Gaspard Robertson: Mémoires récréatifs, scientifiques et anecdotiques. Chez l'auteur 1831).

図37 Ludovike Simanowiz: Friedrich Schiller. 1793.

図38 Georg Melchior Kraus: Johann Wolfgang Goethe mit einer Silhouette. 1778. Frankfurter Goethe-Museum.

図39 Peter Friedel: Heinrich von Kleist. 1801.

図40 Salon de Curtius (Suite de onze planches pour un almanach). Bibliothèque nationale de France, département Estampes et photographie.

図41 Gravelot (Hubert-François Bourguignon): Les automates de Vaucanson. 1747–1773. Musée Carnavalet, Histoire de Paris.

図42 Pierre Jaquet-Droz, Henri-Louis, Jean-Frédéric Leschot: Les trois Automates Jaquet-Droz. 1768–1774. Musée d'Art et d'Histoire de Neuchâtel. Source: https://commons.wikimedia.org/wiki/File:Automates-Jaquet-Droz-p1030472.jpg.

図43 Pierre Kintzing, David Roentgen: Joueuse de tympanon. 1784. Musée des Arts et Métiers. Source: https://commons.wikimedia.org/wiki/File:Dulcimer_player-CnAM_7501-IMG_5548-gradient.jpg.

図44 Abbildung (Joseph Friedrich Racknitz: Ueber Den Schachspieler Des Herrn von Kempelen Und Dessen Nachbildung. Breitkopf 1789).

図45 Friedrich Kaufmann: Trompeterautomat. 1810. Deutsches Museum. Source: https://digital.deutsches-museum.de/item/4423.

図46 E. T. A. Hoffmann: Illustration zur Erzählung "Der Sandmann". 1815. Original Federzeichnung, nicht erhalten. Reproduktion, Staatsbibliothek Bamberg.

図47 A homonculus inside a sperm cell (Nicolaas Hartsoeker: Essay de dioptrique. chez Jean Anisson 1694).

参考文献

一次文献

Adelbert von Chamisso: Gedichte. Zweite Auslage. Leipzig 1834.

Adelbert von Chamisso: Peter Schlemihls wunderbare Geschichte. Ditzingen 2013.

Adelbert von Chamisso: Reise um die Welt in den Jahren 1815–1818. Berlin. Neuaufgabe Martigny 2018.

Georg Forster: Reise um die Welt. Hrsg. von Gerhard Steiner. Frankfurt am Main 1983.

Georg Forster: Ansichten vom Niederrhein, von Brabant, Flandern, Holland, England und Frankreich. In: Deutsche Literatur von Lessing bis Kafka. http://www.digitale-bibliothek.de/band1.htm

Friedrich de la Motte Fouqué: Undine. Ditzingen 1986.

Johann Wofgang Goethe: Gedichte 1756–1799. Hrsg. von Karl Eibl. Frankfurt am Main 1987.

Johann Wolfgang Goethe: Dramen 1791–1832. Hrsg.von Dieter Borschmeyer und Peter Huber. Frankfurt am Main 1993.

Johann Wolfgang Goethe: Werke. Band 8. Romane und Novellen III. Textkritisch durchgesehen und kommentiert von Erich Trunz. München 1994.

Johann Wolfgang Goehte: Werke Band 11. Autobiographische Schriften III. Hrsg. von Erich Trunz. München 1994.

Johann Wolfgang Goethe: Faust. Texte. Hrsg. von Albrecht Schöne. Frankfurt am Main 1999.

Johann Wolfgang Goethe: Faust. Kommentar. Hrsg. von Albrecht Schöne. Frankfurt am Main 1999.

Heinrich Heine: Sämtliche Schriften. Hrsg. von Klaus Briegleb. Band 1. München 1998.

Heinrich Heine: Sämtliche Schriften. Hrsg. von Karl Pörnbacher. Band 3. München 1996.

Heinrich Heine: Sämtliche Schriften. Hrsg. von Klaus Briegleb. Band 6/I. München 1985.

Johann Gottfried Herder: Volkslieder. Übertragungen. Dichtungen. Hrsg. von Ulrich Gaier. Frankfurt am Main 1990.

E. T. A. Hoffmann: Frühe Prosa, Briefe, Tagebücher, Libretti, Juristische Schrift. Werke 1794–1813. Hrsg. von Gerhard Allroggen, Friedhelm Auhuber, Hartmut Mangold,

Jörg Petzel und Hartmut Steinecke. Frankfurt am Main 2003.
E. T. A. Hoffmann: Fantasiestücke in Callot's Manier. Werke 1814. Hrsg. von Hartmut Steinecke unter Mitarbeit von Gerhard Allroggen und Wurf Segebrecht. Frankfurt am Main 1993.
E. T. A. Hoffmann: Die Elixiere des Teufels, Undine, Werke und musikarische Schriften 1814–1816. Hrsg. von Hartmut Steinecke unter Mitarbeit Gerhard Allroggen. Frankfurt am Main 1988.
E. T. A. Hoffmann: Nachtstücke. Klein Zaches. Prinzessin Brambilla. Werke 1816–1820. Hrsg. von Hartmut Steinecke unter Mitarbeit von Gerhard Alloggen. Frankfurt am Main 2009.
E. T. A. Hoffmann: Die Serapionsbrüder. Hrsg. von Wulf Segebrecht unter Mitarbeit von Ursula Segebrecht. Frankfurt am Main 2015.
Alexander von Humboldt: Aus meinem Leben. Autobiographische Bekenntnisse. Zusammengestellt und erläutert von Kurt R. Biermann. München 1989.
Alexander von Humboldt: Schriften zur Geographie der Pflanzen. Hrsg. von Hanno Beck. Darmstadt 2008.
Alexander von Humboldt: Die Forschungsreise in den Tropen Amerikas. BandII 1–3. Hrsg. von Hanno Beck. Darmstadt 2008.
Alexander von Humboldt: Kosmos. Entwurf einer physischen Weltbeschreibung. Band VII. Teilband 2. Hrsg. von Hanno Beck. Darmstadt 2008.
Alexander von Humboldt: Sämtliche Schriften. Band II: 1800–1809. Hrsg. von Sarah Bärtschi und Rex Clark. München 2019.
Alexander von Humboldt: Sämtliche Schriften. Band IX: Übertragungen. Übersetzungen. Hrsg. von Oliver Lubrich und Thomas Nehrlich. München 2019.
Alexander von Humboldt: Sämtliche Schriften. Band X: Durchquerungen Forschung. Hrsg. von Oliver Lubrich und Thomas Nehrlich. München 2019.
Alexander von Humboldt: Das graphische Gesamtwerk. Hrsg. von Oliver Lubrich unter Mitarbeit von Sarah Bärtschi. Darmstadt 2022.
Heinrich von Kleist: Sämtliche Werke und Briefe in vier Bände. Band 2. Dramen 1808–1811. Hrsg. von Ilse-Marie Barth und Hinrich C. Seeba unter Mitwirkung von Hans Rudolf Barth. Frankfurt am Main 1987.
Heinrich von Kleist: Sämtliche Werke und Briefe. Hrsg. von Helmut Sembdner. Zweiter Band. München 2001.
Novalis: Werke, Tagebücher und Briefe Friedrich von Hardenbergs. Hrsg. von Hans-Joa-

chim Mähl und Richard Samuel. Bd. 1. München/Wien 1978.
Novalis: Werke, Tagebücher und Briefe Friedrich von Hardenbergs. Hrsg. von Hans-Joachim Mähl und Richard Samuel. Bd. 3. München/Wien 1978.
Schillers Briefwechsel mit Körner. Von 1784 bis zum Tod Schillers. Hrsg. von Karl Goedecke. Zweiter Teil: 1793–1805. Leipzig 1878.
Briefwechsel zwischen Schiller und Goethe. Vierte Auflage. Hrsg. von Wilhelm Vollmer. Zweiter Band. Stuttgart 1881.
Friedrich Schiller: Übersetzungen und Bearbeitungen. Hrsg. von Heinz Gerd Ingenkamp. Frankfurt am Main 1995.
Friedrich Schiller: Historische Schriften und Erzählungen II. Hrsg. von Otto Dann. Frankfurt am Main 2002.
Ludwig Tieck: Phantasus. Hrsg. von Manfred Frank. Frankfurt am Main 1985.
Ludwig Tieck: Schriften 1789–1794. Die Sommernacht, Abdallah, Karl von Berneck, Shakespeare-Studien-Tiecks Frühwerk erstmals in kritischer und kommentierter Edition. Hrsg. von Achim Hölter. Frankfurt am Main 1991.
Ludwig Tieck: Der blonde Eckhardt. Der Runenberg. Hrsg. von Uwe Jansen. Ditzingen 2018.

二次文献

Achim von Arnim: Des Knaben Wunderhorn. Bd. 1, S. 80–83. In: Deutsche Literatur von Lessing bis Kafka, S. 2507–2511. http://www.digitale-bibliothek.de/band1.htm
Walter Artelt: Der Mesmerismus in deutschen Geistesleben. In: Gesnerus. Bd. 8 1951, S. 4–14.
Hanns Bächtold-Stäubli unter Mitwirkung von Eduard Hoffmann-Krayer (Hrsg.): Handwörterbuch des deutschen Aberglaubens. Augsburg 2000, Bd. 1–10.
Anne Baillot (Hrsg.): Netzwerke des Wissens. Das Intellekutelle Berlin um 1800. Berlin 2011.
Roland Berbig / Walter Erhart / Monika Sproll / Jutta Weber (Hrsg.): Phantastik und Skepsis. Adelbert von Chamissos Lebens- und Schreibwelten. Göttingn 2016.
Berlinische Blätter. [1], 2. 1797. Berlin.
Rudolf Georg Bindung: Mephistopheles und Homunculus. In: Goethe-Kalender. 1938, S. 47–62.
Kai Bremer: Das Käthchen von Heilbronn: Vom Umgang mit der Formlosigkeit. In: Heinrich von Kleist: Das Käthchen von Heilbronn. Nachwort. Stuttgart 2012, S.

201–211.
Johann Gustav Büsching: Volks-Sagen, Märchen und Legenden. Leipzig 1812.
Chris Cullens und Dorothea von Mücke: Das Käthchen von Heilbronn. »Ein Kind recht nach der Lust Gottes«. In: Walter Hinderer (Hrsg.): Interpretaionen Kleists Dramen. Stuttgart 1997, S. 116–143.
Hellmut Döring: Homunculus. In: Zeitschrift für Literaturwissenschaft, Ästhetik und Kulturwissenschaften. 11. 1965, S. 185–194.
Johann Peter Eckermann: Gespräche mit Goethe in den letzten Jahren seines Lebens 1823–32. Hrsg. von Christoph Michel unter Mitwirkung von Hans Grüters. Berlin 2011.
Wilhelm Emrich: Die Symbolik von Faust II, Sinn und Vorformen. Bonn 1957.
Angelika Epple, Walter Erhart (Hrsg.): Die Welt Beobachten. Praktiken des Vergleichens. Frankfurt am Main 2015.
Ottmar Ette (Hrsg.): Alexander von Humboldt Handbuch. Leben- Werk- Wirkung. Berlin 2021.
Marie-Theres Federhofer: Chamisso und die Wale mit dem lateinischen Originaltext der Walschrift Chamissos und dessen Übersetzung, Anmerkungen und weiteren Materialien. Norderstedt 2012.
Marie-Theres Federhofer / Jutta Weber (Hrsg.): Korrespondenzen und Transformationen. Neue Perspektiven auf Adelbert von Chamisso. Göttingen 2013.
Claire Gantet: The dissemination of mesmerism in Germany (1784–1815): Some patterns of the circulation of knowledge. In: Centaurus 2021, P. 762–778.
Johannes Görbert: Die Vertextung der Welt. Forschungsreisen als Literatur bei Georg Forster, Alexander von Humboldt und Adelbert von Chamisso. Berlin / München / Boston 2014.
Johannes Görbert „Ein Morgen war's, schöner hat ihn schwerlich je ein Dichter beschrieben." Zur Textgenese von Georg Forsters literarischer Tahiti-Inszenierung. In: Georg-Forster-Studien XX. 2015, S. 1–16.
Curt Grützmacher: Zum Verständnis der Werke. In: Novalis: Monolog. Die Lehrlinge zu Sais. Die Christenheit oder Europa. Hymnen an die Nacht. Geistliche Lieder. Heinrich von Ofterdingen. Hrsg. von Ernesto Grassi unter Mitarbeit von Walter Hess. Reinbek bei Hamburg 1999.
Brüder Grimm (Hrsg.): Deutsche Sagen. Frankfurt am Main 1994.
Klaus Günzel: König der Romantik. Das Leben des Dichters Ludwig Tieck in Briefen,

Selbstzeugnissen und Berichten. Berlin 1981.
Hans Ludwig Held: Das Gespenst des Golem. München 1927.
Henriette Herz: Ihr Leben und ihre Erinnerungen. Hrsg. von Julius Fürst. Berlin 1850.
Daniel Hilpert: Magnetisches Erzählen. E. T. A. Hoffmanns Poetisierung des Mesmerismus. Freiburg im Breisgau / Berlin / Wien 2014.
Julius Eduard Hitzig: Aus Hoffmanns Leben und Nachlass. Zwei Bände. Berlin 1823.
Julius Eduard Hitzig: Leben und Briefe von Adelbert von Chamisso. Zwei Bände. Leibzig 1839.
Curt Hohoff: Kleist. Hamburg 1999.
Steven R. Huff: Heinrich von Kleist und Eberhard Gmelin: Neue Überlegungen. In: Euphorion 86. 1992, S. 221–239.
Linde Katritzky: Punschgesellschaft und Gemüsemarkt in Lichtenbergs Hogarth-Kommentaren und bei E. T. A. Hoffmann. In: Jahrbuch der Jean-Paul-Gesellschaft 22. 1987, S. 155–171.
Carl Alexander Ferdinand Kruge: Versuch einer Darstellung des animalischen Magnetismus als Heilmittel. Berlin 1811.
Beatrix Langner: Der wilde Europäer. Adelbert von Chamisso. Berlin 2009.
Joachim Larenz: Eisenach in Thüringen - die Erschließung des Ortsnamens. In: Namenkundliche Informationen 73. 1998. S. 9–17.
Rahel Levin Varnhagen: Rachel. Ein Buch des Andenkens für ihre Freunde. (Hrsg.) Barbara Hahn. Bd. 1–6. Göttingen 2011.
Hanna Lotte Lund, Ulricke Schneider, Ulrike Wels (Hrsg.): Die Kommunikations-, Wissens- und Handlungsräume der Henriette Herz (1764–1847). Göttingen 2017.
Christine Lubkoll / Harald Neumeyer (Hrsg.): E. T. A. Hoffmann Handbuch. Leben-Werk- Wirkung. Stuttgart 2015.
Yvonne Maaß: Leuchtkäfer & Orgelkoralle. Chamissos Reise um die Welt mit der Romanzoffischen Entdeckungs-Expedition (1815–1818) im Wechselspiel von Naturkunde und Literatur. Würzburg 2016.
Franz Anton Mesmer: Mesmerismus. Oder System der Wechselwirkugen. Theorie und Anwendung des thierischen Magnetismus als die allgemeine Heilkunde zur Erhaltung des Menschen. Berlin 1814.
Klaus Müller-Salget: Heinrich von Kleist. Stuttgart 2011.
Hans A. Neunzig: Lebensläufe der deutschen Romantik. München 1986.
Paracelsus: Sämtliche Werke. Nach der 10 Bändigen huserschen Gesamtausgabe (1589–

1591) zum Erstenmal in neuzeitliches deutsch übersetzt. Hrsg. von Dr. Bernhart Aschner. Dritter Band. Jena 1932.

Paracelsus: Sämtliche Werke. Nach der 10 Bändigen huserschen Gesamtausgabe (1589–1591) zum Erstenmal in neuzeitliches deutsch übersetzt. Hrsg. von Dr. Bernhart Aschner. Vierter Band. Jena 1932.

Roger Paulin: Ludwig Tieck. Eine literarische Biographie. München 1985.

Elke Pfitzinger: Blindes Vertrauen? Die stabile Welt von Kleists ›Das Käthchen von Heilbronn‹. In: Kleist Jahrbuch 2012, S. 356–365.

Pamela Pilbeam: Madame Tussaud and the History of Waxworks. London. New York. 2003.

Roland Reuß: »Leimruthen«. Zum Problem der Kunst in Kleist »Das Käthchen von Heilbronn oder die Feuerprobe«. In: Brandenburger Kleist-Blätter 16. 2004, S. 3–20.

Wolfgang Riedel: Künstliche Menschen. Die Entstehung der Lebenswissenschaften und ihre Gespenster: Olimpia – The Creature – Homunkulus. In: Brigitte Burrichter und Dorethea Klein (Hrsg.): Technik und Science Fiction in der Vormoderne.Würzburg 2018, S. 235–283.

Edwin D. Rose: Publishing Nature in the Age of Revolutions: Joseph Banks, Georg Forster, and the Plants of the Pacific. In: The historical Journal Volume 63, Issue 5. 2020, pp. 1132–1159.

Heinz Schott: Mesmerismus und Romantik in der Medizin. In: Aurora: Jahrbuch der Eichendorff-Gesellschaft 64. 2004, S. 41–56.

Gotthilf Heinrich von Schubert: Ansichten von der Nachtseite der Naturwissenschaft. Dresden 1808.

Hans Sohni: Koreff, David Ferdinand in: Neue Deutsche Biographie 12. 1980, S. 582–583.

Peter Staengle: Heinrich von Kleist — eine kurze Chronik von Leben und Werk. In: Text+Kritik. Zeitschrift für Literatur. XII/21. Heinrich von Kleist. Hrsg. von Heinz Ludwig Arnold in Zusammenarbeit mit Roland Reuß und Peter Staengle. 2021, S. 206–224.

Fritz Strich: Homunculus. In: Kunst und Leben: Vorträge und Abhandlungen zur deutschen Literatur. 1960, S. 59–76.

Madam Tussaud's Memoirs and Reminiscences of France. Forming an abridged History of the French Revolution. Edited by Francis Hervé. Cambridge 2014.

Frank Vorpahl: Georg Forsters Cascade am Mt. Sparrman: Die Entdeckung der ersten

Landschaftsskizze des Naturzeichners der zweiten Cookschen Weltumseglung. In: Georg-Forster-Studien XX. Literarische Weltreisen. Kassel 2015, S. 95–111.
Vorwärts! Pariser Deutsche Zeitschrift. 10. Juli. 1844. Nr. 5, S. 1.
Adelheid Voskuhl: Androids in the enlichtenment. Mechanics, Artisans, and Cultures of the Self. Chicago and London 2013.
Geri Walton: Madam Tussaud. Her life and legacy. Yorkshire/Philadelphia 2019.
Thoma Warndorf: Philipp Wilhelm Mathias Curtius aus Stockach, Begründer des Wachsfigurenkabinetts Tussaud. In: hegau Jahrbuch 36/37. 1979/80, S. 141–157.
Manfred Weinberg: „ . . . und dich weinen." Natur und Kunst in Heinrich von Kleists Das Käthchen von Heilbronn. In: Deutsche Vierteljahrsschrift 79. 2005, S. 568–601.
Stefan Zweig: Die Heilung durch den Geist. Mesmer. Mary Baker-Eddy. Freud. Frankfurt am Main 1982.

秋山大輔「シャミッソー『世界旅行記』研究―アメリカ大陸と南太平洋諸島でのシャミッソーの他者認識」『研究年報』25 号，2008，54–66 頁
アポロドーロス（高津春繁訳）『ギリシア神話』岩波文庫，1953
アビ・ヴァールブルク（伊藤博明監訳　上村清雄・岡田温司訳）『フィレンツェ市民文化における古典世界』ありな書房，2004
ウィルソン・ヴァン・デュセン（今村光一訳）『霊感者スウェデンボルグ　その心理学的・心霊科学的探究』日本教文社，1984
ジョルジュ・ヴィガレロ（後平澪子訳）『美人の歴史』藤原書店，2012
ペートラ・ヴィルヘルミー＝ドリンガー（糟谷理恵子，斉藤尚子，畑澤裕子，林真帆，茂幾保代，渡辺芳子訳）『ベルリンサロン』鳥影社，2003
上野ふき「ノヴァーリス及びドイツ・ロマン主義における自然科学的環境と文学の関わり―ドイツの鉱山をめぐって」『メタプティヒアカ』名古屋大学大学院文学研究科教育研究推進室年報 2 巻，2008，161–165 頁
ウェルギリウス（岡道男・高橋宏幸訳）『アエネーイス』京都大学学術出版会，2001
宇佐美幸彦『ベルリン文学地図』関西大学出版部，2008
内田俊一「真空の実験室―：ラーエル・ファルンハーゲンとユダヤ・サロンの時代」『法政大学教養部紀要　外国語学・外国文学編』103 巻，1998，73–102 頁
アンドレア・ウルフ（矢羽野薫訳）『金星（ヴィーナス）を追いかけて』角川書店，2012

アンドレア・ウルフ（鍛原多惠子訳）『フンボルトの冒険　自然という〈生命の網〉の発明』NHK 出版，2017
ジークフリート・ウンゼルト（西山力也・坂巻隆裕・関根裕子訳）『ゲーテと出版者　一つの書籍出版文化史』法政大学出版局，2005
オウィディウス（中村善也訳）『変身物語（上）（下）』岩波文庫，1981
大野英二郎「追放と流離―スタール夫人とシャミッソー」『フェリス女学院大学文学部紀要』30 号，1995，1-27 頁
岡田公夫訳『ドイツ民衆本の世界Ⅴ　ハイモンの四人の子ら』国書刊行会，1988
織田武雄『地図の歴史　世界篇・日本篇』講談社学術文庫，2018
ケン・オールダー（吉田三知世訳）『万物の尺度を求めて　メートル法を定めた子午線大計測』早川書房，2006
ピエール・ガスカール（沖田吉穂訳）『探検博物学者フンボルト』白水社，1989
鎌田耕太郎「ジェームズ・ハットンの花崗岩観察へのこだわりと不整合の発見」『弘前大学教育学部紀要』第 102 号，2009，25-32 頁
河崎靖『ルーン文字の起源』大学書林，2017
イマヌエル・カント（金森誠也訳）『カント「視霊者の夢」』，講談社学術文庫，2013
岸谷敞子，柳井尚子『ワルトブルクの歌合戦　伝説資料とその訳注』大学書林，1987
北原寛子「J. J. ボードマーの詩学における「想像力」：18 世紀ドイツ小説理論における虚構観の変遷についての一考察」『北海学園大学学園論集』178，2019，91-106 頁
木戸芳子「『魔王』Erlkönig 覚書」『研究紀要』9 巻，1984，205-224 頁
木野光司「マリオネットとアォトマート：E. T. A. Hoffmann における人形モティーフの考察」『人文研究』45 巻 8 号，1993，65-88 頁
木野光司『ロマン主義の自我・幻想・都市像―E. T. A. ホフマンの文学世界―』関西学院大学出版会，2002
金七紀男『エンリケ航海王子　大航海時代の先駆者とその時代』刀水書房，2004
クック（増田義郎訳）『太平洋探検　上』岩波書店，1992
クック（増田義郎訳）『太平洋探検　下』岩波書店，1994
クック（増田義郎訳）『太平洋探検（一）第一回航海（上）』岩波文庫，2004
クック（増田義郎訳）『太平洋探検（二）第一回航海（下）』岩波文庫，2004

クック（増田義郎訳）『太平洋探検（三）第二回航海（上）』岩波文庫，2005
クック（増田義郎訳）『太平洋探検（四）第二回航海（下）』岩波文庫，2005
クードレット（森本英夫，傳田久仁子訳）『妖精メリュジーヌ伝説』現代教養文庫，1995
クライスト（佐藤恵三訳）『クライスト全集　第一巻　小説・逸話・評論その他』沖積舎，1998
ヴァルター・グラープ（松下亮訳）「政治詩人ハイネ〔新版〕V・完」『修道法学』20巻，1号，1998，259-351頁
レンツ・クリス＝レッテンベック，リーゼロッテ・ハンスマン（津山拓也訳）『図説　西洋護符大全―魔術・呪術・迷信の博物誌』八坂書房，2014
坂井洲二『年貢を納めていた人々　西洋近世農民の暮し』法政大学出版局，1986
阪井葉子「消される女性の身体と声　E. T. A. ホフマンの音楽小説にみる女性歌手の死」『東北ドイツ文学研究』53巻，2010，131-150頁
坂本貴志『秘教的伝統とドイツ近代　ヘルメス，オルフェウス，ピュタゴラスの文化史的変奏』ぷねうま舎，2014
坂本貴志『ドイツ文化読本』丸善出版，2024
佐々木博「Alexander von Humboldtにとってのベルリンとパリ　生まれた故郷と科学する故郷の比較」『目白大学総合科学研究』5号，2009，33-47頁
佐々木博『最後の博物学者アレクサンダー＝フォン＝フンボルトの生涯』古今書院，2015
サルスティウス（栗田伸子訳）『ユグルタ戦争・カティリーナの陰謀』岩波文庫，2019
七條めぐみ「18世紀ベルリンにおける亡命ユグノーの出版者たち―R. ロジェとA. デュサラによる『ダヴィッド詩篇集』の出版をめぐって」『ミクスト・ミューズ：愛知県立芸術大学音楽学部音楽学コース紀要』15号，2020，5-19頁
柴田翔『「ファウスト第II部」を読む』白水社，1998
柴田陽弘「ヴェルナー一門の詩人たち」『藝文研究』66号，1994，88-108頁
柴田陽弘「A. G. ヴェルナーとその時代」『藝文研究』67号，1995，350-366頁
澁澤龍彦『秘密結社の手帖』河出文庫，1984
ユーリウスH. シェプス編（石田基広，唐沢徹，北彰，鈴木隆雄，関口宏道，土屋勝彦，西村雅樹，野村真理，原研二，松村國隆訳）『ユダヤ小百科』水声社，2012

エマニュエル・スウェデンボルグ（今村光一抄訳・編）『完全版　スウェデンボルグの霊界からの手記』経済界，2007
杉本俊多『ベルリン　都市は進化する』講談社現代新書，1993
R. A. スケルトン（増田義郎，信岡奈生訳）『世界探検地図　大航海時代から極地探検まで』原書房，1986
鈴木潔「ティークとロマン派（2）」『同志社外国文学研究』25，1979，44–60 頁
鈴木潔「ティークとロマン派（3）」『同志社外国文学研究』35，1983，68–86 頁
鈴木潔「「読書クラブ」寸描」『同志社外国文学研究』58，1990，76–90 頁
鈴木健夫『ロシアドイツ人　移動を強いられた苦難の歴史』亜紀書房，2021
スタール夫人（エレーヌ・ド・グロート，梶谷温子，中村加津，大竹仁子訳）『ドイツ論 3　哲学と宗教』鳥影社，1996
瀬原義生『中・近世ドイツ鉱山業と新大陸銀』文理閣，2016
高木昌史「ゲオルク・フォルスターの『ライン下流地方の風景』」『成城文藝』230 号，2015，1–22 頁
高橋和夫『スウェーデンボルグ　科学から神秘世界へ』講談社学術文庫，2021
竹原有吾「16～18 世紀ベルリンのユダヤ教徒の企業家活動と貨幣鋳造業—都市と国家の世俗化の差—」『学習院大学　経済論集』第 56 巻第 1・2 合併号，2019，119–135 頁
種村季弘『山師カリオストロの大冒険』岩波現代文庫，2003
田村百代「アレクサンダー・フォン・フンボルト「自然画」における科学と芸術」『地域研究』Vol. 35 No. 2，1995，1–17 頁
田村百代「Humboldt 自然地理学の本質とその思想的背景」『地理学評論』71A-10，1998，730–752 頁
田村百代「A. von Humboldt『コスモス』の成立」『地域研究』Vol. 58，2018，1–15 頁
アラン・ダンデス（新井皓士訳）『鳥屋の梯子と人生はそも短くて糞まみれ ドイツ民衆文化再考』平凡社，1988
ロバート・ダーントン（稲生永訳）『パリのメスマー　大革命と動物磁気催眠術』平凡社，1987
塚本栄美子「近世ドイツにおける信仰難民とその子孫たちの集合的記憶の形成—ブランデンブルク・プロイセンのユグノーたちを事例に—」『佛教大学　歴史学部論集』第 7 号，2017，19–36 頁
塚本栄美子「19 世紀後半ベルリンにおけるユグノーたちの「オフィシャルな」歴史叙述　ミュレ『ブランデンブルク＝プロイセンにおけるフランス人入植

地の歴史』(1885年)」『佛教大学歴史学部論集』第12号，2022，107–126頁
ロビン・ハンベリ・テニソン編著（植松靖夫訳）『世界探検家列伝　海・河川・砂漠・極地，そして宇宙へ』悠書館，2011
戸叶勝也『ドイツ啓蒙主義の巨人　フリードリヒ・ニコライ』朝文社，2001
サイン・トクスヴィグ（今村光一訳）『巨人・スウェデンボルグ伝　科学から霊的世界までを見てきた男』徳間書店，1988
B. S. ドッジ（白幡節子訳）『世界を変えた植物』八坂書房，1988
ド・ラ・メトリ（杉捷夫訳）『人間機械論』岩波文庫，1932
中井章子，本間邦雄，岡部雄三訳『キリスト教神秘主義著作集　16巻　近代の自然神秘思想』，教文館，1993
中井章子『ノヴァーリスと自然神秘思想』創文社，1998
中村志朗『クライスト序説』未来社，1997
中村禎里『生物学の歴史』ちくま学芸文庫，2013
西村貞二『フンボルト』清水書院，2015
ジョゼフ・ニーダム編（木原弘二訳）『生化学の歴史』みすず書房，1978
ミシェル・パストゥロー（松村恵理，松村剛訳）『青の歴史』筑摩書房，2005
原光雄『化学を築いた人々』中央公論社，1973
サビン・バリング＝グールド（池上俊一監修）『ヨーロッパをさすらう異形の物語　中世の幻想・神話・伝説　上・下』柏書房，2007
バルトルシャイティス（有田忠郎訳）『イシス探求―ある神話の伝承をめぐる試論―』国書刊行会，1992
平野嘉彦『ホフマンと乱歩　人形と光学器械のエロス』みすず書房，2007
クララ・ピント–コレイア（佐藤恵子訳）『イヴの卵　卵子と精子と前成説』白揚社，2003
ゲオルク・フォルスター（八木浩，芳原政弘他共訳）『ゲオルク・フォルスター作品集　世界旅行からフランス革命へ』三修社，1983
ゲオルク・フォルスター（三島憲一・山本尤訳）『世界周航記　下』岩波書店，2003
ゲオルク・フォルスター（船越克己訳）『ニーダーラインの光景』大阪公立大学共同出版会，2012
ブーガンヴィル（山本淳一訳）『世界周航記』岩波書店，1990
藤井良彦「『ベルリン自由学校』について―最初のフリースクール―」『ユダヤ・イスラエル研究』第29号，2015，1–11頁
藤代幸一訳『ドイツ民衆本の世界Ⅰ　クラーベルト滑稽譚　麗わしのメルジー

ナ』国書刊行会，1987
藤代幸一，岡本麻美子訳『ドイツ民衆本の世界 IV　幸運のさいふと空とぶ帽子　麗わしのマゲローナ』国書刊行会，1988
藤原康徳『先端的な流星観測による彗星のダスト放出と進化の研究』総合研究大学院大学博士論文，2018
船越克己「ゲオルク・フォルスター（1, 2）」『言語と文化』2002，79-92 頁
プラウトゥス（五之治昌比呂訳）「黄金の壺」『ローマ喜劇集 1』京都大学学術出版会，2000
ハンス＝ヴェルナー・プラール（山本尤訳）『大学制度の社会史』法政大学出版局，1988
マルク・ブロック（井上泰男・渡邉昌美共訳）『王の奇跡　王権の超自然的性格に関する研究／特にフランスとイギリスの場合』刀水書房，1998
アレクサンダー・フォン・フンボルト（大野英二郎・荒木善太訳）『新大陸赤道地方紀行』上，岩波書店，2001
アレクサンダー・フォン・フンボルト（木村直司編訳）『フンボルト　自然の諸相』ちくま学芸文庫，2012
ヘルダー（嶋田洋一郎訳）『ヘルダー民謡集』九州大学出版会，2018
エドガー・アラン・ポオ（小林秀雄・大岡昇平訳）「メルツェルの将棋差し」『ポオ小説全集 1』創元推理文庫，1974，239-267 頁
ダグラス・ボッティング（西川治・前田伸人訳）『フンボルト―地球学の開祖』東洋書林，2008
ホフマン（深田甫訳）『ホフマン全集第 3 巻』創土社，1971
ホフマン（池内紀編訳）『ホフマン短篇集』岩波文庫，1984
ホフマン（深田甫訳）『ホフマン全集第 4 巻 II』創土社，1988
ホフマン（大島かおり訳）『砂男・クレスペル顧問官』光文社古典新訳文庫，2014
マノロフ（早川光雄訳）『化学をつくった人びと　上』東京図書株式会社，1979
イアン・マカルマン（藤田真利子訳）『最後の錬金術師カリオストロ伯爵』草思社，2004
フランク・マクリン（日暮雅通訳）『キャプテン・クック　世紀の大航海者』東洋書林，2013
P. J. マーシャル，G. ウィリアムズ（大久保佳子訳）『野蛮の博物誌　18 世紀イギリスがみた世界』平凡社，1989
松浦純訳『ドイツ民衆本の世界 III　ファウスト博士　付　人形芝居ファウスト』国書刊行会，1988

松沢芳郎「ハインリヒ・フォン・クライスト」『信州大学人文学部紀要』01, 1966, 47-54頁
丸子基夫「19世紀ドイツの偉人変人―その3　海外探検の学者たち―」『旭川医科大学紀要』Vol. 6　1985, 49-62頁
宮田眞治「覚醒へ向けての夢想―『ハインリッヒ・フォン・オフターディンゲン』試論（1）―」『京都大学文学部独文研究室研究報告』4, 1990, 69-116頁
クルト・メンデルスゾーン（常石敬一訳）『科学と西洋の世界制覇』みすず書房, 1980
最上英明「「ウンディーネ」とロマンティック・オペラ―ホフマン, ロルツィング, ワーグナー―」『香川大学経済論叢』第73巻第3号, 2000, 813-821頁
茂在寅男『航海術　海に挑む人間の歴史』中公新書, 1967
モリエール（鈴木力衛訳）『守銭奴』岩波文庫, 1973
屋敷二郎『フリードリヒ大王　祖国と寛容』山川出版社, 2016
ペーター・ラーンシュタイン（上西川原章訳）『シラーの生涯　その生活と日常と創作』法政大学出版局, 2004
ゲオルク・クリストフ・リヒテンベルク（宮田眞治訳）『リヒテンベルクの雑記帳』作品社, 2018
ジャック・ルール（香山学監訳, 尾崎直子訳）『リネンの歴史とその関連産業』白水社, 2022
ピーター・レイビー（高田朔訳）『大探検時代の博物学者たち』河出書房新社, 2000
吉田真『ワーグナー』音楽之友社, 2005
ワーグナー（高辻知義訳）『オペラ対訳ライブラリー　タンホイザー』音楽之友社, 2004

Ingo Schwarz (Hg.): Alexander von Humboldt-Chronologie
https://edition-humboldt.de/chronologie/index.xql?l=de

註

第1章　精霊たち

1.　精霊譚の復活

1　中井章子，本間邦雄，岡部雄三訳『キリスト教神秘主義著作集　16巻　近代の自然神秘思想』，教文館，1993，岡部氏による解説597–599頁参照.

2　中村禎里『生物学の歴史』ちくま学芸文庫，2013，160頁参照.

3　Vgl. Roger Paulin: Ludwig Tieck. Eine literarische Biographie. München 1985, S. 12.

4　ギムナジウムは日本の中高一貫校に相当し，大学進学を目指す生徒が通う中等教育機関である.

5　Vgl. Paulin: a.a.O., S. 15.

6　Vgl. Paulin: a.a.O., S. 14.

7　Vgl. Klaus Günzel: König der Romantik. Das Leben des Dichters Ludwig Tieck in Briefen, Selbstzeugnissen und Berichten. Berlin 1981, S. 97.

8　『ヴァルトブルクの歌合戦』に関して，チューリヒの学者ヨハン・ヤーコプ・ボードマー（1698–1783）とヨハン・ヤーコプ・ブライティンガー（1701–76）がパリの図書館所蔵の「マネッセ歌謡写本」を借り出し（1746），撰集『13世紀のシュヴァーベンの古詩見本』（1748）と2巻本の『ミンネザング集』（1758–59）を出版した.『ニーベルンゲンの歌』に関して，ヤーコプ・ヘルマン・オーベライト（1725–98）がフォーアアルルベルクのホーエンエムス伯爵家の図書館で写本Cを発見し（1755），ボードマーがテクストを刊行した（1757）．その後ザンクト・ガレンで写本B（1768）が，ホーエンエムス伯爵家で写本A（1779）が発見され，クリストフ・ハインリヒ・ミュラー（1740–1807）の手で完本が刊行された（1782）.

9　鈴木潔「「読書クラブ」寸描」『同志社外国文学研究』58，1990，76–90頁，82–85頁参照.

10　岡田公夫訳『ドイツ民衆本の世界V　ハイモンの四人の子ら』国書刊行会，1988.

11　藤代幸一，岡本麻美子訳『ドイツ民衆本の世界IV　幸運のさいふと空とぶ帽子　麗わしのマゲローナ』国書刊行会，1988.

12　松浦純訳『ドイツ民衆本の世界III　ファウスト博士　付　人形芝居ファウスト』国書刊行会，1988．レッシングは『ファウスト断片』（1759）を出版し，

ゲーテは『原ファウスト』と呼ばれるテクスト断片（1772–75），『悲劇ファウスト第1部』（1808），『悲劇ファウスト第2部』（1833）と生涯ファウスト伝説に取り組み，シャミッソーは戯曲『ファウスト』（1803）を，ハイネも『ファウスト博士』（1851）を書いた．

13 シェイクスピアの戯曲は，ヴィーラントによる21作品（1762–66），アウグスト・ヴィルヘルム・シュレーゲルの14作品（1797–1810），ティークがシュレーゲルの計画を引き継ぎ娘ドロテーア・ティーク（1799–1841）とヴォルフ・ハインリヒ・フォン・ボーディッシン（1789–1878）と協力した9作品でドイツ語に訳され，『マクベス』と『オセロ』，『嵐』は各地で上演された．ゴッツィの作品はアウグスト・クレメンス・ヴェルテスによりドイツ語に訳され（1777–79），『トゥーランドット』（1762）はシラーにより上演用台本（1801）が書かれ，『蛇女』（1762）はフリードリヒ・ハインリヒ・ヒンメル（1765–1814）のオペラ『空気の精』（1806）とホフマンの『黄金の壺』（1814），リヒャルト・ヴァーグナー（1813–83）のオペラ『妖精』（1833）の種本になった．

14 鈴木潔「ティークとロマン派（2）」『同志社外国文学研究』25，1979，44–60頁，56–58頁参照．

15 Günzel: a.a.O., S. 109.

16 鈴木潔「ティークとロマン派（3）」『同志社外国文学研究』35，1983，68–86頁参照．

17 ティークの論文のテーマ「不可思議」に関して，ゴットシェード対チューリヒの文学者（ボードマーとブライティンガー）との間で論争が繰り広げられた．その発端はボードマーがジョン・ミルトン（1608–74）の叙事詩『失楽園』（1667）をドイツ語に訳したもの（1732）が評価されなかったことにある．彼はドイツ語圏で『失楽園』が受容されない理由を，ドイツ語の響きの問題とドイツ人の生真面目さと芸術への理解不足に見た．それに対しゴットシェードは作品そのものに問題があると主張し，『失楽園』における「不可思議」，たとえば天使が山を投げたり気絶する逸話を合理的立場から批判するフランス語圏の見解を支持した．ボードマーは『失楽園』を評価するイギリスの見解を支持し，「不可思議」をアレゴリーと捉え，人間は「不可思議」を「想像力」でもって認知すると主張した．この論争はドイツ語や文学における趣味の洗練を目指すことを確認してひとまず終結する（北原寛子「J. J. ボードマーの詩学における「想像力」：18世紀ドイツ小説理論における虚構観の変遷についての一考察」『北海学園大学学園論集』178，2019，91–106頁参照）．その後，ニコライやヴィーラントも「不可思議」について論じており，これ

への態度決定が重視されていたことは確かである．

18 Vgl. Ludwig Tieck: Schriften 1789–1794. Die Sommernacht, Abdallah, Karl von Berneck, Shakespeare-Studien-Tiecks Frühwerk erstmals in kritischer und kommentierter Edition. Hrsg. von Achim Hölter. Frankfurt am Main 1991, S. 687.

2. 地の精

1 瀬原義生『中・近世ドイツ鉱山業と新大陸銀』文理閣，2016，77 頁以下参照.

2 瀬原：上掲書，108 頁以下参照.

3 瀬原：上掲書，138 頁参照.

4 瀬原：上掲書，142 頁参照.

5 ハンス＝ヴェルナー・プラール（山本尤訳）『大学制度の社会史』法政大学出版局，1988，201 頁参照.

6 プラール：上掲書，161–162 頁参照.

7 柴田陽弘「ヴェルナー門の詩人たち」『藝文研究』66 号，1994，88–108 頁参照.

8 鎌田耕太郎「ジェームズ・ハットンの花崗岩観察へのこだわりと不整合の発見」『弘前大学教育学部紀要』第 102 号，2009，25–32 頁参照.

9 柴田陽弘「A. G. ヴェルナーとその時代」『藝文研究』67 号，1995，350–366 頁参照.

10 Novalis: Werke, Tagebücher und Briefe Friedrich von Hardenbergs. Hrsg. von Hans-Joachim Mähl und Richard Samuel. Bd. 1. München / Wien 1978, S. 242.

11 Novalis: Bd. 1 S. 247.

12 Novalis: Bd. 1 S. 247

13 中井章子『ノヴァーリスと自然神秘思想』創文社，1998，328 頁.

14 同上.

15 Vgl. Novalis: Werke, Tagebücher und Briefe Friedrich von Hardenbergs. Hrsg. von Hans-Joachim Mähl und Richard Samuel. Bd. 3. München / Wien 1978, S. 158. キュフホイザー山は，神聖ローマ皇帝フリードリヒ一世（1122–90）が山の内部で長い眠りについていて，ドイツが危機に見舞われると目を覚ましてそこから戻ってくるという伝説の舞台でもある．

16 ノヴァーリスが勤務した製塩所（アルテルン，ケーゼン，デュレンベルク）では塩泉が川のように流れ，地底湖はない．だが彼はフライブルクで銀鉱山の地底へ降りたはずであり，バイエルンのベルヒテスガーデンの地底湖も知っていただろう．上野ふき「ノヴァーリス及びドイツ・ロマン主義における

自然科学的環境と文学の関わり―ドイツの鉱山をめぐって」『メタプティヒアカ』名古屋大学大学院文学研究科教育研究推進室年報2巻，2008，161-165頁参照．

17 宮田眞治「覚醒へ向けての夢想―『ハインリッヒ・フォン・オフターディンゲン』試論（1）―」『京都大学文学部独文研究室研究報告』4，1990，69-116頁，74頁以下参照．

18 サビン・バリング＝グールド（池上俊一監修）『ヨーロッパをさすらう異形の物語　中世の幻想・神話・伝説　下』柏書房，2007，89頁．

19 バリング＝グールドが紹介する逸話によると，美しい青い花を摘んだ男が岩の割れ目から山の内部に入り，そこにいた美女に黄金を持ち帰ってよいと言われる．彼は喜んで黄金をポケットに詰め込み，「いちばん大事なものを忘れないで」と声を掛けられると「いちばん大事なもの」を黄金と考え，青い花を置き忘れ，そのため山から出られなかった．この青い花は「私を忘れないで」を意味するワスレナグサと考えられる．同上，81-82頁参照．

20 ミシェル・パストゥロー（松村恵理，松村剛訳）『青の歴史』筑摩書房，2005，154頁．

21 ジャック・ルール（香山学監訳，尾崎直子訳）『リネンの歴史とその関連産業』白水社，2022，44頁．

22 バルトルシャイティス（有田忠郎訳）『イシス探求―ある神話の伝承をめぐる試論―』国書刊行会，1992，183-188頁参照．

23 Vgl. Joachim Larenz: Eisenach in Thüringen — die Erschließung des Ortsnamens. In: Namenkundliche Informationen 73. 1998. S. 9-17.

24 岸谷敞子，柳井尚子『ワルトブルクの歌合戦　伝説資料とその訳注』大学書林，1987，76頁．

25 Ludwig Tieck: Der Runenberug. In: ders: Phantasus. Hrsg.von Manfred Frank. Frankfurt am Main 1985, S. 186.

26 レンツ・クリス＝レッテンベック，リーゼロッテ・ハンスマン（津山拓也訳）『図説　西洋護符大全―魔術・呪術・迷信の博物誌』八坂書房，2014，116-123頁参照．ヨハネの日の前夜にアルラウンを引き抜く際，その叫び声に驚いてはいけないという話，アルラウンは絞首刑に処された泥棒の尿か精液から生まれ，掘り返されるとひどい叫び声を上げ，これを耳にした人は死ななくてはならないという話，アルラウンが尿や精液から成り立つ小人の女性であるという話，アルラウンが幸運と富をもたらすという話など．Vgl. Hrsg. von Hanns Bächtold-Stäubli unter Mitwirkung von Eduard Hoffmann- Krayer:

Handwörterbuch des deutschen Aberglaubens. Augsburg 2000. Bd. 1, S. 312–324. Hier, S. 318f.

27 Vgl. Ebd, S. 312. ルーン文字はゲルマン語の古文字体系で，2 世紀頃から羊皮紙ではなく石や木などに彫られ，7・8 世紀に全盛期を迎えたが，次第にラテン文字に取って替わられた．河崎靖『ルーン文字の起源』大学書林，2017，6–9 頁参照.

28 Tieck: a.a.O., S. 186.

29 Tieck: a.a.O.; S. 191.

30 Tieck: a.a.O., S. 192.

31 石のモデルは，ナポレオン率いるフランス軍がエジプトに遠征した際（1799）にロゼッタで発見した石柱ロゼッタ・ストーンである．Vgl. Ludwig Tieck: Der blonde Eckhardt. Der Runenberg. Hrsg. von Uwe Jansen. Ditzingen 2018, S. 72. 上段に聖刻文字，中段に民衆文字，下段にギリシア文字でプトレマイオス五世を讃える神官団の布告が刻まれ，ギリシア文字はただちに解読されて，聖刻文字と民衆文字の解読への関心が高まった．聖刻文字はシャンポリオンが解読する（1822）まで，つまりティークが作品を執筆した時期には「不可思議な理解しがたい文字」だった.

32 水の成分が析出して岩になるというこの記述は水成説に基づいており，ヴェルナーの影響が見て取れる.

33 Tieck: a.a.O., S. 198.

34 Tieck: a.a.O., S. 202f.

35 Tieck: a.a.O., S. 200.

36 Tieck: a.a.O., S. 204.

37 Tieck: a.a.O., S. 207.

38 Tieck: a.a.O., S. 208.

39 13 世紀ドイツの吟遊詩人タンホイザーの伝説はフランスのアントワーヌ・ド・ラ・サール（1385–1460）の韻文で流布し（1420 頃），ヘルマン・フォン・ザクセンハイムによって散文になり（1453），16 世紀半ばに旋律がつけられ民謡として親しまれた.

40 Achim von Arnim: Des Knaben Wunderhorn. Deutsche Literatur von Lessing bis Kafka, S. 2507–2511. Vgl. Wunderhorn Bd. 1, S. 80–83. http://www.digitale-bibliothek.de/band1.htm

41 Hrsg. von den Brüdern Grimm: Deutsche Sagen. Frankfurt am Main 1994, S. 218f.

42 サビン・バリング＝グールド（池上俊一監修）『ヨーロッパをさすらう異形の

物語　中世の幻想・神話・伝説　上』柏書房，2007，195-196 頁参照．

43 吉田真『ワーグナー』音楽友之社，2005，49-50 頁参照．後年反ユダヤ主義に染まるヴァーグナーはユダヤ人ハイネとの交流を隠すため，パリ滞在中に入手した民衆本から着想を得たと述べるが，そのような民衆本は存在しない．ワーグナー（高辻知義訳）『オペラ対訳ライブラリー　タンホイザー』音楽之友社，2004，訳者あとがき，115-116 頁参照．

3. 水の精

1 Heinrich von Kleist: Wassermänner und Sirenen. In: ders: Sämtliche Werke und Briefe. Hrsg. von Helmut Sembdner. Zweiter Band. München 2001, S. 287f. クライスト（佐藤恵三訳）『クライスト全集　第一巻　小説・逸話・評論その他』沖積舎，1998，670 頁参照．

2 ジャン・ダラスは伝説を散文の形で書き下ろしたもの（1393）をベリー公ジャンとその姉妹マリに捧げ，クードレットが同じ伝説を韻文で書き上げた（1401）．その後，ダラスのテクストは挿絵入りの本（1478）として出版され，民衆本に焼き直された（1520）．クードレット（森本英夫，傳田久仁子訳）『妖精メリュジーヌ伝説』現代教養文庫，1995，「訳者あとがき」254-266 頁参照．

3 ドイツ語版はフランクフルトの見本市で 1568 年の春と秋に総計 305 部，1569 年春には 158 部売れ，売り上げ 4 位の記録がある．藤代幸一「ドイツ民衆本への招待」，藤代幸一訳『ドイツ民衆本の世界 I　クラーベルト滑稽譚　麗わしのメルジーナ』国書刊行会，1987，299-362 頁，351-362 頁参照．

4 Vgl. Johann Wolfgang von Goethe: Wilhelm Meisters Wanderjahre oder die Entsagenden. In: ders: Werke. Band 8. Romane und Novellen III. Textkritisch durchgesehen und kommentiert von Erich Trunz. München 1994, S. 354-376.

5 Paracelsus: Sämtliche Werke. Nach der 10 Bändigen huserschen Gesamtausgabe（1589-1591）zum Erstenmal in neuzeitliches deutsch übersetzt. Hrsg. von Dr. Bernhart Aschner. Vierter Band. Jena 1932, S. 58f.

6 Friedrich de la Motte Fouqué: Undine. Ditzingen 1986, S. 25.

7 Fouqué: a.a.O., S. 25-26.

8 Fouqué: a.a.O., S. 47-48.

9 E. T. A. Hoffmann: Die Elixiere des Teufels, Undine, Werke und musikarische Schriften 1814-1816. Hrsg. von Hartmut Steinecke unter Mitarbeit Gerhard Allroggen. Frankfurt am Main 1988, S. 684.

10 Vgl. Hoffmann: a.a.O., S. 686-690.

11 最上英明「「ウンディーネ」とロマンティック・オペラ―ホフマン，ロルツィング，ワーグナー―」『香川大学経済論叢』第73巻第3号，2000，813-821頁参照.

12 Vgl. Werner Keil: Hoffmann als Kompoist. In: E. T. A. Hoffmann Handbuch. Leben-Werk- Wirkung. Hrsg. von Christine Lubkoll / Harald Neumeyer. Stuttgart 2015, S. 233-235. Hier S. 234.

13 ホフマンは画上の人物に番号を付け，画の左上で番号順に説明する．火事を見物するために野次馬が集まり，財務官（8番）や大臣（9番），銀行家（10番）が心配そうに見つめるなか，窓から身を乗り出した近衛兵（4番）が煙に煽られ宙を舞う鬘を撃つ．アドルフ・ヴァーグナーは音楽家リヒャルト・ヴァーグナーの叔父であり，1822年の一時期甥を引き取っていたという．

14 Heinrich Heine: Elementargeister. In: ders: Sämtliche Schriften. Hrsg. von Klaus Briegleb. Band 3. Hrsg. von Karl Pörnbacher. München Wien 1996, S. 672.

15 Heinrich Heine: Sämtliche Schriften Band 1. Hrsg. von Klaus Briegleb. München 1998, S. 107.

4. 火の精

1 アポロドーロス（高津春繁訳）『ギリシア神話』岩波文庫，1953，40頁参照.

2 Vgl. Heine: Sämtliche Schriften. Band 3. S. 674-679.

3 Johann Wolfgang Goethe: Faust. Texte. Hrsg. von Albrecht Schöne. Frankfurt am Main 1999, S. 59. 1154行．ゲーテの『ファウスト』は韻文のため，行数も記す．

4 Goethe: a.a.O., S. 62. 1255行.

5 Goethe: a.a.O., S. 97. 2284-2289行.

6 Goethe: a.a.O., S. 97. 2290行.

7 Vgl. Johann Wolfgang Goethe: Faust. Kommentar. Hrsg. von Albrecht Schöne. Frankfurt am Main 1999, S. 280.

8 Goethe: a.a.O., S. 98. 2299-2303行.

9 Hoffmann: Die Elixiere des Teufels. Werke 1814-1816, S. 35.

10 Hoffmann: a.a.O., S. 45.

11 Hoffmann: a.a.O., S. 47.

12 Heine: a.a.O., S. 674.

13 ホフマンが参照したとおぼしき古代ギリシアのプラウトゥスの喜劇『黄金の壺』とプラウトゥスを翻案したモリエールの『守銭奴』において，黄金の壺

は金貨の詰まった壺であるが，ホフマンの壺は黄金製である．この変換には彼がリヒテンベルクの注釈『ホガース銅版画の詳細な説明』（1794）を読んだことが関わる．リヒテンベルクはホガースによる版画《真夜中の現代の会話》（本書図6参照）の右下に置かれる壺に注目し，「壺」を「クロアチーネのおまる」と呼ぶ．クロアチーネは古代ローマにおけるエトルリア起源の川の女神で，下水道システムを統括する神として，清浄と不浄の相反するイメージを帯びる．さらにリヒテンベルクは真夜中なのに柱時計が4時前後を指すことを指摘して，柱時計の横の壁がうっすら明るいのはクロアチーネのおまるの神聖さが光を照射するからだと言う．ホフマンはこの説を楽しみ，『黄金の壺』第九夜のパンチ酒の集いの酒盛りの品をこの版画の品目と同じにした．Vgl. Linde Katritzky: Punschgesellschaft und Gemüsemarkt in Lichtenbergs Hogarth-Kommentaren und bei E. T. A. Hoffmann. In: Jahrbuch der Jean-Paul-Gesellschaft 22. 1987, S. 155–171.

14 E. T. A. Hoffmann: Fantasiestücke in Callot's Manier. Werke 1814. Hrsg. von Hartmut Steinecke unter Mitarbeit von Gerhard Allroggen und Wurf Segebrecht. Frankfurt am Main 1993, S. 291.

15 Hoffmann: a.a.O., S. 271.

16『黄金の壺』には1812年に取り払われた「黒門」が描かれるため，作品の舞台はそれ以前のドレスデンと特定される．「黒門」は1813年に半ば廃墟と化しており，1814年の作品発表当時の読者には往時の様子が記憶されていたことだろう．

17 Hoffmann: a.a.O., S. 307f.

18 プロイセン王フリードリヒ二世は科学の基礎研究を振興して，その成果を産業に応用した．その一つにビートから砂糖を作り出す技術がある．ヨーロッパに砂糖が広まったのは，サトウキビ栽培と製糖技術の広まったイスラム文化圏に十字軍が接触したとき以降であり，17世紀後半に砂糖はヨーロッパで紅茶やコーヒーと共に消費された．ヨーロッパ諸国が大西洋諸島を植民地にして，アフリカから連れてきた奴隷を労働力に大規模プランテーションでサトウキビを栽培・製糖するなか，プロイセンは砂糖栽培に適した植民地を持たず，砂糖を輸入に頼る状況を脱すべく温帯地方の領内で栽培可能な砂糖を求めた．アンドレアス・ジギスムント・マルクグラーフ（1709–82）が家畜の飼料として使わるビートに糖分が含まれることを発見し（1747），彼の弟子フランツ・カール・アシャール（1753–1821）がビートの品種改良と製糖の実験を続けて，ビートから砂糖を作ることに成功した（1799）．こうしてビー

ト由来の砂糖の生産がプロイセンで始まり近隣諸国にも広まった.
19 坂井洲二『年貢を納めていた人々　西洋近世農民の暮し』法政大学出版局, 1986, 29–51 頁参照.
20 アラン・ダンデス（新井皓士訳）『鳥屋の梯子と人生はそも短くて糞まみれ　ドイツ民衆文化再考』平凡社, 1988, 25–37 頁参照.
21 Hoffmann: a.a.O., S. 321.

5. 風の精

1 Johann Gottfried Herder: Volkslieder. Übertragungen. Dichtungen. Hrsg. von Ulrich Gaier. Frankfurt am Main 1990, S. 335f.
2 Vgl. Herder: a.a.O., S. 1144.
3 Vgl. Handwörterbuch des deutschen Aberglaubens. Bd. 9, S. 55–62.
4 ヘルダー（嶋田洋一郎訳）『ヘルダー民謡集』九州大学出版会, 2018, 訳注 744–745 頁参照.
5 木戸芳子「『魔王』Erlkönig 覚書」『研究紀要』9 巻, 1984, 205–224 頁, 213–214 頁参照.
6 Johann Wofgang Goethe: Gedichte 1756–1799. Hrsg. von Karl Eibl. Frankfurt am Main 1987, S. 303f.
7 木戸：上掲論文, 208 頁参照.
8 Vgl. Handwörterbuch des deutschen Aberglaubens. Bd. 6. S. 796–802. Hier S. 798.
9 Novalis: a.a.O., Bd. 1, S. 398.
10 Goethe: Faust Kommentar, S. 274–275.
11 Goethe: Faust, S. 88. 2063–2072 行.
12 Vgl. Heinrich von Kleist: Über die Luftschiffahrt am 15. Oktober 1810. In. ders: Sämtliche Werke und Briefe, S. 388–394.
13 Hoffmann: Fantasiestücke in Callot's Manier. Werke 1814, S. 234f.
14 Vgl. E. T. A. Hoffmann: Die Serapionsbrüder. Hrsg. von Wulf Segebrecht unter Mitarbeit von Ursula Segebrecht. Frankfurt am Main 2015, S. 1394. この歌はウィーンの宮廷詩人ピエトロ・メタスタージオ（1698–1782）台本のオペラ『インドのアレッサンドロ』のイタリア語のアリアで, 恋人に自分の死後も自分の愛を覚えておいて欲しい, 自分は死後も恋人を愛し続けるという内容を持つ.
15 Hoffmann: a.a.O., S. 405.
16 Ebd.
17 Hoffmann: a.a.O., S. 421.

18 Hoffmann: a.a.O., S. 421f.

19『スキピオの夢』はメタスタージオの台本でモーツァルトの音楽劇 K. 126（1771）になった．ホフマンが音楽評論「ベートーヴェン交響曲 5 番」（1809）の中で「モーツァルトは精霊界の深みへ連れて行ってくれる」と述べたことを踏まえると，彼はメタスタージオの詩とモーツァルトの音楽が天球の音楽を再現すると考えたことだろう．Vgl. E. T. A. Hoffmann: Beethoven: 5. Sinfonie. In: ders: Frühe Prosa, Briefe, Tagebücher, Libretti, Juristische Schrift. Werke 1794–1813, Hrsg. von Gerhard Allroggen, Friedhelm Auhuber, Hartmut Mangold, Jörg Petzel und Hartmut Steinecke. Frankfurt am Main 2003, S. 533.

20 Hoffmann: Die Serapionsbrüder, S. 46.

21 Hoffmann: a.a.O., S. 60.

22 Hoffmann: a.a.O., S. 63.

23 Hoffmann: a.a.O, S. 53.

24 阪井葉子「消される女性の身体と声　E. T. A. ホフマンの音楽小説にみる女性歌手の死」『東北ドイツ文学研究』53 巻，2010，131–150 頁，139 頁参照.

コラム 1. サロン文化

1 Henriette Herz: Ihr Leben und ihre Erinnerungen. Hrsg. von Julius Fürst. Berlin 1850, S. 124f.

2 ペートラ・ヴィルヘルミー＝ドリンガー（糟谷理恵子，斉藤尚子，畑澤裕子，林真帆，茂幾保代，渡辺芳子訳）『ベルリンサロン』鳥影社，2003，77 頁.

3 Carsten Schapkow: Henriette Herz' sephardisches Judentum und die deutsch-jüdische Kultur. In: Hanna Lotte Lund, Ulricke Schneider, Ulrike Wels (Hrsg.): Die Kommunikations-, Wissens- und Handlungsräume der Henriette Herz (1764–1847). Göttingen 2017, S. 96.

4 宇佐美幸彦『ベルリン文学地図』関西大学出版部，2008，31–32 頁参照.

5 ヴィルヘルム・フォン・フンボルトとカロリーネ，フリードリヒ・シュレーゲルとブレンデル・ファイトはそれぞれヘンリエッテのサロンで知り合い結婚に至った.

6 宇佐美：同上.

7 内田俊一「真空の実験室―：ラーエル・ファルンハーゲンとユダヤ・サロンの時代」『法政大学教養部紀要　外国語学・外国文学編』103 巻，1998，73–102 頁，97 頁参照.

8 Rahel Levin Varnhagen: Rachel. Ein Buch des Andenkens für ihre Freunde. Hrsg.

Barbara Hahn. Bd. 1–6. Göttingen 2011.

第2章　探検博物学

1 「ヤコブの杖」は，観測者が長い棒を目の前に据え，この棒が目標とする天体と水平線の中間に来るように短い棒を設定して，短い棒が指す目盛りを見ると緯度が分かるという仕組みであり，アストロラーベや四分儀に比べ，船に乗ったまま太陽や星の高度を決定できる利点があった．

2 クルト・メンデルスゾーン（常石敬一訳）『科学と西洋の世界制覇』みすず書房，1980，茂在寅男『航海術　海に挑む人間の歴史』中公新書，1967，金七紀男『エンリケ航海王子　大航海時代の先駆者とその時代』刀水書房，2004参照．

1．一八世紀後半の世界周航

1 イギリスは，1764–66年にジョン・バイロン（1723–86）船長を，1766–68/69年にサミュエル・ウォリス（1728–95）船長とフィリップ・カートレット（1733–96）船長を，1769–71年にクック船長を，フランスは1766–69年にルイ・アントワーヌ・ド・ブーガンヴィル船長（1729–1811）を世界周航に送り出した．

2 山本淳一「ブーガンヴィルの生涯と『世界周航記』」，ブーガンヴィル（山本淳一訳）『世界周航記』岩波書店，1990，解説1，399頁参照．

3 アンドレア・ウルフ（矢羽野薫訳）『金星（ヴィーナス）を追いかけて』角川書店，2012，22–39頁参照．フランスのアレクサンドル＝ギ・パングレ（1711–96）がインド洋のロドリゲス島で，ジャン＝バティスト・シャップ・ドートロシュ（1722–69）がシベリアのトボリスクで，イギリスのチャールズ・メイソン（1728–86）とジェレマイア・ディクソン（1733–79）が喜望峰で，ネヴィル・マスケリン（17312–1811）がセントヘレナ島で，ジョン・ウィンスロップ（1714–79）がニューファンドランド島のセントジョンズで観測した．

4 ウルフ：上掲書，116–117頁参照．

5 ロシアのエカチェリーナ二世は国内外の天文学者を集めて8つの観測隊を組織させ，ゲッティンゲン大学の天文学者ゲオルク・モーリッツ・ローヴィッツ（1722–74）はサンクトペテルブルクのアカデミーが派遣した観測隊に加わり，カスピ海沿岸のグリエフで観測を行った．

6 タヒチでジェイムズ・クックが，カリフォルニアでドートロシュが，ノルウ

ェーのバルデでマキシミリアン・ヘル（1720–92）が，インド洋のポンディシェリでギヨーム・ル・ジャンティ（1725–92）が金星を待ち構えた．
7 ウルフ：上掲書，258 頁参照．
8 ピーター・レイビー（高田朔訳）『大探検時代の博物学者たち』河出書房新社，2000，15 頁参照．
9 R. A. スケルトン（増田義郎，信岡奈生訳）『世界探検地図　大航海時代から極地探検まで』原書房，1986，247–257 頁参照．
10 増田（1992）：上掲解説，520–525 頁参照．
11 クック（増田義郎訳）『太平洋探検（一）第一回航海（上）』岩波文庫，2004，7–12 頁参照．
12 クック：上掲書，13–18 頁参照．
13 フェルディナンド・マゼラン（1480–1521）がフエゴ島を（1520），ポルトガルのドン・ジョルジェ・デ・メネセス（1498–1537）がニューギニア島を（1526），スペインのペドロ・フェルナンデス・デ・キロス（1565–1615）がニューヘブリディーズ諸島北端のエスピリトゥサント島を（1606），オランダのアベル・タスマン（1603–59）がニュージーランドを（1649）南方大陸と考えた．織田武雄『地図の歴史　世界篇・日本篇』講談社学術文庫，2018，132–137 頁参照．
14 クック（増田義郎訳）『太平洋探検　下』岩波書店，1994，訳者解説 480–481 頁参照．
15 ブーガンヴィル船長も兄からフランス・インド会社の船長ブーヴェ・ド・ロジエ（1705–86）の探検の覚書（1739）を見つけた話を聞き，南方大陸の存在を確信していたという．山本：上掲解説，399 頁参照．
16 増田義郎「エンデヴァ号の航海について」，クック（増田義郎訳）『太平洋探検（二）第一回航海（下）』岩波文庫，2004，解説 3，370 頁参照．
17 増田（1994）：上掲解説，487–489 頁参照．

2. ゲオルク・フォルスター

1 エカチェリーナ二世の治世下に入植したドイツ人は 7 万 5000 人と言われる．鈴木健夫『ロシアドイツ人　移動を強いられた苦難の歴史』亜紀書房，2021，69 頁参照．
2 山本：上掲解説，413 頁参照．
3 船越克己「ゲオルク・フォルスター（1, 2）」『言語と文化』2002，79–92 頁参照．

4 Vgl. Frank Vorpahl: Georg Forsters Cascade am Mt. Sparrman: Die Entdeckung der ersten Landschaftsskizze des Naturzeichners der zweiten Cookschen Weltumseglung. In: Georg-Forster-Studien XX. Literarische Weltreisen. Kassel 2015, S. 95–111. Hier S. 96.

5 クック『太平洋探検（三）』21–23頁参照.

6 増田義郎「太平洋の民族（一）」, クック（増田義郎訳）『太平洋探検（四）第二回航海（下）』岩波文庫, 2005, 解説5, 373–378頁参照.

7 増田：上掲解説5, 375頁参照.

8 フランク・マクリン（日暮雅通訳）『キャプテン・クック　世紀の大航海者』東洋書林, 2013, 357頁参照.

9 Georg Forster: Reise um die Welt. Hrsg. von Gerhard Steiner. Frankfurt am Main 1983, S. 11.

10 Forster: a.a.O., S. 14f.

11 Vgl. Gerhard Steiner: Georg Forsters »Reise um die Welt«. In: Forster: a.a.O., S. 1023.

12 ガイウス＝サルスティウス＝クルスプス（前86頃－前35頃）はタキトゥスに「ローマの歴史についての最も華々しい書き手」と評価され, 畢生の大作『歴史』は散逸したものの, 彼の『ユグルタ戦争』と『カティリーナの陰謀』が完全な形で残されている. サルスティウス（栗田伸子訳）『ユグルタ戦争・カティリーナの陰謀』岩波文庫, 2019, 訳者解説385頁参照.

13 Vgl. Forster: a.a.O., S. 41. ラテン語の引用はドイツ語訳（Forster: a.a.O., S. 1000.）を参照して日本語にした.

14 Vgl. Görbert (2014): a.a.O., S. 122–126.

15 Forster: a.a.O., S. 108. ドイツ語訳 S. 1003.

16 Forster: a.a.O., S. 179. ドイツ語訳 S. 1003.

17 Forster: a.a.O., S. 239f.. ドイツ語訳 S. 1004.

18 ウェルギリウス（岡道男・高橋宏幸訳）『アエネーイス』京都大学学術出版会, 2001, 175頁.

19 Forster: a.a.O., S. 241. ドイツ語訳 S. 1004.

20 Forster: a.a.O., S. 241.

21 Vgl. Forster: a.a.O., S. 250.

22 Vgl. Forster: a.a.O., S. 290f.

23 Forster: a.a.O., S. 296. ドイツ語訳 S. 1005.

24 大場秀章「補注　フォルスターとその植物について二・三の覚書き」ゲオル

ク・フォルスター（三島憲一・山本尤訳）『世界周航記　下』岩波書店，2003，453-461 頁，456 頁参照.

25 ゲオルク・フォルスター（八木浩，芳原政弘他共訳）『ゲオルク・フォルスター作品集　世界旅行からフランス革命へ』三修社，1983，八木氏による作品解説 445 頁参照.

26 大場：上掲解説，457 頁参照.

27 八木浩「序文　ゲオルク・フォルスターの生涯が語りかけるもの」，『ゲオルク・フォルスター作品集』7-31 頁，12-13 頁参照.

28 大場：上掲解説，455-458 頁参照.

29 Georg Forster: Ansichten vom Niederrhein, von Brabant, Flandern, Holland, England und Frankreich. In: Deutsche Literatur von Lessing bis Kafka, S. 36598.

30 高木昌史「ゲオルク・フォルスターの『ライン下流地方の風景』」『成城文藝』230 号，2015，1-22 頁，8 頁参照.

31 Forster: a.a.O., S. 36598f. (vgl. Forster-W Bd. 2, S. 404f.)

32 高木：上掲論文，9 頁参照.

33 Forster: a.a.O., S. 36990. (vgl. Forster-W Bd. 2, S. 640.)

34 ゲオルク・フォルスター（船越克己訳）『ニーダーラインの光景』大阪公立大学共同出版会，2012，訳者解説 413 頁参照.

35 フンボルトは「フォルスターはイギリスで金を得ることを期待してロンドンへ行くことにしたので，（彼は自分の『植物の種』を出版しようとしていた）私に同行を勧めてくれた」と記している．Alexander von Humboldt: Aus meinem Leben. Autobiographische Bekenntnisse. Zusammengestellt und erläutert von Kurt R. Biermann. München 1989. S. 36.

36 エンゲルハルト・ヴァイグル「解説および年譜」，アレクサンダー・フォン・フンボルト（大野英二郎・荒木善太訳）『新大陸赤道地方紀行』上，岩波書店，2001，469 頁参照.

コラム 2. ジョゼフ・バンクス

1 マクリン：上掲書，119 頁参照.

2 Vgl. Edwin D. Rose: Publishing Nature in the Age of Revolutions: Joseph Banks, Georg Forster, and the Plants of the Pacific. In: The historical Journal Volume 63, Issue 5. 2020, pp. 1132-1159.

3 アンドレア・ウルフ（鍛原多惠子訳）『フンボルトの冒険　自然という〈生命の網〉の発明』NHK 出版，2017，120-121 頁参照.

3. アレクサンダー・フォン・フンボルト

1 ピエール・ガスカール（沖田吉穂訳）『探検博物学者フンボルト』白水社，1989，5 頁参照.

2 佐々木博『最後の博物学者アレクサンダー＝フォン＝フンボルトの生涯』古今書院，2015，16-17 頁参照.

3 ダグラス・ボッティング（西川治・前田伸人訳）『フンボルト―地球学の開祖』東洋書林，2008，5 頁参照.

4 佐々木：上掲書，33-43 頁参照.

5 ボッティング：上掲書，10 頁参照.

6 ボッティング：上掲書，23-28 頁参照.

7 ターラーは 16-18 世紀の神聖ローマ帝国で通用した銀貨であり，銀貨 1 枚の銀の含有量は帝国会議で 25. 98 グラムと定められた（1566）．銀の価値は金の価値と比べ 21 世紀現在大きく下がっているが，17 世紀後半の金と銀の価値の比率は 1：15 であり，金の価値を参考にすると，金の価格が 1 グラム約 5000 円（2019）であることから，1 ターラーは，25. 98×15 分の 1×5000＝8650 円，その他の要素を加味して約 1 万円と考えるのが適切だろう．坂本貴志『ドイツ文化読本』丸善出版，2024，59 頁参照．つまり，アレクサンダーは約 3 億 8000 万円の現金を手にしたのである．

8 西村貞二『フンボルト』清水書院，2015，74-77 頁参照.

9 ヴァイグル：上掲解説，470 頁以下参照.

10 ポール・ローズ「アレクサンダー・フォン・フンボルト　学術的探検の第一人者（1769-1859)」，ロビン・ハンベリ・テニソン編著（植松靖夫訳）『世界探検家列伝　海・河川・砂漠・極地、そして宇宙へ』悠書館，2011，232-239 頁参照.

11 ケン・オールダー（吉田三知世訳）『万物の尺度を求めて　メートル法を定めた子午線大計測』早川書房，2006，339 頁参照.

12 Vgl. Humboldt: Aus meinem Leben. S. 20.

13 Humboldt: a.a.O., S. 104f.

14 フンボルト自身が機器をリストアップしている．Vgl. Alexander von Humboldt: Die Forschungsreise in den Tropen Amerikas. BandII/1 Hrsg. von Hanno Beck. Darmstadt 2008, S. 34-37.

15 ボッティング：上掲書，78 頁参照.

16 ボッティング：上掲書，159-161 頁参照.

17 Alexander von Humboldt: Sämtliche Schriften. Band II: 1800-1809. Hrsg.von Sarah

Bärtschi und Rex Clark. München 2019, S. 11.

18 ベルリン植物園はブランデンブルク選帝侯フリードリヒ・ヴィルヘルムが手狭になった城の遊歩庭園兼薬草園の代わりにシェーネベルク地区にあるホップ畑を拡張して植物園としたことに始まり（1679），フリードリヒ・ヴィルヘルム一世の治世に科学アカデミー付属植物園になった（1718）．ベルリン植物園は 1819 年以降シャミッソーの勤務地になり，1910 年にベルリン郊外のダーレムに移転し，跡地はハインリヒ・フォン・クライスト公園となり現在に至る．Vgl. https://www.bgbm.org/de/aufgaben-geschichte

19 ガスカール：上掲書，3 頁参照．

20 Humboldt: Die Forschungsreise in den Topen Amerikas, S. 85.

21 佐々木：上掲書，83 頁参照．

22 佐々木：上掲書，83–84 頁参照．

23 Humboldt: Sämtliche Schriften Band II. S. 66f.

24 藤原康徳『先端的な流星観測による彗星のダスト放出と進化の研究』総合研究大学院大学博士論文，2018，9 頁参照．

25 Humboldt: Die Forschungsreise in den Tropen Amerikas. BandII/1, S. 347f.

26 Vgl. Rex Clark: Erfindungen und Instrumente. In: Alexander von Humboldt: Sämtliche Schriften. Band X: Durchquerungen Forschung. München 2019, S. 193.

27 Vgl. Görbert: a.a.O., S. 57f.

28 Vgl. Humboldt: Die Forschungsreise in den Tropen Amerikas. Band II/3, S. 437.

29 Humboldt: Sämtliche Schriften. Band II. S. 194f.

30 シャルル＝マリー・ド・ラ・コンダミーヌ（1701–74）はフランスの地理学者で，ルイ十五世が地球の形状を確認するためラップランドと赤道地域に送り出した２つの探検隊のうち，南アメリカの赤道地域の探検に参加した．彼はフランスを出発し（1735），赤道地域（エクアドル）を探検して緯度の測定を行い（1736–43），地球の形状は極が扁平の楕円形であると結論づけた．その際，高度の高いチンボラソ山で実験や計測を行い，アマゾン探検（1743–45）を経て河川の位置をより精確に記した地図を作成し，旅行記『王命により行われた赤道地域の旅行記，子午線の最初の３度の測定に関する歴史的入門書』（1751）を発表した．

31 Humboldt: a.a.O., S. 219f.

32 坂本貴志『秘教的伝統とドイツ近代　ヘルメス，オルフェウス，ピュタゴラスの文化史的変奏』ぷねうま舎，2014，第四章参照．

33 田村百代「アレクサンダー・フォン・フンボルト「自然画」における科学と

芸術」『地域研究』Vol.35 No.2, 1995, 1–17 頁参照.

34 田村百代「Humboldt 自然地理学の本質とその思想的背景」『地理学評論』71A–10, 1998, 730–752 頁. 743 頁参照.

35 Alexander von Humboldt: Schriften zur Geographie der Pflanzen. Hrsg. von Hanno Beck. Darmstadt 2008, S. 44.

36 田村百代「A. von Humboldt『コスモス』の成立」『地域研究』Vol. 58, 2018, 1–15 頁, 5 頁参照.

37 Humboldt: a.a.O., S. 69f.

38 佐々木：上掲書, 107–108 頁参照.

39 ウルフ（2017）：上掲書, 168 頁参照.

40 ローズ：上掲書, 237 頁参照.

41 B. S. ドッジ（白幡節子訳）『世界を変えた植物』八坂書房, 1988, 259–281 頁参照.

42 ウルフ（2017）：上掲書, 200 頁参照.

43 ヴァイグル：上掲解説, 487 頁参照.

44 マノロフ（早川光雄訳）『化学をつくった人びと　上』東京図書株式会社, 1979, 120 頁参照.

45 ボッティング：上掲書, 213–214 頁参照.

46 マノロフ：上掲書, 150–170 頁参照.

47 ウルフ（2017）：上掲書, 282 頁参照.

48『コスモス』は第 1 巻が 1845 年 3 月 15 日, 第 2 巻が 1847 年 9 月 22 日, 第 3 巻が 1850 年 12 月 15 日, 第 4 巻が 1857 年 12 月 12 日, 第 5 巻はフンボルトが亡くなった 3 年後, 1862 年に出版された. 佐々木：上掲書, 144 頁参照.

49 ウルフ（2017）：上掲書, 290–291 頁参照.

50 ボッティング：上掲書, 292–293 頁参照.

51 ウルフ：上掲書, 第 16 章「ロシア」, 292–313 頁参照.

52 ボッティング：上掲書, 268–271 頁参照.

コラム 3. ベルリンのフランス人

1 杉本俊多『ベルリン　都市は進化する』講談社現代新書, 1993, 25–26 頁参照.

2 塚本栄美子「19 世紀後半ベルリンにおけるユグノーたちの「オフィシャルな」歴史叙述　ミュレ『ブランデンブルク＝プロイセンにおけるフランス人入植地の歴史』（1885 年）」『佛教大学歴史学部論集』第 12 号, 2022, 107–

126 頁，113-121 頁参照.

3 信仰難民の具体的な暮らしについて，七條めぐみ「18 世紀ベルリンにおける亡命ユグノーの出版者たち―R. ロジェと A. デュサラによる『ダヴィッド詩篇集』の出版をめぐって」『ミクスト・ミューズ：愛知県立芸術大学音楽学部音楽学コース紀要』15 号，2020，5-19 頁を参照されたい.

4 ヴィルヘルミー＝ドリンガー，上掲書，72-73 頁参照.

5 屋敷二郎『フリードリヒ大王　祖国と寛容』山川出版社，2016，47 頁参照.

6 祖父がフリードリヒ二世の寵臣だった縁により，フケーの洗礼時の代父は王であった.

7 杉本：上掲書，113-122 頁参照.

8 杉本：上掲書，106 頁参照.

9 Manuela Böhm: Hugenottische Netzwerke in der Berliner Wissenschaft, Verwaltung und Kunst um 1800. In: Anne Baillot (Hrsg.): Netzwerke des Wissens. Das Intellekutelle Berlin um 1800. Berlin 2011. S. 286ff.

10 塚本栄美子「近世ドイツにおける信仰難民とその子孫たちの集合的記憶の形成―ブランデンブルク・プロイセンのユグノーたちを事例に―」『佛教大学歴史学部論集』第 7 号，2017，19-36 頁，21-25 頁参照.

11 塚本（2022）：上掲論文，107-126 頁参照.

12 塚本（2017）：上掲論文，26 頁参照.

4. アーデルベルト・フォン・シャミッソー

1 Vgl. Beatrix Langner: Der wilde Europäer. Adelbert von Chamisso. Berlin 2009, S. 38.

2 ベルリン王立磁器製陶所はフリードリヒ二世によって設立され（1763），選帝侯ブランデンブルクの紋章に由来するコバルトブルーの王の笏を KPM 製品のトレードマークにし，21 世紀も陶器を生産・販売している.

3 Vgl. Hans A. Neunzig: Lebensläufe der deutschen Romantik. München 1986, S. 247.

4 大野英二郎「追放と流離―スタール夫人とシャミッソー」『フェリス女学院大学文学部紀要』30 号，1995，1-27 頁，16-17 頁参照.

5 Vgl. Langer: a.a.O., S. 133f.

6 Adelbert von Chamisso: Peter Schlemihls wunderbare Geschichte. Ditzingen 2013, S. 81f.

7 Chamisso: a.a.O., S. 9.

8 Chamisso: a.a.O., S. 60.

9 Chamisso: a.a.O., S. 17f.

10 Vgl. Mattias Glaubrecht: Naturkunde mit den Augen des Dichters – Mit Siebenmeilenstiefeln zum Artkonzert bei Adelbert von Chamisso. In: Marie-Theres Federhofer / Jutta Weber (Hrsg.): Korrespondenzen und Transformationen. Neue Perspektiven auf Adelbert von Chamisso. Göttingen 2013, S. 52f.

11 Chamisso: a.a.O., S. 3.

12 Chamisso: a.a.O., S. 56.

13 Chamisso: a.a.O., S. 65.

14 Vgl. Nikolas Immer: Schlemihl in Afrika. Auf den Spuren seiner ursprünglichen Reiseroute. In: Roland Berbig / Walter Erhart / Monika Sproll / Jutta Weber (Hrsg.): Phantastik und Skepsis. Adelbert von Chamissos Lebens- und Schreibwelten. Göttingn 2016, S. 95f. パークは医学を学び，植物学への関心を通して知り合ったバンクスの助力で東インド貿易船の副船医になり，スマトラに航海して植物を持ち帰った（1792）．彼はアフリカ協会の任務で行方不明の探検家を探すため旅に出た．P. J. マーシャル，G. ウィリアムズ（大久保佳子訳）『野蛮の博物誌 18世紀イギリスがみた世界』平凡社，1989，381頁以下，およびピーター・レイビー（高田朔訳）『大探検時代の博物学者たち』河出書房新社，2000，78頁以下参照．パークの旅行記をドイツ語に訳したのはヘンリエッテ・ヘルツとシュライアーマッハーであり（1799），ベルリンのサロンで旅行記が話題になったことは想像に難くない．

15 Vgl. Walter Erhart: »Beobachtung und Erfahrung, Sammeln und Vergleichen« – Adelbert von Chamisso und die Poetik der Weltreise im 18. und 19. Jahrhundert. In: Angelika Epple, Walter Erhart (Hrsg.): Die Welt Beobachten. Praktiken des Vergleichens. Frankfurt am Main 2015, S. 203–233. Hier S. 211f.

16 Chamisso: a.a.O., S. 71.

17 伯爵はかねてより探検事業に関心を持ち，大臣在職中にパリでフンボルトと会食をした際（1808年12月）にチベットと北インドに探検する資金の提供を申し出たこともある．フンボルトは探検の自由を顧慮して申し出を断り，再びロシア政府から6–8年のシベリア探検を書面で依頼されたときに（1812年1月）承諾したが，フランス軍がロシアに侵攻したため，計画は中止された．佐々木博「Alexander von Humboldtにとってのベルリンとパリ　生まれた故郷と科学する故郷の比較」『目白大学総合科学研究』5号，2009，33–47頁参照．

18 ベーリング海に棲息するラッコの毛皮は最高品質の毛皮として珍重され，18

世紀初頭に 10 万匹いたラッコは禁止令が出される頃（1911）には絶滅寸前に追い込まれるほど乱獲された．

19 秋山大輔「シャミッソー『世界旅行記』研究―アメリカ大陸と南太平洋諸島でのシャミッソーの他者認識」『研究年報』25 号，2008，54-66 頁．54 頁参照．

20 Vgl. Adelbert von Chamisso: Reise um die Welt in den Jahren 1815-1818. Berlin. Neuaufgabe 2018 edition holbach, Martigny, S. 11ff. 第 1 章「ウキウキした気持ち．ハンブルク経由コペンハーゲンへの旅」．

21 Vgl. Chamisso: a.a.O., S. 16ff. 第 2 章「リューリック号．コペンハーゲン出発．プリマス」．

22 Vgl. Chamisso: a.a.O., S. 29ff. 第 3 章「プリマスからテネリフェ島への旅」．

23 Vgl. Chamisso: a.a.O., S. 37ff. 第 4 章「テネリフェ島からブラジル，サンタ・カタリナ島への旅」．

24 Vgl. Chamisso: a.a.O., S. 33.

25 Chamisso: a.a.O., S. 61.

26 Vgl. Chamisso: a.a.O., S. 214.

27 Chamisso: a.a.O., S. 229.

28 Vgl. Chamisso: a.a.O., S. 6.

29 Adelbert von Chamisso: Gedichte. Zweite Auslage. Leipzig 1834, S. 3f.

30 Chamisso: Reise um die Welt, S. 20.

31 Vgl. Yvonne Maaß: Leuchtkäfer & Orgelkoralle. Chamissos Reise um die Welt mit der Romanzoffischen Entdeckungs-Expedition（1815-1818）im Wechselspiel von Naturkunde und Literatur. Würzburg 2016, S. 119-125.

32 E. T. A. Hoffmann: Heimatochare. In: ders: Nachtstücke. Klein Zaches. Prinzessin Brambilla. Werke 1816-1820. Hrsg. von Hartmut Steinecke unter Mitarbeit von Gerhard Alloggen. Frankfurt am Main 2009, S. 666-680.

33 Vgl. Maaß: a.a.O., S. 27.

34 Vgl. Maaß: a.a.O., S. 192-243.

35 Vgl. Paul Hiepko: Botanische Orte: Sammeln und Auswerten. In: Phantastik und Skepsis, S. 207.

36 Vgl. Maaß: a.a.O., S. 107-109.

37 Vgl. Wolfgang Dohle: Adelbert von Chamisso und seine Entdeckung des Generationswechsels bei den Salpen. In: Berbig / Erhart / Sproll / Weber（Hrsg.）: Phantastik und Skepsis, S. 175-198. Hier S. 190-192.

38 Vgl. Maaß: a.a.O., S. 110f.

39 Vgl. Marie-Theres Federhofer: Chamisso und die Wale mit dem lateinischen Originaltext der Walschrift Chamissos und dessen Übersetzung, Anmerkungen und weiteren Materialien. Norderstedt 2012.

40 Vgl. Maaß: a.a.O., S. 173f.

41 Vgl. Maaß: a.a.O., S. 112f.

42 Vgl. Neunzig: a.a.O., S. 251.

43 Vgl. Maaß: a.a.O., S. 114.

44 René-Marc Pille: Ein aufgeklärter Romantiker: Zu Chamissos dichterisch-naturwissenschaftlicher Entwicklung. In: Berbig / Erhart / Sproll / Weber (Hrsg.): Phantastik und Skepsis, S. 39.

コラム 4. ユリウス・エドゥアルト・ヒッツィヒ

1 ユーリウス H. シェプス編（石田基広，唐沢徹，北彰，鈴木隆雄，関口宏道，土屋勝彦，西村雅樹，野村真理，原研二，松村國隆訳）『ユダヤ小百科』水声社，2012，425-426 頁参照.

2 竹原有吾「16～18 世紀ベルリンのユダヤ教徒の企業家活動と貨幣鋳造業―都市と国家の世俗化の差―」『学習院大学　経済論集』第 56 巻第 1・2 合併号，2019，119-135 頁，127-128 頁参照.

3 この学校は 2 年制で，イッツィヒが校長を務め，フリートレンダーの作った教科書を用いて，ヘブライ語，ドイツ語，フランス語，分数の計算，力学，地理，歴史，自然科学をドイツ語で教えた．ユダヤ共同体からの寄付ではなく，フリートレンダーとイッツィヒの財力で賄われた点にこの学校の特徴はあり，経費を賄うためヘブライ語の印刷所が建てられ，初のヘブライ語読本が出された．とはいえ，生徒全員が無料だったのではなく，無料の恩恵を受けたのは全体の半数ほどだった．1806 年以降キリスト教徒の子供も受け入れたが，財政上の理由で 1825 年に閉鎖された．藤井良彦「「ベルリン自由学校」について―最初のフリースクール―」『ユダヤ・イスラエル研究』第 29 号，2015，1-11 頁，および『ユダヤ小百科』547-548 頁参照.

4 Anna Busch: Wissensorganisation und –Vermittlung in der Gründungsphase der Berliner Universität. Julius Eduard Hitzigs Lesezimmer für die Universität' als erste Berliner Univerisitätsbibliothek. In: Baillot (Hrsg.): Netzwerke des Wissens, S. 151-164.

5 Vgl. Langner: a.a.O., S. 104.

6 Busch: a.a.O., S. 157.

7 Busch: a.a.O., S. 163f.

8 このメルヒェンはフランスのアレクサンドル・デュマ（1802–70）による翻案『はしばみ割り物語』（1844）に基づいてロシアの音楽家ピョートル・イリイチ・チャイコフスキー（1840–93）が作曲して，バレエ『くるみ割り人形』（1892）になる．

9 Vgl. Julius Eduard Hitzig: Aus Hoffmanns Leben und Nachlass. Zwei Bände. Berlin 1823. Ders: Leben und Briefe von Adelbert von Chamisso. Zwei Bände. Leibzig 1839.

5. 自由主義へ

1 Vgl. Maaß: a.a.O., S. 135–138.

2 Vgl. Michael Schmidt: Chamisso als Illustrator. In: Marie-Theres Federhofer / Jutta Weber (Hg.): Korrespondenzen und Transformationen. Neue Perspektiven auf Adelbert von Chamisso. Göttingen 2013, S. 85–97. Hier S. 89f.

3 船越：上掲論文，91 頁参照．

4 Vgl. Ottmar Ette (Hrsg.): Alexander von Humboldt Handbuch. Leben– Werk-Wirkung. Berlin 2021, S. 196.

5 佐々木：上掲書，21–22 頁参照．

6 Vgl. Ette: ebd.

7 Vgl. Alexander von Humboldt: Das graphische Gesamtwerk. Hrsg. von Oliver Lubrich unter Mitarbeit von Sarah Bärtschi. Darmstadt 2022, S. 7.

8 Maaß: a.a.O., S. 263f.

9 ウルフ（2017）：上掲書，147 頁参照．

第３章　自然という不可思議

1. 幽霊

1 サイン・トクスヴィグ（今村光一訳）『巨人・スウェデンボルグ伝　科学から霊的世界までを見てきた男』徳間書店，1988，269–292 頁参照．

2 高橋和夫『スウェーデンボルグ　科学から神秘世界へ』講談社学術文庫，2021，200–203 頁参照．

3 戸叶勝也『ドイツ啓蒙主義の巨人　フリードリヒ・ニコライ』朝文社，2001，137–141 頁参照．

4 Vgl. Goethe: Faust Kommentare, S. 358.

5 Goethe: Faust, S. 178. 4158–4163 行.

6 Vgl. Berlinische Blätter. [1], 2. 1797. Berlin, S. 161–179.

7 Briefwechsel zwischen Schiller und Goethe. Vierte Auflage. Hrsg. von Wilhelm Vollmer. Zweiter Band. Stuttgart 1881, S. 253.

8 ウルフ（2017）：上掲書，77 頁参照.

2. カリオストロ伯爵

1 種村季弘『山師カリオストロの大冒険』岩波現代文庫，2003，22–23 頁参照.

2 イアン・マカルマン（藤田真利子訳）『最後の錬金術師カリオストロ伯爵』草思社，2004，53–60 頁参照.

3 文学的才能にも恵まれた女帝はカリオストロ伯爵をモデルにした喜劇『詐欺師』（1788）を書き，サンクトペテルブルクの国立劇場で上演して 2 万リーブルの収益を上げ，『詐欺師』と他 2 篇の喜劇に「狂信と迷信に反対する喜劇」と冠してニコライの出版社から出した．種村：上掲書，149 頁参照.

4 首飾り事件のあらましを見ておこう．ルイ十五世（1710–74）は寵姫デュ・バリー夫人（1743–93）に贈るために高価な首飾りを注文した後，急逝した．そこで注文主を失ったパリの宝石商は王妃マリー・アントワネット（1755–93）に首飾りを売り込んだが断られた．ところで，オーストリア王室出身の王妃は母マリア・テレジア（1717–80）からロアン枢機卿（1734–1803）のウィーンでの破廉恥な行状を聞いて枢機卿を避けていたのだが，枢機卿はストラスブール司教になった（1779）後もパリに拠点を置いて王妃に近付こうとしており，詐欺師ジャンヌ・ド・ラ・モットから王妃が宝石を欲しがっていると吹き込まれると，王妃に近付く絶好の機会と考えて宝石商と交渉し，宝石をジャンヌに渡した．ジャンヌは宝石を売り捌いて利益を得ていたが，分割払いの最初の期限が来て宝石商が王妃に代金の支払いを求めたとき，詐欺が発覚したのである．カリオストロ伯爵はこの件に関与しなかったが，ジャンヌが首謀者として伯爵の名を挙げると嫌疑が掛けられた.

5 種村：上掲書，171–173 頁参照.

6 種村：上掲書，186–191 頁参照.

7 ペーター・ラーンシュタイン（上西川原章訳）『シラーの生涯　その生活と日常と創作』法政大学出版局，2004，48–103 頁参照.

8 Friedrich Schiller: Der Geisterseher. In: ders: Historische Schriften und Erzählungen II. Hrsg. von Otto Dann. Frankfurt am Main 2002, S. 588.

9 イエズス会は1773年に解散を命じられ，1814年に再興する．この間の約40年，イエズス会のエージェントが暗躍していると同時代人の間で考えられていた．

10 Schiller: a.a.O., S. 603f.

11 Schiller: a.a.O., S. 608f.

12 シュレプファーは皇太子時代のプロイセン王フリードリヒ・ヴィルヘルム二世を黄金薔薇十字団の傀儡に仕立てようとしたらしく，アルメニア人のモデルの一人に数えられる．種村：上掲書，194頁参照．

13 Vgl. Johann Wolfgang Goehte: Italienische Reise. In: Goethe Werke Band 11. Autobiographische Schriften III. Hrsg. von Erich Trunz. München1994, S. 253-264.

14 種村：上掲書，19頁参照．

15 種村：上掲書，125頁参照．

16 マカルマン：上掲書，147頁参照．

17 Johann Wolfgang Goethe: Der Groß-Cophta. In. Ders: Dramen 1791-1832. Hrsg. von Dieter Borschmeyer und Peter Huber. Frankfurt am Main 1993, S. 33.

18 Goethe: a.a.O., S. 31.

19 Geethe: a.a.O., S. 63.

20 ジークフリート・ウンゼルト（西山力也・坂巻隆裕・関根裕子訳）『ゲーテと出版者　一つの書籍出版文化史』法政大学出版局，2005，161-166頁参照．

3. メスメリズム

1 天文学者であったヘルは金星の太陽面通過観測プロジェクトの2回目に際し，ノルウェーの王に招聘され，バルデで観測を行った（1769）．

2 ブロックは初期カペー朝の王が触った病人の中で，比較的軽症の瘰癧患者が治癒した事例が多くあったことから，王の奇跡が瘰癧患者に限定されるようになったと推測する．マルク・ブロック（井上泰男・渡邉昌美共訳）『王の奇跡　王権の超自然的性格に関する研究／特にフランスとイギリスの場合』刀水書房，1998，34頁以下参照．

3 ブロック：上掲書，第四章，284-340頁参照．

4 ブロック：上掲書，449頁参照．

5 ロバート・ダーントン（稲生永訳）『パリのメスマー　大革命と動物磁気催眠術』平凡社，1987，16頁参照．

6 Vgl. Stefan Zweig: Die Heilung durch den Geist. Mesmer. Mary Baker-Eddy. Freud. Frankfurt am Main 1982, S. 57.

7 ダーントン：上掲書，19 頁参照.

8 Carl Alexander Ferdinand Kruge: Versuch einer Darstellung des animalischen Magnetismus als Heilmittel. Berlin 1811, S. 38.

9 Franz Anton Mesmer: Mesmerismus. Oder System der Wechselwirkugen. Theorie und Anwendung des thierischen Magnetismus als die allgemeine Heilkunde zur Erhaltung des Menschen. Berlin 1814, Hier Vorrede LXVf.

10 Mesmer: a.a.O., S. 18.

11 Mesmer: a.a.O., S. 49.

12 燃素は，燃焼の原理を説明するために想定された可燃性の物質原素である．18 世紀のヨーロッパで燃素の探求が行われたが，酸素の発見により，その存在は否定された．

13 ダーントン：上掲書，86-88 頁参照.

14 ダーントン：上掲書，74 頁参照.

15 ダーントン：上掲書，85-86 頁参照.

16 Vgl. Walter Artelt: Der Mesmerismus in deutschen Geistesleben. In: Gesnerus. Bd. 8. S. 4-14. 1951, S. 4ff.

17 Vgl.Claire Gantet: The dissemination of mesmerism in Germany（1784-1815）: Some patterns of the circulation of knowledge. Centaurus. 2021, P. 762-778. P. 767.

18 Vgl: Artelt: ebd. Gantet: a.a.O., S. 768f.

19 Vgl. Ganet: a.a.O., S. 773-775.

20 Schillers Briefwechsel mit Körner n 1784 bis zum Tod Schillers. Hrsg. von Karl Goedecke. Zweiter Teil: 1793-1805. Leipzig 1878, S. 78f.

21 Vgl. Gotthilf Heinrich von Schubert: Ansichten von der Nachtseite der Naturwissenschaft. Dresden 1808.

22 スタール夫人（エレーヌ・ド・グロート，梶谷温子，中村加津，大竹仁子訳）『ドイツ論 3　哲学と宗教』鳥影社，1996，131 頁.

23 Vgl. Hans Sohni: Koreff, David Ferdinand in: Neue Deutsche Biographie 12（1980）, S. 582-583.

24 ホフマンにおけるメスメリズムは異性間の愛に応用される場合もあるが，『磁気療法士』（1814）や『不気味な客』（1819）においては他者支配の道具となっている．坂本貴志『秘教的伝統とドイツ近代　ヘルメス，オルフェウス，ピュタゴラスの文化的変奏』ぷねうま舎，2014，第 5 章参照.

25 ダーントン：上掲書，178-181 頁参照.

26 Steven R. Huff: Heinrich von Kleist und Eberhard Gmelin: Neue Überlegungen. In:

Euphorion 86. 1992, S. 221–239. Hier S. 229.

27 Vgl. Peter Staengle: Heinrich von Kleist — eine kurze Chronik von Leben und Werk. In: Text+Kritik. Zeitschrift für Literatur. XII/21. Heinrich von Kleist. Hrsg. von Heinz Ludwig Arnold in Zusammenarbeit mit Roland Reuß und Peter Staengle. 2021, S. 206–224.

28 フェーメは，弱い立場の民衆を保護するため，司法権力の代わりに厳正な裁判を主催しようとした秘密結社である．13 世紀のヴェストファーレンに始まり，1371 年には皇帝カール四世（1316–78）から正式の裁判権を承認された．彼らは野外で秘密裁判を開き，被告を死刑にするのを目的にしており，貴族や富裕な人たちはこの裁判を怖れていたという．澁澤龍彦『秘密結社の手帖』河出文庫，1984，23–25 頁参照．

29 一人目はハイルブロンの市参事官の娘 12 歳のリーゼッテ・コルナッハー，彼女の居住地はケートヒェンの出身地となり，リーゼッテが磁気催眠中に療法士の声にだけ反応した件は，第 4 幕 2 場でシュトラール伯爵がニワトコの木の下で眠るケートヒェンと交わす問答に応用される．二人目は 21 歳のカロリーナで，修道院に入る予定の品行方正な娘は手元にあった宝石により貴族の私生児と判明した．彼女の経歴は，第 3 幕 1 場でケートヒェンが修道院へ入れられそうになることと，第 5 幕 2 場で彼女が皇帝の落胤であると判明することに織り込まれる．彼女が時折父親のテオバルトを嫌う姿も，グメリンの他の患者に見られた症例である．

30 Heinrich von Kleist: Sämtliche Werke und Briefe in vier Bände. Band 2. Dramen 1808–1811. Frankfurt am Main 1987, S. 330.

31 Kleist: a.a.O., S. 331.

32 Kleist: a.a.O., S. 406f.

33 Kleist: a.a.O., S. 415.

34 ティークはクライストに，クニグンデと水の精の間に怪物的身体という共通点があることを指摘したという．水の精と人間の男女の三角関係はフケーの『ウンディーネ』にも見られ，こちらでも水の精が退散する．Vgl. Curt Hohoff: Kleist. Hamburg 1999, S. 91.

35 Kleist: a.a.O., S. 422f.

36 ジョルジュ・ヴィガレロ（後平澪子訳）『美人の歴史』藤原書店，2012，68 頁参照．

37 ケートヒェンは物語の始まる時点で隣地の青年と婚約中であった．

38 Vgl. Kleist: a.a.O., S. 951.

39 Vgl. Huff: a.a.O., S. 233.

40 Roland Reuß: »Leimruthen«. Zum Problem der Kunst in Kleist »Das Käthchen von Heilbronn oder die Feuerprobe«. In: Brandenburger Kleist-Blätter 16. 2004, S. 3–20. Hier S. 16.

41 Vgl. Manfred Weinberg: „ . . . und dich weinen." Natur und Kunst in Heinrich von Kleists Das Käthchen von Heilbronn. In: Deutsche Vierteljahrsschrift 79. 2005, S. 568–601. Hier S. 582.

42 Kleist: a.a.O., S. 434.

43 Chris Cullens und Dorothea von Mücke: Das Käthchen von Heilbronn. »Ein Kind recht nach der Lust Gottes«. In: Walter Hinderer（Hrsg.）: Interpretaionen Kleists Dramen. Stuttgart 1997, S. 116–143. Hier S. 116.

44 この戯曲は 19 世紀には台本に忠実に上演されることはなかったという．Vgl. Kai Bremer: Das Käthchen von Heilbronn: Vom Umgang mit der Formlosigkeit. In: Heinrich von Kleist: Das Käthchen von Heilbronn. Nachwort. Stuttgart 2012, S. 201–211. Hier S. 204.

4. 人形

1 16 世紀初頭のフィレンツェ（イタリア）では教会に奉納された蠟人形の数が増えすぎて，梁の上から吊されていたという．アビ・ヴァールブルク（伊藤博明監訳 上村清雄・岡田温司訳）『フィレンツェ市民文化における古典世界』ありな書房，2004，75–76 頁参照．ドイツ語圏での例を挙げると，ピュルテン（オーバーバイエルン）の教会に 3 体の蠟人形が奉納されてあり，その中で最も古いのは 17 世紀末に納められた．

2 Vgl. Geri Walton: Madam Tussaud. Her life and legacy. Yorkshire/Philadelphia 2019, S. 20.

3 Vgl. Madam Tussaud's Memoirs and Reminiscences of France. Forming an abridged History of the French Revolution. Edited by Francis Hervé. Cambridge 2014, S. 7.

4 Vgl. Walton: a.a.O., S. 27f.

5 オーストリア皇帝ヨーゼフ二世，ロシア皇帝パーヴェル一世，ポーランド王スタニスワフ二世，スウェーデン王グスタフ三世，プロイセン王子ハインリヒなど．Vgl. Madam Tussaud: a.a.O., S. 124–131.

6 Vgl. Pamela Pilbeam: Madame Tussaud and the History of Waxworks. London. New York. 2003, S. 49.

7 Vgl. Thoma Warndorf: Philipp Wilhelm Mathias Curtius aus Stockach, Begründer

des Wachsfigurenkabinetts Tussaud. In: hegau Jahrbuch 36/37. 1979/80, S. 141–157.

8 Vgl. Madam Tussaud: a.a.O., S. 17. S. 21–26.

9 Vgl. Madam Tussaud: a.a.O., S. 292.

10 Heinrich von Kleist: Über das Marionettentheater. In. ders: Sämtliche Werke und Briefe. Zweiter Band. München 2001, S. 339.

11 Kleist: a.a.O., S. 340.

12 Kleist: a.a.O., S. 345.

13 Vgl. Heinrich von Kleist: Sämtliche Werke und Briefe. Bd. 2, S. 930.

14 Vgl. Hoffmann: Nachtstücke, S. 399–518.

15 エドガー・アラン・ポオ（小林秀雄・大岡昇平訳）「メルツェルの将棋差し」『ポオ小説全集 1』創元推理文庫，1974，239–240 頁参照．

16 Vgl. Adelheid Voskuhl: Androids in the enlichtenment. Mechanics, Artisans, and Cultures of the Self. Chicago and London 2013, S. 64–68.

17 Vgl. Voskuhl: a.a.O., S. 75–80.

18 Vgl. Voskuhl: a.a.O., S. 128.

19 自動人形の制作者の多くが職人だったのに対し，貴族ケンペレンはオーストリアの役職を歴任し，人間の声で話す音声装置（1791）を始め，さまざまな機械を考案した．メスマー失脚（本書第 3 章第 3 節参照）の原因となったピアニスト，パラディスはヨーロッパツアーを行い（1783-86），作曲を手がけ，ウィーンに音楽学校を開いて後進を育成した．盲目の彼女の依頼を受けてケンペレンは触覚で文字を認識できる活字を考案し（1778），文字を入力する機械を発明した（1779）．

20 Vgl. Wolfgang Riedel: Künstliche Menschen. Die Entstehung der Lebenswissenschaften und ihre Gespenster: Olimpia – The Creature – Homunkulus. In: Brigitte Burrichter und Dorethea Klein (Hrsg.): Technik und Science Fiction in der Vormoderne.Würzburg 2018, S. 235–283. Hier S. 253f.

21 ド・ラ・メトリ（杉捷夫訳）『人間機械論』岩波文庫，1932，52 頁．

22 深田甫訳『ホフマン全集第 4 巻 II』創土社，1988，訳者による作品解説 558 頁参照．

23 Vgl. Hoffmann: a.a.O., S. 1390f.

24 深田，同上参照．

25 Hoffmann: a.a.O., S. 414.

26 Hoffmann: a.a.O., S. 415.

27 Hoffmann: a.a.O., S. 419.

28 Vgl. Handwörterbuch des deutschen Aberglaubens. Band 7, S. 939.

29 Hoffmann: Nachtstücke, S. 17f.

30 Deutsches Wörterbuch von Jacob Grimm und Wilhelm Grimm. Bd. 13, Sp. 1543.

31 池内紀編訳『ホフマン短篇集』岩波文庫，1984，158頁．

32 大島かおり訳『砂男・クレスペル顧問官』光文社古典新訳文庫，2014，21頁．

33 深田甫訳『ホフマン全集第3巻』創土社，1971，22頁．

34 平野嘉彦『ホフマンと乱歩　人形と光学器械のエロス』みすず書房，2007年，99頁．

35 Vgl. Daniel Hilpert: Magnetisches Erzählen. E. T. A. Hoffmanns Poetisierung des Mesmerismus. Freiburg im Breisgau/Berlin/Wien 2014, S. 172.

36 Vgl. Hilpert: ebd.

37 Hoffmann: a.a.O., S. 38.

38 木野光司「マリオネットとアフォトマート：E. T. A. Hoffmannにおける人形モティーフの考察」『人文研究』45巻8号，1993，65-88頁，75-77頁参照．

39 深田訳上掲書，作品解説，609頁参照．

40 Hoffmann: a.a.O., S. 44f.

41 Hoffmann: a.a.O., S. 48.

42 Hoffmann: a.a.O., S. 49.

43 Ebd.

5. 人間を造る夢

1 オウィディウス（中村善也訳）『変身物語（上）』岩波文庫，1981，14頁参照．

2 オウィディウス（中村善也訳）『変身物語（下）』岩波文庫，1981，73-77頁参照．

3 Vgl. Hans Ludwig Held: Das Gespenst des Golem. München 1927, S. 68.

4 Vgl. Held: a.a.O., S. 114ff.

5 クララ・ピント-コレイア（佐藤恵子訳）『イヴの卵　卵子と精子と前成説』白揚社，2003，215-216頁参照．

6 Paracelsus: Sämtliche Werke. Nach der 10 Bändigen huserschen Gesamtausgabe (1589-1591) zum Erstenmal in neuzeitliches deutsch übersetzt. Hrsg. von Dr. Bernhart Aschner. Dritter Band. Jena 1932, S. 221.

7 Paracelsus: a.a.O., S. 223.

8 Paracelsus: a.a.O., S. 226f.

9 ジョゼフ・ニーダム編（木原弘二訳）『生化学の歴史』みすず書房，1978，23

頁参照.

10 Paracelsus: a.a.O., S. 221f.

11 Vgl. Hellmut Döring: Homunculus. In: Zeitschrift für Literaturwissenschaft, Ästhetik und Kulturwissenschaften. 11. 1965, S. 185–194. Hier S. 185f.

12 Vgl. Goethe: Faust Kommentare, S. 505.

13 Vgl. Goethe: a.a.O., S. 513.

14 Vgl. Goethe: a.a.O., S. 506f..

15 Vgl. Goethe: a.a.O., S. 507.

16 Goethe: a.a.O., S. 279f. 6865–6890 行.

17 Vgl. Döring: a.a.O., S. 187.

18 Vgl. Johann Peter Eckermann: Gespräche mit Goethe in den letzten Jahren seines Lebens 1823–32. Hrsg. von Christoph Michel unter Mitwirkung von Hans Grüters. Berlin 2011, S. 365.

19 Vgl. Goethe: Faust Kommentare, S. 513.

20 Fritz Strich: Homunculus. In: Kunst und Leben: Vorträge und Abhandlungen zur deutschen Literatur. 1960, S. 59–76. Hier S. 76.

21 Wilhelm Emrich: Die Symbolik von Faust II, Sinn und Vorformen. Bonn 1957, S. 233.

22 柴田翔『「ファウスト第 II 部」を読む』白水社, 1998, 61 頁参照.

23 Goethe: Faust, S. 326f. 8245–8246 行.

24 Rudolf Georg Bindung: Mephistopheles und Homunculus. In: Goethe-Kalender. 1938, S. 47–62. Hier S. 61.

25 Goethe: Faust, S. 333f. 8458–8479 行.

26 Vgl. Emrich: a.a.O., S. 252f.

終章

1 Stefan Willer: Mehrsprachigkeit und Übersetzung. S. 129–156. In: Alexander von Humboldt: Sämtliche Schriften. Band X. S. 129f.

2 Willer: a.a.O., S. 134.

3 Vgl. Humboldt: Die Forschungsreise in den Tropen Amerikas. Band II/1, S. 143.

4 Vgl. Humboldt: a.a.O., S. 327.

5 Vgl. Humboldt: Die Forschungsreise in den Tropen Amerikas. Band II/2, S. 298f.

6 Vgl. Neunzig: a.a.O., S. 265.

7 Vgl. Neunzig: a.a.O., S. 267f.

8 シュレージエンの織工だった祖父を持つゲルハルト・ハウプトマン（1862-1946）は戯曲『織工』（1892）でこの事件を取り上げている．

9 Vorwärts! Pariser Deutsche Zeitschrift. 10. Juli. 1844. Nr. 5. S. 1. https://www.digital.wienbibliothek.at/wbrobv/periodical/pageview/4177896

10 ヴァルター・グラープ（松下亮訳）「政治詩人ハイネ〔新版〕V・完」『修道法学』20巻，1号，1998，259-351頁，259-266頁参照．

装丁図像出典（部分・加工）

1re expérience aerostatique a Annonay（1783）. 1890–1900. Library of Congress Prints and Photographs Division.

Barringtonia. Johann Reinhold Forster, Georg Forster: Characteres generum plantarum. Prostant apud B. White, T. Cadell, & P. Elmsly 1776.

Halcyon leucocephala acteon. The drawing collection of Johann Georg Adam Forster. 1772. The Library and Archives, Natural History Museum, London.

Melastoma ambigua. Alexander von Humboldt: Monographia Melastomacearum. Libraire grecque-latin-allemand 1816.

Crâne de femme trouvé dans la golfe de Kotzebue. Louis Choris: Voyage pittoresque autour de monde. Firmin Didot 1822.

Wie Reymund Melusinam im Bad ersahe. Thüring von Ringoltingen: Historia oder wunderbare Geschicht / von der edlen und schönen Melusina. Endter 1672.

Electrometer. Brockhaus and Efron Encyclopedic Dictionary. Vol. XLa. Brockhaus-Efron 1904.

Alexander von Humboldt und Aime Bonpland: Le Dragonnier de l'Orotava. F. Schoell 1810.

Samuel Atkins: HMS Endeavour off the coast of New Holland. 1794. National Library of Australia.

時田郁子（ときた ゆうこ）
東京大学人文社会系研究科博士課程修了、博士（文学）。成城大学文芸学部ヨーロッパ文化学科准教授。近代ドイツ語圏の文学・文化・思想を研究する。著書に、『ムージルと生命の樹：「新しい人間」の探究』（松籟社）。

詩人《しじん》たちの自然誌《しぜんし》
一九世紀初頭《じゅうきゅうせいきしょとう》ドイツ語圏《ごけん》の文学《ぶんがく》と科学《かがく》

二〇二五年二月一七日初版第一刷印刷
二〇二五年二月二〇日初版第一刷発行

著　者　時田郁子
発行者　佐藤丈夫
発行所　株式会社国書刊行会
東京都板橋区志村一―一三―一五　〒一七四―〇〇五六
TEL 〇三―五九七〇―七四二一　FAX 〇三―五九七〇―七四二七
URL https://www.kokusho.co.jp
E-mail info@kokusho.co.jp
装　丁　長井究衡
組　版　プレアデス
印　刷　モリモト印刷株式会社
製　本　株式会社ブックアート
ISBN978-4-336-07731-8 C0098